냉장고에서
연애를 꺼내다

냉장고에서
연애를 꺼내다

★ 박주영 장편소설

문학동네

# 달콤한 아침

　나는 하루의 대부분을 먹는 일에 바친다. 아침에 눈을 뜨면 제일 먼저 하는 생각도 무얼 먹을까이고, 아침 먹고 나면 점심으로 뭐 해먹을까, 점심을 먹고 나면 저녁으로 뭘 먹을까를 생각한다. 누굴 만날 약속을 해도 무얼 같이 먹으면 좋을까를 먼저 생각하고, 다른 건 잘도 잊어버리면서 어떤 사람이 잘 먹는 음식이나 절대로 먹지 않는 음식 같은 건 모조리 기억한다.

　오늘도 나는 쏟아지는 아침햇살을 온몸으로 맞으며 냉장고를 상상하는 것으로 하루를 시작한다. 지금 내 냉장고에는 달걀, 잉글리시 머핀, 햄, 오렌지주스, 버터, 우유가 있다. 고소한 잉글리시 머핀을 반으로 갈라서, 그 위에 달걀과 햄, 치즈를 얹은 후 부드러운 홀랜데이즈 소스를 뿌린다…… 오늘의 첫번째 식사는 에그 베네딕트가 될 것이다. 이것은 지금 내 냉장고에 있는 재료로 최선의 요리 만들기, 라는 나만의 의식이며 게임이다.

최선의 요리에 대한 사람들의 생각은 다양하다. 맛만 있으면 된다고 생각하는 이들도 있고, 맛은 물론이며 모양도 좋아야 한다고 믿는 이들도 있으며, 영양이 풍부한 것이 최고라고 여기는 이들도 있다. 요컨대 요리의 핵심은 맛, 영양, 모양이며, 이중 어느 것을 더 중요하게 생각하느냐와 이를 어떻게 조화시키느냐가 관건이다.

냉장고에서 에그 베네딕트에 필요한 재료들을 꺼냈다. 달걀을 끓는 물에 깨넣어 수란을 만든다. 반숙 정도로 익힌 달걀은 물기를 닦아내고 동그란 모양으로 만든다. 잉글리시 머핀을 반으로 갈라 버터를 바른 후 오븐에 살짝 데우고, 슬라이스 햄을 프라이팬에 한쪽 면만 구워둔다. 접시에 머핀을 놓고 그 위에 슬라이스 햄과 반숙된 달걀, 치즈를 차례로 얹어 전자레인지에 치즈가 녹을 정도로만 살짝 데워준다. 따뜻하게 데운 홀랜데이즈 소스를 적당히 붓고 곱게 다진 파슬리를 솔솔 뿌린다.

머리로 순서를 생각하면서 손을 움직여야 하는 요리를 하는 동안은, 한 번도 바뀐 적 없었던 인생의 목표도, 절대적인 처방전을 찾지 못한 사랑도, 여전히 결론 없이 현재진행중인 연애도 다른 세상 얘기다. 번번이 연애에 실패하면서 시간만 속절없이 보내고 있다는 난감함도, 한 번도 성공한 적 없으면서 여전히 영원한 사랑이 있다고 믿는 비감함도 다른 사람 얘기다.

연애도 사랑도 인생도 요리처럼 레시피가 있으면 얼마나 좋을까. 재료는 무엇무엇을 준비해야 하고, 만약 재료 중에 없는 게 있으면 다른 것으로 대체해도 되지만 이것이 빠지면 요리가 안 된다는 걸 명심하고, 처음에는 어떻게 해놓았다가 시간이 얼마쯤 지나면 어떻게 하고, 불 높이는 이렇게 조절하고, 재료는 이것부터 넣어야 하며, 뚜껑을 덮어둘 것인가 말 것인가, 혹은 조리시간은 어느 정도가 적당하며, 익었는지 안 익었는지 알 수 있는 방법은 무엇이고, 어떤 그릇에 어떻게 담아서 내고, 먹을 때 이렇게 하면 더 맛있다, 까지.

요리는 갖가지 재료의 조화와 적절한 시간의 안배, 그리고 만만치 않은 정성이라는, 생각보다 까다롭고 복잡한 과정을 거쳐 완성된다. 보기에는 아무것도 아닌 요리가 생각보다 까다로울 수도 있고, 너무너무 '있어 보이는' 요리도 사실 만들어보면 별게 아닐 수도 있고, 다른 사람에게는 어려운 요리가 나한테는 쉬울 수도 있고 혹은 그 반대일 수도 있다. 해보지 않고는 아무것도 장담할 수 없다. 욕심부리지 말고 차근차근 하다보면 어느새 내가 원하는 요리가 신기하리만치 맛있게 완성되어 있는 것처럼, 사랑 또한 언젠가는 그렇게 되지 않을까.

## 요리드라마

밤 아홉시 사십오분. 저녁식사를 일찌감치 마치고, 지금 나는 사랑하는 사람을 기다리고 있다. 그는 늘 일방적으로 만날 시간을 정해버린다. 내 개인사정은 전혀 고려하지 않는다. 유감스럽게도 내가 다른 남자를 만나느라 약속시간을 어긴다 해도 그는 눈 하나 깜짝하지 않을 것이고, 그러고도 내가 원하기만 한다면 내일도 이 시간에 어김없이 나타나줄 것이다. 아주 너그러운 사람이다.

내가 사랑하는 그 남자는 3월생. 키 181센티미터. 체중은 얼마 전까지 73킬로그램이었는데 지금은 67킬로그램. 허리둘레 31인치. 팔 길이 66센티미터. 어깨는 19인치 반. 옷 사이즈는 105. 신발 사이즈는 280밀리미터. 주량은 소주 두 병 정도. 좋아하는 음식은 김치찌개. 싫어하는 음식은 영양탕. 내가 사랑하는

10

그 사람에 대해 내가 알 수 없는 것은 거의 없다. 알려고만 하면 뭐든지 알 수 있다. 그를 만나서 꼬치꼬치 캐물어볼 필요도 없고, 심부름센터 같은 데에 돈을 지불하고 뒤에서 야금야금 알아낼 필요도 없다.

나는 요즘 그를 아주 오랜만에 다시 만나고 있다. 삼 주 전에 돌아왔으니 앞으로 꼬박 오 주 정도는 더 내 곁에 머물러줄 것이다. 얼마나 변했을까. 어떻게 변했을까. 그는 돌아올 때마다 나를 궁금하게 만든다. 드디어 그가 모습을 드러냈다.

내가 사랑하는 그는 이번에는 고급 프랜차이즈 레스토랑의 경영자인데, 환상적인 미각의 소유자인데다가 요리까지 잘한다. 전에는 유능하고 냉철한 외과의사였는데, 성격은 여전히 약간 내성적이다. 재벌인 아버지와 사이가 좋지 않아 주변 사람들과 가까이 지내지 못하고 겉돌고 있지만, 요리에 대한 감각이 뛰어나서 레스토랑 직원들이 그를 무시하지 못한다. 저번의 외과의사인 그보다, 저저번의 농구선수인 그보다, 이번의 요리하는 그가 나는 더 마음에 든다. 그는 그렇게 여러 가지 일을 아무렇지도 않게 잘해내는 그런 남자이다. 무슨 일을 해도 너무나 자연스럽다. 어느 것도 그가 아니지만 어느 것도 역시 그이다.

그러나 내가 이토록 그를 사랑하는데, 유감스럽게도 그는 나를 모른다. 앞으로도 알 길이 없을 것이다.


나는 텔레비전 앞에 꼼짝 않고 앉아 수요일, 목요일 저녁 열시에 그가 나오는 드라마를 본다. 매서운 솜씨로 칼질하는 저 손은 내가 좋아하는 그의 손이 아닐 것이다. 그렇지만 저 칼솜 씨가 그의 것이 아니라는 걸 의식하고 보기 시작하면 드라마에 집중하기가 쉽지 않다. 그러므로 나는 의심하지 않으리라. 저 손 은 내가 좋아하는 그의 손이며 그는 분명 칼솜씨가 훌륭하다.

이번 드라마의 구도도 단순하다. 남자주인공과 여자주인공이 있고, 무슨 이야기가 끼어들든 대개는 그들이 어떻게 만나고 사 랑하고 행복해지는가가 문제이며, 내가 관심 있어하는 것도 바 로 그것이다. 저들은 어떻게 만나 사랑하게 되며, 어떤 식으로 이루어지고 결국 행복해지는가. 드라마의 좋은 점은 처음부터 대개 사랑할 수 있는 사람의 범위가 정해져 있다는 것이다. 그 사람은 이 사람 아니면 저 사람이랑 이루어진다. 내가 좋아하는 그는 아마도 저 여자랑 이루어질 것이다.

여자주인공은 레스토랑의 보조요리사이다. 이 드라마의 갈등 은 보조요리사인 여자에게 이미 꽤 괜찮은 남자친구가 있다는 거다. 내가 좋아하는 남자배우만 아니라면, 솔직히 나는 여주인 공이, 부담스러운 재벌 2세랑 결혼하지 말고 착한 남자친구랑 이루어졌으면 좋겠다. 드라마 속에서 신분차이가 나는 남녀가 사랑에 빠졌을 때, 여자가 부자인 경우 여자는 자신이 가진 모 든 것을 버리고 과감히 집을 떠나 한 남자만을 선택한다. 그리 고 여자가 가난하다면 온갖 구박과 모욕을 받으면서도 남자 집 에서 버티는 방법을 선택한다. 그러나 남자의 경우, 대개는 자신이 가진 것을 포기하지 않는다. 아버지랑 조금 싸우기도 하고 경쟁자의 방해공작에 시달리기도 하지만 남자는 결국 자신이 가진 신분과 재산을 지키는 쪽을 택한다. 여자와 둘이서 멀리 달아나거나 하지는 않는 것이다. 왠지 불공평하다는 생각이 든다.

어, 그런데 저 여자는 누구지? 남자에게도 다른 여자가 있었나?

어제 지훈을 만나 영화를 보고 수다를 떠는 바람에 드라마를 보지 못한 탓이다. 연결고리가 끊어져 도대체 이야기가 어찌 돌아가는지 분명하게 알 수가 없다. 답답하다. 혼자 사니까 누구의 간섭도 안 받고 다 좋은데 이럴 때가 문제다. 옆에 누가 있으면 어쩌다가 저렇게 됐는지, 왜 저 사람이 갑자기 저러는지 즉각즉각 물어보며 궁금증을 해결할 수 있을 텐데. 아, 갑갑해.

늦을지도 모른다고 미리 생각했으면 예약녹화라도 해놓았을 텐데 놀다보니 시간이 그렇게 됐다. 나의 시간감각에도 분명 문제는 있다. 기껏해야 한 시간쯤 지났을 줄 알았는데 세 시간이나 지나 있었던 것이다. 나는 한번 열중해서 보기 시작한 드라마는 웬만한 일이 아니고서는 바로 그 시간에 집중해서 본다. 부득이한 경우 예약녹화를 해두었다가 보는 수밖에 없지만 녹화해두고 나중에 보면 이상하게 긴장감이 떨어진다. 꼭 덜 잠가둔 페트병의 콜라를 마시는 것 같다.

일주일 사이 갑자기 등장한 새로운 여자는 수완 좋게 재벌2세인 남자주인공에게 접근하고 있지만 계속 거부당하고 있다. 그

러나 그녀는 약삭빠르게 남자와 여자를 이간질시키고 있다. 아,
저러면 안 되는데. 단순하기 그지없는 보조요리사 여자는 남자
와 새로 등장한 여자 사이를 오해하기 시작했다. 그게 아니지.
그러면 안 되지. 나는 왠지 새로운 여자보다 저 보조요리사 여
자에게 더 정이 간다. 그래서 내가 좋아하는 남자가 저 여자랑
잘되면 좋겠다. 아니, 꼭 저 둘이 잘되어야만 한다.

　한마디로 나는 남들이 별거 아니라고 여기는 데 목숨 거는 스
타일이다. 나로서는 왜 그러면 안 되는지, 그것보다 재미있고 신
나고 즐겁고 좋은 게 도대체 뭐가 있는지 도무지 모르겠다. 그
러니까 지금 이 드라마를 보는 것보다 중요한 건 내게는 없는
셈이다.


　답답한 상태로 드라마를 끝까지 보고 나서 수진에게 전화를 걸
었다.

　"어제 못 봤거든. 도대체 어떻게 된 거야?"

　"어제 그 시간에 뭐 했어?"

　"영화 봤어."

　"누구랑? 성우? 아니면 지훈이랑?"

　"지훈이."

　"너, 지훈이랑 영화 본 거 유리가 아니?"

　"유리가 지훈이한테 잘해주라고 나한테 부탁까지 했는데. 그
런데 그 여자는 누구야? 어디서 갑자기 나타났어? 보조요리사

14

여자랑도 아는 사이 같던데."

"어제 그 남자 아버지가 억지로 선보게 해서 만났어. 그러니까 일종의 정략결혼 상대지. 내가 제일 이해할 수 없는 캐릭터가 바로 그 여자야. 그 여자 정말 이상하지 않아?"

"좀 이상하긴 하더라."

일단 수진은 새로 등장한 여자가 상당히 마음에 안 드는 모양이었다. 나도 그 여자가 마음에 안 들긴 마찬가지였지만 나는 수진처럼 악역에 민감한 사람은 아니다. 그 여자도 나름대로 사정이 있지 않겠는가.

"멀쩡한 집안 아가씨가 하필 이혼남을, 그것도 우연도 아니고 중매로 만나서, 게다가 자신을 거들떠보지도 않고 저보다 못한 여자를 사랑하면서 계속 무시하는데도 어떻게든 그 남자를 차지해보겠다고 온갖 계략을 부리는 게 정상이 아니야. 하긴 그 여자, 상당히 머리 나빠 보이긴 하더라. 그 여자가 아주 가난한데 재벌2세랑 결혼할 기회가 생겼다면, 그건 또 이해할 수 있어. 근데 그 여자가 지금 누리고 있는 물질적 풍요도 만만치 않아 보이거든. 그런 여자가 굳이 더 많은 돈을 써보겠다는 굳은 의지로 자신을 사랑하지도 않는 남자와 결혼하고야 말겠다는 것도 아닐 테고, 어이가 없어. 뭐 그 동안 다른 남자들이랑 실컷 많이 놀아봤고, 앞으로도 사랑은 다른 남자랑 하고 당신 돈이나 실컷 쓰면서 살아보겠다는 각오에 찬 여자라면 또 몰라도. 사랑 운운하는 건 아주 우습다."

수진의 그 여자 씹기가 끝난 후 나는 수진에게 궁금한 것을 물어봤고, 수진은 어제 내가 보지 못한 드라마에 대해 상세히 이야기해줬다. 그들이 어디서 어떻게 만나 무슨 말을 했는지부터 미숙한 일부 연기자가 표현해내지 못한 감정들까지. 수진에게 이런 이야기를 들을 때마다 정말 놀라울 따름이다. 한 번 보고 어떻게 이렇게 정확하게 기억할 수 있는 것인지. 수진이 설명해준 것을 듣고 나서 주말에 재방송을 본 적이 있었는데 너무 정확해서 놀랐다. 드라마를 같이 본 적도 있었는데 수진이 미리 본 것처럼 다음에 나올 대사를 맞혀 또 한번 놀랐었다. 특별한 능력이 아닐 수 없다.

"……그렇게 된 거였구나. 난, 또."

수진의 설명 덕분에 오늘 본 드라마 내용이 어떻게 이어지는 건지 알 수 있었다. 한 점의 의혹도 없어졌다. 속이 시원하다.

"그런데 너, 지훈이 자주 만나는 거 성우도 아니? 내가 성우라면 기분이 좀 그럴 것 같은데?"

"뭐가?"

"하긴 지훈이가 너한테 나나 유리랑 뭐가 다르겠니? 그런 것도 이해 못 하면 자기도 여자동창은 만나지도 말고 여자동료들이랑은 점심도 같이 먹지 말아야지, 안 그래? 남자들은 정말 웃긴 게, 자기가 여자들한테 인기 있는 건 은근히 자랑하면서 자기 애인한테 친하게 지내는 다른 남자가 있는 건 못 참는단 말이야. 성우는 안 그렇니? 성우도 은근히 왕자병일 것 같은데."

수진은 성우의 성향을 대충은 알아맞혔다. 성우는 자신이 잘
났다고 누구이 말하는 그런 왕자는 아니지만 나름대로 꽤 중증
의 왕자병에 걸려 있다. 남자들이 단체로 몰려다니다가 마음에
드는 여자들 무리를 만나면 꼭 자신을 앞세워, 네가 한번 말을
걸어봐라, 하고 시킨다는 거나, 술집 같은 데 가면 아가씨들이
서로 자기 옆에만 앉으려고 한다는 그런 얘기들. 참, 여자들이
자기한테 접근을 많이 한다는 얘기도 했었다. 나는 속으로 네가
쉬워 보여서 그랬겠지, 하고 생각했다.

"그런데 너, 지훈이 만나면 재밌니? 난 걔 좀 이상하던데."

"어?"

"너같이 드라마에 열광하는 애가 드라마까지 놓치고, 둘이서
뭐가 그렇게 재밌었나 궁금해서."

그렇게 말하고 수진은 전화를 끊었다.

지훈을 만나면 재미있냐고? 글쎄. 사실 어제 지훈과 나, 특별
히 한 얘기도 없었다. 우리와는 아무 상관도 없는 쓸데없는 얘
기들이었다. 영화에서나 만날 수 있는 조직의 보스가 우리 인생
에 끼어들 여지가 있겠는가. 처음에 지훈을 만날 때는 영화 보
고 저녁만 간단히 때우고 집으로 돌아올 생각이었다. 드라마가
방영될 시간까지 같이 있게 될 거라고는 상상도 못 했다. 지훈이
드라마를 놓칠 수도 있는 시간으로 약속을 정했으면 나는 사정
을 다 말하고 약속을 취소했을 거고, 같이 있다가 드라마 시간이
다 된 걸 알았다면 그 자리에서 벌떡 일어나 가야 한다고 말했을

것이다. 상대가 지훈이 아니라 성우라도 그랬을 것이다. 지훈은 순순히 날 보내줬겠지만 성우라면 좀 투덜대긴 했을 거다.

생각해보니 이전에 남자친구와 드라마 때문에 헤어진 적도 있었던 것 같다. 그때는 그것도 이해 못 하는 그 때문에 속상했고, 나중에는 그게 다 나랑 헤어지기 위한 괜한 핑계일지도 모른다는 생각이 들어서 속상했다. 이제 다시 생각하니 평생 만날 수도 없는 텔레비전 속 남자와의 경쟁에서 지고 있는 것이 그를 자존심 상하게 했을지도 모른다는 생각이 들기는 한다.


성우는 현재 내 애인이고, 지훈은 초등학교 동창이고, 수진과 유리는 가장 친한 대학친구이다.

수진과 유리, 나, 이렇게 셋은 대학 사 년 내내 붙어다녔고, 대학을 졸업하고도 여전히 하루가 멀다 하고 전화를 걸고 만나는 그런 사이다. 유리는 다른 지방에서 회사를 다니고 있어서 이제는 잘해야 한 달에 한 번 만날까 말까 한다. 전화통화를 자주 하긴 하지만, 다음날 출근해야 하는 유리의 시간을 허비하게 만드는 것 같아 내 쪽에서 자제하는 편이다. 이 정도면 내게 꽤 중요한 일이다 싶은, 좀 심각한 사건이 일어나면, 적당한 시간을 골라 유리에게 전화를 건다. 사실 시간이 지난 뒤 얘기를 하다보면 별로 할말이 없어진다. 드라마도 라이브로 즐기길 바라는 내가 내 일에 대해서는 오죽하겠는가. 그러다보니 수진과의 통화가 더 잦아졌다. 수진은 번역가로 이름을 알리기 시작했고 대학원에서 박사과정을 밟고 있다.

스무 살 이후로 나는 삶의 거의 모든 문제를 친구들과 의논해왔다. 어머니는 멀리 있고, 아버지와는 의논하기 어려운 문제들이었고, 언니는 나와 너무도 달라서 나한테 문제인 것들은 애초부터 언니에게는 문제될 게 없는 것들이었다. 그럴 때 그들은 가장 좋은 의논 상대였다.

유리나 수진에게 의논하는 나의 문제란 것은 대개 남자와 만나고 사귀고 헤어지는, 이른바 연애 문제라고 할 수 있다. 특히 내 문제는 사랑을 어떻게 하면 되는 건지, 그 방법을 도무지 모르겠다는 거다. 나는 사랑한다고 생각했는데 상대는 내가 자신을 하나도 사랑하지 않는다고 생각하거나, 나는 이 사람에게 사랑을 받고자 했는데 그 옆의 다른 사람이 나를 사랑한다고 고백해오거나, 그가 이제 드디어 나를 사랑하는구나 여기고 안심했는데 그는 이미 나를 떠날 준비를 하고 있었거나…… 대개는 타이밍이 안 맞았고, 처음부터 착각을 했거나 도중에 뭔가 착오가 있기도 했고, 잘되어간다고 생각했는데 결국 남은 것은 처음에 생각했던 것이 아닐 때도 있었다.

살면서 나는 일등이 되길 바라본 적이 거의 없다. 해봤자 안될 것을 알아서 그랬기도 했지만, 혹시라도 죽을힘을 다하면 할 수 있다고 해도 나는 일등보다는 일등을 위협하는 이등의 자리가 좋다. 하지만 사랑만큼은 예외이다. 일등을 위협하는 걸로는 아무런 소용이 없다. 사랑에서 이등은 아무것도 아닌 것이다. 사람들은 웬만하면 한 사람의 애인을 선택하려 하고, 많은 이성을 사귀어도 언제나 누가 제일 좋은지를 가려내고 싶어하며, 아무리 복잡한 남녀관계에 얽혀 있어도 결국 결혼은 한 번에 한 사람하고만 한다.

누군가를 만나서 사랑을 하는 것, 게다가 오직 한 사람을 사랑해서 결혼을 하는 것은 아주 어려운 일이다. 연애는, 이를테면 덜 익거나 간이 안 맞거나 맛이 조금 이상해도 이번만 꾹 참고 먹거나 정 못 먹겠으면 그만 먹어도 되고 다음번에 잘하면 되지만, 결혼은 그렇게 간단하지 않은 것이다. 결혼 이후의 시점부터 내가 선택한 바로 그 한 사람만을 사랑하며 사는 것은 일평생 한 가지 요리만 먹어야 하는 것과 비슷할 것이다. 요컨대 한 사람의 인생에서 제일 중요한 자리는 결국 한 사람만이 차지하게 된다는 거다. 그러나 나는 아직 그 가장 중요한 내 자리가 어딘지 모르겠다.

내가 요리를 준비하는 동안 그 사람이 가만히 앉아 기다린다는 보장도 없고, 내 입맛에 맞는 요리가 내가 사랑하는 바로 그 사람의 입맛에 딱 맞으라는 법도 없으니 걱정이 안 될 수 없다. 다행히 이런 문제에 관해서라면 유리나 수진은 최고의 상담자들이다. 끊임없이 계속 이야기를 하다보면 문제들이 자연스럽게 풀려나간다. 사실 문제 자체가 해소되는 경우는 드물지만 어쨌거나 속이 시원해져서 문제가 가볍게 느껴지는 효과는 확실하다.

수진은 연애 실전가이다. '내가 해봐서 아는데 말이야'로 시작되는 레퍼토리를 수진은 수없이 갖고 있다. 수진은 '시간이 지나지 않는 한 해결되는 건 아무것도 없다'고 말한다. 그러니 말하고 싶을 때 말하고, 울고 싶을 때 울고, 화내고 싶을 때 화내도 어차피 대세에는 지장이 없다는 것이다. 수진은 연애의 과정을 철저히 즐기는 편이고, 수진의 결론은 합리적이다. 만남이 의미를 갖지 못하게 되면 그만두라는 것이다. 수진은 나에게 정말 네가 원하는 건 뭔데? 하는 질문을 꼭 하며, 그 결론은 너랑 안 어울려, 너랑 잘 어울려, 둘로 갈린다. 그런데 수진에게는 이렇다 할 애인이 없다. 남자를 수도 없이 바꾸는 탓에 수진의 남자친구는 다른 여자들의 남자친구에 비해 가치가 떨어지는 것이다. 일회용까지는 아니더라도 재활용되는 예는 거의 없다고 봐야 한다.

반면에 유리는 연애사례 수집가이다. '내가 아는 누구는 말이야'로 시작해서 '원래가 다 그렇게 되게 되어 있어'로 끝나는 사례를 수없이 갖고 있다. 유리는 누가 누구를 만나서 사랑했다는 단순한 이야기가 아니라 그 이면을 읽는다. 남자가 여자에게 실은 어떻게 접근했으며, 여자는 사실 남자의 이런 점에 혹했을 것이며, 둘이 이러이러해서 연결이 되었는데, 그게 다 알고 보면 나름 계산이 있다는 식이다. 유리는 연애의 결과를 중시하는 편이고, 유리의 결론은 언제나 경제적이다. 남는 게 없으면 그만두는 게 상책이라는 것이다. 유리는 앞으로 더 괜찮은 남자 만날 수 있을 것 같니? 라는 질문을 하며, 결론은 잡아, 혹은 정리해,

놔둬, 이 세 가지로 갈린다. 유리는 남들의 일에는 냉정하고 자기 일에는 아주 감정적이다. 거의 비슷한 사례가 남들에게 적용될 때는 '그럴 리가 있냐'는 식이지만 자기 일이 되면 '그럴 수도 있다'는 식이다.

문제들은 종적으로 연결되어 있지만 횡적으로도 연결되어 있다. 나보다 나이가 많은 사람들이 미래의 변화까지 꿰뚫고 있다면, 비슷한 또래의 사람들은 현재를 잘 느낄 수 있다. 그런 점에서 유리와 수진은 최적의 상담자들이다. 그리고 또 그들은 나, 서나영을 잘 안다.


전화벨이 울렸다. 성우였다.

"우리 내일 만나."

우리는 어디서 어떻게 만날지 약속을 정하고, 잘 자라는 인사를 하고 전화를 끊었다.

다시 전화벨이 울렸다. 나는 성우일 거라고 생각했다. 성우는 그런 장난을 잘했다. 금방 전화를 끊고 다시 걸면, 분명 자기는 아닐 거라고 생각하다가 자기인 줄 알게 되면 내가 훨씬 더 반가워할 거라고. 막 집 앞에서 헤어졌는데 집으로 들어오자마자 전화벨이 울릴 때도 있다. 뭐, 그럴 때 하는 말은 뻔하다. 또 보고 싶어서.

"애인이 아니라서 실망했니?"

수진이었다.

"아니, 금방 통화했는데 뭘."

"너희 둘 통화시간이 요즘은 짧다. 조금 전에 통화중이길래 벌써 끝났을 리가 없다고 생각하면서 그냥 걸어본 건데 연결이 되네. 전에는 한 시간 통화는 기본이었잖아. 그런데 요즘은 안 그런 것 같아."

생각해보니 그랬다. 성우와의 통화시간이 점점 짧아지고 있었다. 어쩌면 그건 당연한 건지도 몰랐다. 전에는 오늘 뭐 했어, 좀 전에 뭐 했어, 이제 뭐 할 거야, 그런 것들을 묻고 답하곤 했는데, 이제는 그런 것들이 뻔해졌다. 내가 전혀 모르는 세상으로 성우가 사라질 위험 같은 건 없어 보인다.

"너희 무슨 일 있는 거 아니지?"

"무슨 일은…… 내일도 만나기로 했는데."

"그래, 좋겠다."

"뭐가?"

"애인 있는 사람은 좋겠다고."

수진의 말에 나는 웃었다. 그러고 보니 수진이 만나는 남자가 없는 기간이 좀 길다 싶은 생각도 들었다. 자기 일은 척척 알아서 잘하는 아이니 괜히 해보는 푸념일 것이다. 수진은 언제나 남자친구쯤은 뒷전이다. 수진에게는 남자보다 우선인 게 너무 많다. 남자가 그걸 방해하면 관계를 그만두는 것쯤은 아무 문제가 안 된다. 수진은 사귀기도 잘하고 헤어지기도 잘한다. 감정의 낭비나 시간의 낭비 없이 아주 경제적으로. 그게 잘 안 되는 나로서는 수진이 존경스러울 따름이다.

　나도 나름대로 사귀기는 잘하는 편이다. 하지만 어떻게 사귀게 되었는지를 늘 똑부러지게 설명하지 못하는 걸 보면 내가 그 방법을 아는 것 같지는 않다. 그리고 헤어질 때는 대개 흐지부지이니, 뭐가 어떻게 된 건지 더더욱 모른다. 그렇다고 뭐 특별히 문제가 있었던 건 아니다. 그러니까 사귀지 말아야 할 사람을 사귀었던 적도 없었고 헤어지지 말아야 할 사람과 헤어진 적도 없었다는 얘기다.

　전화를 끊고 다이어리를 펼치고 내일 날짜 아래에 '성우'라고 썼다. 내일은 성우를 만나야 한다. 모처럼 할일이 생겼다. 생각해보니 내 다이어리의 날들은 성우를 만나는 날과 만나지 않는 날로 나뉘는 것 같다. 이번 달에 나는 성우를 다섯 번 만났다. 겨우 다섯 번? 아니, 벌써 다섯 번? 내일 성우를 만나서 뭘 먹을까 생각하다가, 노트를 꺼내들고 침대에 누웠다.

　내 노트는 요리 관련 정보로 가득 차 있다. 레시피, 맛있는 음식을 하는 식당, 혹은 식품 관리 요령 같은 것들. 나는 새로운 음식을 먹게 되면 여기에는 무슨 재료와 어떤 양념이 들어갔으며 어떤 순서로 요리되었을까를 머릿속으로 그려본다. 그리고 집으로 돌아오면 내가 상상해낸 레시피를 노트에 기록하고, 자료를 찾아 보완하고, 그날 혹은 다음날 재료를 준비해서 직접 만들어본다. 최대한 비슷한 맛이 나올 때까지 몇 번이고 계속한다. 만약 사람이 죽어서 이름이 아니라 책을 남긴다면, 나는 요

리책을 남기게 될 것이다. 좋아하는 것, 잘 아는 것에 대해 써야
할 테니까.

　어쩌다 요리에 관심을 갖게 되기 전까지는 내가 요리를 잘할
거라고 상상도 못 했다. 어머니가 워낙에 음식솜씨가 없었기 때
문에 나도 당연히 요리 같은 건 못할 거라고 생각했다. 더구나
어릴 때부터 어머니와 따로 살게 된 탓에 직접 요리하는 걸 가
까이서 본 적도 없는 편이고 다른 여자아이들처럼 식탁 차리는
걸 도왔던 기억도 없다. 아버지와 나는 언제나 적당히 끼니를
때우면서 지내왔다.

　먹는 것을 워낙 좋아하는데다 요리까지 즐기기 시작하면서 나
는 더 풍성해졌다. 좋게 말하면 통통하고, 나쁘게 말하면 뚱뚱하
다고 할 수도 있을 만큼 포동포동하다. 모델처럼 마르고 날씬한
유리나 운동선수처럼 탄력 있는 좋은 몸매를 가진 수진이 부러
울 때도 있지만 나는 내가 유리처럼 적게 먹고 살 수도 없고, 수
진처럼 일주일에 세 번 이상 조깅이나 헬스를 할 수도 없다는
걸 너무 잘 안다. 그리고 나는 이대로의 나, 좀 통통하고 아주
잘 먹는 내가 썩 괜찮다고 생각한다. 아무려면 어때? 나 좋은 게
제일이다.

# 계량기구 사용하기

나는 텔레비전으로 생중계되는 영화시상식을 보고 있다. 연말이 되면 수많은 시상식을 한다. 가요대상이니 연기대상이니, 무슨무슨 영화상이니 하는 것들. 일 년 동안 한 분야에서 최고로 잘한 사람에게 당신이 올해 일등이요, 하고 공식적으로 인정해주는 자리이다. 성우도 지금 이 시상식을 보고 있을까.

우린 내기를 했었다. 성우와 나는 각자 좋아하는 배우가 남우주연상을 받는다는 데 걸었다. 나도 내가 좋아하는 배우보다는 성우가 좋아하는 배우가 더 수상 가능성이 높다고 생각하지만 그냥 내가 좋아하는 배우를 지지하기로 했다. 물론 내기는 이런 식으로 하면 지기 쉽다. 하지만 성우에게 진다고 내가 손해볼게 있나. 그리고 서로 다른 데다 걸어야 내기가 된다.

성우는 영화를 좋아한다. 아주 다양한 장르의 아주 많은 영화를 본다. 그러므로 그와 만나는 동안 나도 꽤 많은 영화를 볼 수밖에 없었다. 대체 왜 이런 영화를 보아야 하는지 의문이 드는 영화도 종종 있었는데, 그와 본 최악의 영화를 꼽으라면 영화제 특별 심야상영으로 본 〈킹덤〉이나 DVD로 본 〈천국보다 낯선〉이 일단 기억난다. 다시는 영화관에서 볼 수 없을지도 모른다던 〈킹덤〉은 너무 길고 끔찍했고, 짐 자무시 컬렉션의 출시를 축하하면서 함께 보았던 〈천국보다 낯선〉은 짧은 러닝타임이 무색하게도 지루했다. 〈킹덤〉을 볼 때는 중간에 쉬는 시간이 있었는데, 성우는 내가 급하게 싸간 샌드위치를 잘도 먹었지만 나는 아무것도 목으로 넘어가질 않았다.

성우는 영화는 까다롭게 고르고 비평하길 좋아하지만, 식성은 까다롭지 않다. 뭐든 가리지 않고 잘 먹고 또 맛있다는 말도 잘 하는 편이다. 내가 좋아하는 음식을 성우가 불평 없이 함께 먹어주는 것과 성우가 좋아하는 영화를 이유 없이 늘 함께 봐야 하는 것은 같은 종류의 일일까. 인간은 먹지 않고는 살아남을 수 없다. 하지만 영화는 안 보고도 얼마든지 산다. 그러므로 이 관계에서는 나의 희생이 더 크다고 생각하는 것은 잘못일까.

성우는 이건 꼭 봐야 해, 하면서 나를 끌고 극장이나 콘서트, 연주회에 가지만 나는 여전히 영화는 로맨틱코미디가 최고고, 콘서트는 댄스그룹이 나오는 게 좋고, 연주회는 거의 다 졸리다. 어쩔 수가 없다. 식성이 변하는 사람도 있다지만 내 문화적 식성은 도저히 변할 것 같지 않다. 그나마 적응력은 좀 생겼다. 으

악, 하고 토하지 않는 정도, 그리고 시면 시어서 떫으면 떫어서 나름대로 독특하다, 느끼는 정도. 하지만 시고 떫고 쓴 맛을 즐길 정도는 아직 아니다.

늦어도 어제쯤에는 성우에게서 전화가 와야 했는데, 아무 연락이 없다.

일주일 전에 만났을 때 좀 좋지 않게 헤어졌다. 성우가 맛있는 식당을 알게 되었다며 나를 데리고 갔다. 얼마 전에 지훈과 간 적이 있는, 분위기가 괜찮은 차이니스 레스토랑이었다.

"이걸로 해. 너, 탕수육 좋아하잖아."

바삭하게 튀겨낸 쇠고기에 달콤한 파인애플과 야채가 곁들여진 깔끔한 맛의 쇠고기 탕수육을 가리키며 성우가 말했다.

"그래. 넌 이걸로 해라. 새우와 브로콜리 요리."

성우는 닭요리를 빼고는 다 잘 먹는 편이지만 해산물로 만든 요리를 특히 좋아한다.

"뭐 하나 더 시키자."

"그럼 이건 어때? 지훈이가 이거 시켰었는데 꽤 맛있더라."

나는 한입에 쏙 들어갈 만한 크기의 양상춧잎 위에 쇠고기와 야채를 볶아 얹은 쇠고기 상추쌈 요리를 가리키며 말했다.

"여기도 지훈이랑 온 적 있니?"

나는 별생각 없이 그렇다고 말했다. 그때부터 성우가 조금 이상해졌다. 나는 좀 지나치게 솔직한 편이다. 그건 일단 내 단순

함에 기인한다. 생각을 복잡하게, 한 차례 더 할 줄 몰라서 가끔 사람들이 내 앞에서 어이없는 표정을 지을 때가 있다.

"지훈이랑 너, 음식도 나눠 먹냐?"

"지훈이는 뭘 잘 안 먹잖아."

"그래서?"

"그래서는 뭐가 그래서야. 시켜서 둘이 나눠 먹은 거지."

지훈은 식탐이 그다지 없는 편이다. 내가 이거 맛있지, 하고 동의를 구하면 겨우 그래, 맛있다, 하고 대답하는 정도이다.

처음에 나는 성우가 신경질적으로 나오는 영문을 몰랐고, 혹시나 했을 때는 이미 수습할 수 없을 정도로 말을 많이 한 후였다. 하지만 곧 대수롭지 않게 생각했다. 남자와 여자가 만나서 연애를 하는 것이긴 해도, 세상의 모든 남자와 여자가 만나기만 하면 그런 관계가 되는 것은 아니기 때문이다. 안 그런 경우가 더 많은 것이다.

성우가 지훈과 나의 관계를 오해할 일은 없다. 물론 성우를 제외한다면 지훈은 요즘 내가 만나는 거의 유일한 남자이긴 하다. 지훈과 나는 같이 영화도 보고, 차도 마시고, 술도 마시고, 식사도 한다. 하지만 그건 성우를 만나기 이전부터 있었던 일이고, 성우가 모르는 일도 아니다.

나와 지훈의 일을 다른 시선으로 따지기 시작한다면 성우가 아는 여자들은 다 어쩌란 말인가. 성우가 가끔 차를 마시고 식사를 하는 여자들에 대해 내가 다 신경쓰자면 하루 스물네 시간이 모자라는 것은 물론이고, 어쩌면 신경쇠약으로 지쳐 죽어버릴지도 모른다. 수진이 나한테 '성우는 너같이 무딘 여자를 만나서 참 다행이야'라고 할 정도이니 오죽하겠는가. 그런데 내가 무디다고? 물론 그런 면이 없지는 않다. 하지만 그것보다는, 내가 성우를 믿는 구석이 있는 것 같다. 내가 그 여자들보다 대단해서? 그건 아닌 것 같고…… 아무튼 그렇다.

"그리고, 언제까지 이렇게 아무것도 안 하고 살 거니?"

"내 나름대로 중요한 계획이 있어서 이러고 있는 거니까, 그 소리 좀 그만 할 수 없어?"

"그래서 말인데, 그 중요한 계획 이야기 좀 들어보자."

나의 그 중요한 계획이란 다름아닌 결혼이다. 하지만 그 결혼의 상대가 현재 애인인 성우가 될 가능성은 반반이거나 그보다 낮다고 볼 수 있다. 내가 아무리 눈치가 없는 편이고 지나치게 솔직담백하다고는 하지만, 이런 이야기를 성우에게 할 수는 없다.

"계획이 실현되면 너도 당연히 알게 될 테니까, 너무 궁금해하지 마. 그리고 미리 알면 김새잖아."

"몇 달째 이렇게 아무것도 안 하고 지내면 심심하지도 않니? 심심하니까 아무 남자나 만나는 거겠지만."

일을 안 한 지 겨우 몇 달밖에 안 되었는데도 성우는 만날 때마다 저 소리를 한다. 확실히 성우는 내가 꿈꾸는 결혼 상대와는 거리가 멀다. 결혼을 하면 예전에 했던 일을 다시 할 이유가 없다. 아니, 그 일을 계속 하겠지만 그건 일이 아니라 내 생활이 될 것이다. 성우가 기회 있을 때마다 굳이 저런 말을 하지 않아도, 어떤 사람들에게는 내 인생의 목표가 진부해 보일 수도 있다는 걸 알고 있다. 그렇지만 성우가 틀린 것도 있다. 나는 아무 남자나 만나는 것이 아니다. 지훈은 내게 남자도 아니거니와 아무 남자는 더더욱 아니다. 지훈은 수진이나 유리처럼 소중한 친구이다. 인정하고 싶지 않겠지만 성우도 그 사실을 받아들여야 할 것이다.

집에 와서 노트에 그날 먹은 요리에 대해 메모를 하며 다시 생각해보았지만 여전히 별일 아니었다. 와본 곳을 처음인 척 속여야 할 이유가 없었음은 물론이고, 그러는 게 더 나쁜 거라고 생각했던 것이다. 성우와 보기로 약속한 영화를 지훈이랑 본 것처럼 약속을 어겨서 내가 미안해해야 할 이유도 없고, 그리고 어쨌든 성우와는 그곳이 처음이었고, 내게는 그 사실이 중요하니까.

그런데도 여전히 개운하지는 않다. 내가 뭔가 잘못 생각한 건 아닐까.


지훈은 내 첫사랑이다. 하지만 당사자인 지훈조차도 그 사실을 모른다. 지훈과 나는 사학년과 육학년 때 같은 반이었으나, 짝이었다거나 친한 사이였던 것은 아니다. 초등학교 때 지훈은 키가 작은 편이었고 나는 키가 아주 컸다. 지금은 사태가 역전되긴 했지만.

지훈이 내 마음으로 들어온 그 풍경을 나는 이십 년이 다 되어가는 지금도 똑똑히 기억한다. 초등학교 사학년 때 나는 반장이었고 지훈은 봉사부장이었다. 그 당시 학급 임원들은 돌아가며 아침 자습문제를 내곤 했다. 어느 날인가 나는 엄마와 다투고 아침 일찍 집을 나왔다. 그때는 아버지와 어머니가 따로 살기 전이었다. 그 무렵 유난히 엄마의 신경이 날카로웠던 것을 나는 이제야 이해한다. 아무튼 그날은 신경이 날카로운 엄마와 별것도 아닌 일로 다투고 집에서 나왔다. 학교 가는 길에는 아이들이 아무도 없었다. 나는 교실 문을 열었다. 키가 작은 지훈이 책상 위에 올라가 칠판에 자습문제를 쓰고 있다가 뒤를 돌아보았다. 순간 나는 우리 반에 저렇게 예쁜 남자아이가 있었나, 생각했다. 그날부터는 지훈을 보는 즐거움에, 성가시기만 했던 학교가 좋아질 정도였다. 육학년 때 다시 지훈과 같은 반이 되자 나는 세상이 내 편이며, 신이 내 사랑을 지지한다고 믿었다.

초등학교를 졸업한 후로는 지훈을 보지 못했지만 나는 대학에 들어갈 때까지 지훈만 좋아했다. 대학에 들어가면 지훈을 만나고 사귀고, 그렇게 될 거라고 막연하게 생각하고 있었다. 그게 나의 희망이었다. 그러나 어디까지나 나 혼자서 지훈을 좋아했을 뿐이다. 그 시절에 누군가를 좋아하지 않는 게 오히려 이상한 것이 아닌가. 지훈이 내 첫사랑이었다고 말해도 누구도 진지하게 받아들이지 않을 것이다. 나조차도 어린 시절에 좋아했던 그 풋풋한 감정을 첫사랑이라고 말하는 건 좀 우습다고 여기고 있으니까.

지훈과 내가 지금처럼 함께 영화를 보고 밥을 먹는다고 해서 애틋한 감정이 조금이라도 있는 건 아니다. 예전처럼 내가 지훈을 좋아했다면, 나는 떨려서 지훈 앞에서는 밥 같은 건 절대 먹지 못했을 것이다. 나는 지훈을 꽤 잘못 알고 있었다. 알고 보니 그랬다는 것이다. 내가 지훈을 좋아한 것은 멀리 있는 스타를 좋아한 것과 별로 다를 게 없는 것이었다. 말하자면 팬이 스타와 친구가 된 것이다. 가까이서 만나고 허물없는 사이가 되자 인간적인 허점들도 보이기 시작했다.

나는 지훈을 잘 알게 된 후부터, 내가 좋아했던 그 미소년이 지훈이라는 것을 깜박깜박한다. 물론 지금도 지훈은 미모만큼은 타의 추종을 불허하지만 나는 지금의 지훈보다 초등학교 시절의 지훈이 더 좋다. 그런데 이게 말이 되는지 모르겠다. 아무튼 지금 내 마음속에서 초등학교 때의 지훈과 지금의 지훈은 영 따로 논다.

그래도 지훈을 기준으로 내 사랑을 계량하는 버릇만은 여전하다. 쟤는 지훈만큼 좋다, 혹은 지훈보다 좋다, 지훈보다 잘생겼다, 못생겼다, 심지어는 지훈을 닮았다, 까지. 내 사랑을 측정하는 계량기구는 초등학교 시절의 지훈에 대한 내 마음으로, 아주 오래된 것이다. 그리고 그 계량기구를 마지막으로 사용했던 건 성우를 만났던 삼 년 전이었다. 그때 나에게는 김지훈이 아니라 윤성우이어야만 하는 이유가 있었던 것이다.

시상식이 막바지를 향해 가고 있다. 남녀주연상과 작품상만이 남았다. 역시나, 성우가 좋아하는 배우가 남우주연상을 받았다. 성우와 나는 배우 취향이 다르다. 나는 아주 잘생긴 청춘스타를 좋아하는데, 그런 내 취향을 성우는 수준이 낮다고 몰아붙인다.

내 애인인 성우는 내가 좋아하는 멋진 청춘스타의 이미지와는 거리가 멀다. 얼굴이 조각 같지 않은 것은 물론이며 우울의 그늘을 가진 것도 아니다. 다만 성우가 환하게 웃으면 아무도 화를 못 낸다. 성우는 자신감이 넘치고 여자에게 잘한다. 그렇지만 여자를 우습게 아는 측면도 없지 않다. 여자를 우습게 아는 건 자신이 마음만 먹으면 어떤 여자도 넘어오게 할 수 있다고 여기기 때문이다. 말 잘하고 옷 잘입는 성우는 어떤 여자든 한 시간만 같이 앉아 있으면 자기에게 호감을 갖도록 만들 수 있다고 생각한다. 지나친 자신감은 성우의 장점이자 단점이다.

그렇지만 나는 성우의 그 지나친 자신감을 좋아한다. 어떻게 사람들이 자신에게만은 관대할 거라고 믿는지, 조금만 애쓰면 자기를 싫어할 사람은 없다고 생각하는지, 자신의 존재가 사람들에게 즐거움이 될 거라고 여기는지. 어쩌면 그렇게 자신에게 확신이 있을 수 있을까, 신기할 지경이다.

성우의 자신감이 영 허황된 것만은 아니다. 밥집 아주머니들이 성우를 기억하고 반찬을 더 챙겨주면서 마치 아들처럼 대하거나, 여자후배들이 친오빠처럼 성우에게 이것저것 고민을 털어놓기도 하고, 백화점의 판매원 아가씨들도 성우에게 유난히 친절하다. 누구든 그의 앞에서는 무방비상태로 미소를 띠는 것을 종종 본다. 처음 만난 사람들을 모아놓고 인기투표 같은 걸 한다면 성우는 절대 일등을 못 할 테지만, 일주일쯤 시간을 준다면 아마 문제없이 일등을 할 것이다. 그 투표인단에 여자가 많으면 많을수록 성우에게 유리한 건 물론이다.

성우와 함께 보았던 영화가 작품상을 받으면서 시상식이 막을 내렸다. 그 영화는 성우가 좋아하는, 아주 많은 영화들 중의 하나이다. 나는 그 영화를 극장에서만 세 번 보았다. 그것도 사흘 연속으로. 처음에는 지훈과, 다음에는 성우와, 그 다음날 영화가 너무 좋아서 한번 더 보고 싶다는 성우와 또. 개봉 전부터 성우와 보기로 약속한 영화였는데, 미안해서, 지훈과 이미 봤다는 말을 할 수가 없어서 그냥 꾹 참고 보았다. 아무리 좋은 영화라도 그렇지. 그리고 그건 성우 기준이지 내 기준이 아니었다. 처음에 지훈과 보지 않았다면 성우가 또 보자고 했을 때 분명 거절했을 것이다. 아무튼 고문이 따로 없었다.
성우를 생각하면 백화점에서 말 잘하는 점원한테 혹해서 물건을 산 기분이 들 때가 있다. 세상 사람들 기준에 좋은 물건임은 틀림없긴 한데 나에게 어울리는가, 내가 좋은가가 문제였다는 얘기다. 처음에 나는 성우를 특별히 좋아하지는 않았다. 그러니까 첫눈에 성우가 마음에 들었던 건 아니었다. 주위의 모두가 성우가 좋은 사람이라고 했기 때문에 나도 저 정도면 괜찮다고 생각해 사귀기 시작했다. 끔찍하게 싫어하는 면이 있는 것도 아니지만, 다 좋기만 한 것도 아니었다.

일단 성가신 면이 없지 않았다. 자상함이 지나치다고나 할까. 성우는 이것 해라, 저것 해라, 그건 하지 마라, 요구하는 것이 많았다. 그에 따른 이유도 많았다. 건강에 나쁘다, 안 좋아 보인다, 사람들을 쓸데없이 오해하게 만든다 등등. 성우가 시키는 대로 하면 확실히 나는 한층 좋은 인간, 수준 있는 인간으로 보였다. 게다가 성우와 있으면 내 생각 따위는 말할 필요도 없었다. 일일이 그가 물어보기는 한다. 이렇게 할래? 저렇게 할래? 나는 그가 이미 골라놓은 몇 가지 중에 선택을 하거나, 고개를 끄덕이거나 가로젓기만 하면 된다. 먼저 나와서 기다리고, 차 문은 물론 문이란 문은 모두 자기가 알아서 열어주고, 데이트 비용은 자신이 부담하는 것을 편안하게 여기며, 기념일을 기억하는 것 정도는 기본이다. 성우는 좋은 애인이다. 무엇이든 알아서 해주어서 날 생각 없는 아이로 만들기 일쑤였지만, 다른 사람들도 덩달아 모두 나한테 잘해주지 않으면 안 되는 것같이 굴어서 기분이 나쁘진 않았다.

성우가 좋아하는 배우가 남우주연상을 수상했으니, 내가 내기에 진 셈이다. 성우가 내기에서 이기면 내가 무얼 해주기로 했었는지 기억나지 않는다. 보통 이런 내기를 하면, 대개는 스포츠의 승부가 많지만, 둘이서 같이 보거나 적어도 전화통화를 하면서 내기의 스릴을 즐긴다. 하지만 오늘은 내기의 승부가 결정난

지 한 시간이 다 되어가는 지금까지도 성우는 전화하지 않고 있다. 잊어버린 걸까? 그 동안은 성우가 모든 걸 기억했기 때문에 나는 아무것도 기억하지 못한 것인지도 모른다.

처음부터 내 마음이 번쩍했던 것이 아니어서, 솔직히 어찌 되어도 상관없다는 생각이 늘 마음 한구석에 있었다. 그런데 막상 성우가 멀어지고 있다고 생각하니 기분이 좋지만은 않다. 좀 쓸쓸하다.

아홉시 뉴스가 곧 시작될 것이다. 나는 텔레비전을 껐다. 아주 가끔은 아홉시도 되기 전에 잠들어버리고 싶다.

나는 대학을 졸업하고 한동안 아무 일도 하지 않았다. 다른 뜻이 있었던 게 아니라 빨리 결혼하고 싶었고 그럴 수 있으리라고 생각했었다. 그러나 내 목표가 쉽게 달성될 수 있는 것이 아니라는 현실을 깨달은 후부터 요리 관련 자격증을 따기 시작했다.

내가 맞추어야 할 입맛이란 이 세상의 오직 한 사람, 지극히 주관적인 것이지만 그 기준을 잡기가 모호한 지금으로서의 최선은 세상의 가장 객관적인 기준에 맞추는 수밖에 없었다. 세상의 표준에 나를 맞추기란 그리 어려운 일은 아니었다. 나는 한두 번 실패하기도 했지만 결국은 내가 원하는 자격증을 하나하나 땄다.

그 자격증으로 나는 일을 하기도 했고 누군가를 가르치기도 했다. 일을 늘려보라는 권유가 있었지만 나는 그러지 않았다. 한

가지 이상을 감당하지 못하는 내 성격을 잘 알고 있기 때문이다. 처음에는 거절하고, 그래도 다시 부탁해오는 일만 하면서 지금에 이르렀다. 하지만 서른이 점점 가까워지자 나는 다시 내 인생의 목표를 점검해봐야 할 필요를 느꼈고, 일을 줄여나가기 시작했다. 내 인생의 목표에 올인하기 위해서이다.

사람들은 그다지 믿어주지 않지만 아직도 내 꿈은 현모양처이다. 하지만 현모양처는 아무나 될 수 있는 것이 아니다. 조건도 까다롭고 자격도 만만치 않다. 현모양처는 만능인에 가깝다. 이른바 '살림'이라고 말하는 요리나 집안 관리는 물론, 가정경제 관리능력과 위기 대처능력까지 필요하고, 이것들이 뛰어나야만 비로소 현모양처가 될 수 있다. 그러니까 개인적인 실력과 사회적인 조건, 행운과 끊임없는 노력까지 필요하다.

게다가 현모양처는 혼자서는 될 수 없다는 점이 사실 제일 어려운 문제이다. 현모가 되려면 아이가 있어야 하고 양처가 되려면 남편이 있어야 한다. 좋은 엄마, 현명한 아내 되기가 얼마나 어려운지는 주위를 조금만 둘러봐도 알 수 있다. 현모양처가 되겠다는 내 꿈을 시시하게 보는 이들을 나는 이해할 수 없다. 현모양처가 될 수 있는 사람은 다른 것도 충분히 잘할 수 있다. 살림의 여왕이라는 마사 스튜어트를 봐라. 현모양처는 그 재능을 세상을 향해 일부만 선보여도 마사 스튜어트가 될 수 있는 사람들이다.

우리 어머니는 현모양처는 아니었다. 어머니는 출근하는 아버지를 위해 아침식사를 챙겨주지도 않았고, 내 점심도시락을 싸는 것을 귀찮아했고, 일을 핑계로 번번이 저녁식사도 함께 하지 않았다. 우리 부모님은 나에게 불행한 결혼을 측정하는 계량기구인 셈이다.

나는 두 분이 마주 앉아 함께 식사하지 않는 것으로, 부부가 사랑하지 않는다는 게 어떤 것인지 충분히 실감할 수 있었다. 그래서 내 결혼의 첫째 조건은 사랑이다. 나는 연애와 결혼을 별개로 생각하지 않는다. 결혼이 조금도 고려되지 않은 연애는 얼마나 공허한 것인지. 그건 영원을 꿈꾸지 않는 사랑이란 뜻 아닌가. 하지만 내 연애는 사실 대부분 공허하게 끝나버렸다.

성우와의 연애가 내 마지막 연애가 될지도 모른다는 생각을 한 적이 있었다. 성우가 정말 좋다거나 해서가 아니라 성우와의 관계가 어떻게 나아갈지 나를 아는 사람들이 궁금해하기 시작하면서 나도 우리가 어떻게 될지 생각하지 않을 수 없었다. 연애의 끝은 이별, 아니면 결혼 아니던가. 나는 성우와 이별하는 것이 잘 상상이 되지 않았다.

어떤 연인들은 헤어진 후 좋은 친구로 지낸다는데, 나에게는 그런 경우가 있을 수 없다. 사귀다가 헤어지게 되면 한동안 얼굴조차 마주치고 싶지 않은 것은 물론이거니와 시간이 지나도 웃으며 서로의 안부를 묻는 일 따위는 생각할 수도 없다. 나는 처음부터 몰랐던 사람처럼 지내기를 원한다. 성우와 헤어지고 나서도 모르는 사람처럼 지낼 수 있을까, 내가 과연, 그런 생각을 하면 성우와 헤어지고 싶어지지 않았다.

하지만 결혼에 대해 생각하기에도 뭔가 성급한 면이 있었다. 성우가 때로 그런 암시를 주긴 한다. 자기 어머니가 나를 보고 싶어한다든지, 자신은 결혼하면 이렇게 살고 싶다든지, 빨리 결혼하고 싶다든지, 심지어는 너랑 결혼하면 이런 거 하나는 좋겠다든지. 하지만 나는 모르는 척하거나 농담으로 넘긴다. 그러면서도 마음속으로는, 준비를 해야 하는 게 아닌가, 진지하게 생각을 해보자, 하고 있었다. 그랬는데, 이런 식으로 멀어질 수 있단 말인가. 도대체 성우는 내게 왜 이러는 걸까. 어쩌면 정말 이 여자랑 결혼해서 살아도 되나, 그런 생각으로 최종 테스트라도 하고 있는 건가. 이런 생각은 내게 유리한 쪽으로 생각하는 거고, 어쩌면 성우는 이제 내가 지겨워졌는지도 모른다. 헤어지고 싶어서 이러는 건지도 모른다.

나는 전에 사귀던 남자들과 어떻게 헤어졌는가, 생각해본다. 하긴 그때도 별 대책이 없었다. 그리고 상관도 없었다. 내 쪽에서 이미 그들과 헤어지고 싶어하고 있었으니까, 오히려 반가운 일이었다. 하지만 어쩌면 지금 나는 헛다리 짚고, 아무 생각 없는 성우를 공연히 의심하고 있는 건지도 모른다. 모르겠다, 모르겠어. 아, 머리 아파. 단도직입적으로 물어보지 않은 다음에야 내 실력으로 성우의 속을 아는 것은 불가능하다. 이렇게 안 돌아가는 머리를 굴리고 있는 내가 정말 짜증난다.

최악의 경우를 가정해보자. 성우는 나와 헤어지려고 한다. 그리고 거기에 대해 충분히 생각해보자. 만약 아니라면 다행이고, 맞다고 해도 충격으로 헤매지 않도록 마음의 준비를 해놓자.

나는 오늘같이 치사한 기분이 드는 경우 누가 나를 위로해줄까, 생각해본다. 이것이 연애의 또다른 시작이 아니라 정말 끝 단계라면 역시 수진이 나을 듯싶다. 일단 냉정한 수진에게서 극단적인 결론을 얻고 유리와 의논하면서 현실감을 찾은 후 혼자서 적당한 합의점을 찾으면 될 듯하다. 마음이 일단 극단에 닿고 나면 그 다음은 쉬워진다. 나는 수진의 전화번호를 누른다.


"성우랑 마지막으로 만났을 때 무슨 일 있었니? 꼭 무슨 사건이 있었냐는 게 아니라 뭔가 다르지 않았냐구."

"모르겠는데."

"여하튼 너 둔한 건 알아줘야 하니까. 그럼, 처음부터 차근차근 말해봐. 어떻게 약속을 하고 만나게 되었나부터."

나는 편한 자세를 취하고 그날 일에 대해 상세히 서술하기 시작했다. 수진은 내 이야기를 다 듣더니, 뭐가 잘못되었는지는 알겠는데 지난 일에 대해서 내가 지금 할 수 있는 건 아무것도 없다고 결론부터 내렸다.

"내가 뭘 잘못했는데?"

"지훈이랑 그 식당에 갔었다는 얘기는 왜 했니?"

"……"

"너도 잘못한 거 알긴 아는구나."

"아니, 모르겠는데. 가면 안 되는 거 아니잖아?"

"가면 안 되는 거 아니지. 내 말은 그런 얘길 왜 해서 성우의 기분을 상하게 했냐구?"

"왜 기분이 상해?"

"그걸 정말 모르겠니? 그러면 이런 식으로 생각해봐. 네가 마음먹고 고르고 골라서 나한테 선물을 해줬어. 이를테면 향수나 립스틱 같은 거. 선물을 고르면서, 내가 받으면 얼마나 좋아할까 그런 상상을 했겠지. 그런데 네 선물을 받은 내가 똑같은 게 이미 있다고 시큰둥한 반응을 보이면 네 기분이 어떻겠어? 네가 잘못했지?"

"응. 어떻게 하지? 미안하다고 그럴까?"

"아니, 그러지 마. 사실 너하고 성우의 문제는 내가 예로 든 것과는 조금은 다른 거거든. 네가 미안하다고 그러면 더 이상해질 거야. 그냥 넘어가. 그리고 네가 먼저 전화하면 되잖아. 왜 전화 올 때까지 가만히 기다리고 있어?"

"알았어."

"그런데 나, 너한테 한 가지만 물어보자. 도대체 너, 성우니? 지훈이니?"

"……"

"아냐. 그만 자라. 성우한테 전화하고."

"그래, 너도 잘 자."

수진의 충고대로 성우에게 전화하는 수밖에 없을 것 같다. 그렇지만 뭔가 어색하다. 본래 나는 성우에게 전화를 잘 하지 않는다. 성우가 열 번 하면 나는 세 번 한다. 그리고 그 세 번 중한 번만이 진짜 내 필요에 의한 것이다. 성우는 대체로 바쁘고나는 그보다는 한가하고 여유로우니까, 바쁜 사람이 시간 날 때전화하고 약속하고 그러는 게 당연했다. 지금 내가 전화하는 건자연스럽지 못하다. 차라리 메시지를 남기는 게 나을 것 같다.뭔가 하긴 해야 할 것 같으니까. 그런데 이럴 때는 태연하게 일상적으로 나가는 것이 좋을까, 아니면 단도직입적으로 나가는것이 좋을까. 잘 모르겠다. 유리에게 전화를 걸어볼까.

그때 전화벨이 울린다. 성우일까? 성우면 좋겠다.

"나영이니?"

전화를 건 사람은 성우가 아니라 지훈이었다. 성우는 전화를걸어 '나영이니?' 하고 묻지 않는다. 대신 '나야' 하고 말한다.

"지훈이구나."

"계속 통화중이더라. 네 애인이랑 전화했니?"

지훈은 성우를 성우라고 하지 않고, 늘 '네 애인'이라고 한다.생각해보니 성우뿐만 아니라 이전에 내가 사귀었던 다른 남자에게도 다 그렇게 네 남자친구, 네 애인이라고 칭했던 것 같다.

"유리 전화번호 좀 가르쳐주라. 전화번호가 집에 있어서 그래."

좀 기가 막혔다. 애인 전화번호도 못 외우다니. 지훈이 유리전화번호 때문에 나에게 전화를 걸어온 것만 해도 벌써 몇 번째이다. 이런 남자가 내 애인이라면 정말 슬플 것 같다.

"여태 집에 안 들어가고 어디서 뭐 하고 있어?"

"이제 들어갈 거야."

지훈의 집은 시외에 있다. 자동차로 시내까지 한 시간 정도밖에 걸리지 않지만 오가는 차 시간이 정해져 있고, 막차가 열한시 십분에 출발한다. 그 차를 놓치면 지훈은 집에 못 들어간다. 하긴 그 집에서 지훈을 기다리는 사람은 없다. 지훈의 부모님은 자동차 사고로 돌아가셨다. 지금 지훈이 사는 집은 부모님이 은퇴하면 노년을 보내려고 지은 집이다. 몇 해 전 여동생이 강원도의 산사로 들어간 후 지훈은 그곳으로 이사했다. 프리랜서인 지훈은 출퇴근할 필요가 없다. 여동생이 남겨두고 간 차가 있지만 지훈은 그 차를 직접 몰고 다니는 일이 드물며 휴대폰도 없다.

나는 유리의 전화번호를 가르쳐주었다. 급한 것처럼 유리의 전화번호를 묻던 지훈은 전화를 쉽게 끊지 않았다. 어디 외진 공중전화박스라도 차지하고 앉았는지, 말이 많아지는 걸 보니 술을 좀 한 것도 같았다. 나는 지훈과의 통화가 길어지는 게 마음이 편치 않았다.

"너, 유리한테 전화 안 해도 돼?"

"그래, 그만 끊자."

내 말을 그만 전화 끊자는 뜻으로 받아들이는 지훈. 지훈과 통화를 하고 나니 성우에게 메시지를 남길 기분이 나지 않았다.

# 한 가지 재료를 이용한 세 가지 요리

　지훈은 공식적으로는 내 여자 친구인 유리의 애인이고, 나의 초등학교 동창이며, 그리고 내 첫사랑이다.

　수진이나 유리와 늘 함께였던 대학 시절에 내가 지훈을 처음 만나고 그를 좋아하게 되었다면 수진이나 유리가 그 사실을 모르고 지나갈 수는 없었을 것이다. 나는 감정을 숨기는 데 서툰 편이다. 조금만 예리한 눈을 가진 사람이라면, 내 행동은 훤히 들여다보이는 편이다. 하지만 사람들은 대체로 남의 일에는 관심이 없다. 내가 누굴 좋아하건 상관하지 않는 사람들이 대부분이다. 물론 나도 그 편이 좋다. 그런데 정말 난감한 경우는 내가 좋아하는 사람이 내 감정을 조금도 알아채지 못할 때이다. 여하튼 한때 내가 지훈을 좋아했었다는 사실을 아는 사람은 이 세상에서 나 하나뿐이다. 나는 그 사실을 여태 누구에게도 말해본 적이 없다.

  대학에 가서 다시 만난 지훈은 나를 기억하고 있었다. 그렇지만 그건 단지 내가 공부를 꽤 잘했고 반장이었고 걸스카우트의 단장이었고, 그래서 기억하는 것이었다. 다른 아이들이 나를 기억하는 것과 똑같은 방식으로. 그건 내가 지훈을 기억하는 것과는 전혀 다른 것이었다. 거기에는 내가 간직하고 있는 지훈에 대한 기억과 같은 특별함이 없었다. 내가 있는 듯 없는 듯 눈에 띄지 않는, 이를테면 일등이라곤 한 번도 해본 적 없고, 조회시간에 교장선생님께 상을 받을 일이 한 번도 없는 그런 아이였다면 지훈은 나를 기억하지 못했을 것이다.

  게다가 지훈이 잘나가던 초등학생 서나영만을 기억하고 있다는 게 나로서는 좀 낭패였다. 내가 일등을 하고 제일 앞줄에 나섰던 건 초등학교로 끝이었다. 그 이후 나는 어떤 면으로는 쭉 열등생에 가까웠다. 부모님의 별거가 가장 큰 원인이었다. 일종의 정서불안이었다. 그러나 그건 어디까지나 부모님이나 선생님의 견해였고, 나는 더이상 모범생으로 우등생으로 살아야 할 필요를 못 느꼈을 뿐이었다. 부모님이 별거하면서 내가 함께 살기로 선택한 아버지는 그런 쪽의 열성이 없는 분이셨다. 성향 자체가 주변인에 가까웠던 아버지는 내가 뒷줄에서 빌빌대도 전혀 개의치 않으셨다. 하지만 나는 웬만하면 중간은 하려고 나름대로 노력했다. 뒤로 세어서 일등도 일등은 일등이고, 그 일등에도 모종의 특별함이 있었기 때문이었다.

나는 애틋한 첫사랑과는 별개로 존재하는 또다른 지훈을 알아가고 있었다. 지훈은 여자들에게 지나치게 무관심했고, 너무 무관심해서 불친절해 보이기까지 했다. 그런데도 이상하게 끊임없이 여자들이 따랐다. 여자가 많다는 건 대개 없는 것과 마찬가지 의미이지만, 그래도 나는 신경이 쓰였다. 게다가 지훈은 나를 전혀 여자로 생각하지 않았다. 지훈이 나를 친구로 생각하는 한 나 역시 친구여야 했다. 그래야 내가 지훈을 따르는 그 시답지 못한 여자들의 무리에 속하지 않을 수 있었고, 그 여자들처럼 지훈과 단지 몇 번의 만남으로 지나쳐가는 관계로 끝나지 않을 수 있었다. 나는 지훈에 대한 딴마음은 잠시 접기로 했다. 하지만 그건 내가 지훈을 갖지 못하는 것처럼 다른 어떤 여자도 지훈을 갖지 못할 거라고 여겼기 때문이었다.

여자가 너무 많아서 없는 것과 마찬가지인 지훈이었기에 한 여자를 선택하는 건 그 많은 여자를 다 만나본 아주 나중이거나 아예 불가능할 거라고 생각했었는데, 아니었다. 지훈의 단 한 명의 여자는 유리가 되었다. 그리고 내가 정말로 지훈을 포기하게 된 것은 유리 때문이었다. 지금은 그때 내가 꼭 그랬어야만 했나, 하는 생각이 들기도 한다. 하지만 그때는 그것이 당연한 일처럼 생각되었고 아마 다시 그때로 돌아간다고 해도 달리 방법이 없을 것이다.

삼학년 겨울방학 내내 나는 어머니가 있는 미국에 있었다. 어머니의 건강이 갑자기 나빠졌기 때문이었다. 사학년 봄학기가 되어 내가 돌아왔을 때 지훈과 유리의 사이는 급속도로 발전해 있었다. 유리가 아니라 다른 여자였다면, 처참하게 깨지더라도 나는 덤벼보았을 것이다. 하지만 상대는 내 친구 유리였다.

둘 사이를 알게 되었을 때 그렇게 놀라지는 않았던 것 같다. 어쩌면 나를 통해 유리와 지훈이 서로 알게 된 바로 그 순간부터 그런 위기감 같은 걸 조금은 느끼고 있었는지도 모른다. 나는 머리로 생각하는 것은 한없이 둔한 반면 직감이나 예감 같은 건 꽤 발달한 편이다. 예를 들어 아주 쓸데없는 상상이 현실로 나타나는 일이 있다. 잘사는 연예인 커플이 텔레비전 프로그램에 나와 금실 자랑을 하는 걸 보면서 어쩐지 석연치 않다는 느낌이 들면 십중팔구 그로부터 일 년 안에 이혼 소식이 들리는 식이다.

아무런 소용도 없는 무모한 첫사랑의 고백으로 나아질 것은 아무것도 없었고 나빠질 것은 수두룩했다. 나는 깨끗이 포기했다. 내가 지훈을 갖지 못할 바에야 다른 여자보다는 내 친구인 게 나았다. 그 동안 지훈을 스쳐지나간 여자들이 나를 얼마나 의식하고 경계하고 싫어했는지를 생각하면 더더욱 그랬다. 그리고 사실 유리가 있다고 해도 나와 지훈의 사이는 조금도 달라지지 않았기 때문에 포기하고 말고 할 것도 없었다.

대학 시절의 마지막 일 년 동안은 유리, 지훈, 나 이렇게 셋이서 붙어다녔다. 수진은 대학원 시험을 준비하는 스터디에 들어갔고, 그 사람들과 보내는 시간이 많아졌다. 사람들은 우리 셋을 두고 도대체 누가 누구랑 어떻게 되는 사이인지 알 수가 없다고들 했다. 유리와 내가 팔짱을 끼거나 손을 잡고 다녔고, 내 왼쪽이나 유리의 오른쪽에 지훈이 서 있었다.

수진은 지훈과 내가 그냥 친구 사이라고 아무리 우겨도 결국은 어떻게든 될 거라고 생각하고 있었는데, 유리와 지훈이라니 의외라는 말을 서슴지 않았다. 수진이 유리에 대해 가차없는 면이 있긴 했다. 눈치를 보니 유리가 떠벌리는 것처럼 지훈과 유리가 그렇고 그런 사이는 아닌 것 같고, 지훈이 지금껏 만났던 여자들처럼 유리도 분명 오래 못 갈 거라고 수진은 장담했다. 내가 보기에도 유리와 지훈이 사이좋은 연인들처럼 보이지는 않았다. 하지만 나는 지훈이 좀 유별나서 그렇게 보일 뿐이라고 생각했다.

수진은 내가 지훈과 엮여보겠다는 결심만 하면 자신이 나서서 언제든지 무슨 수를 써서라도 도와주겠다고 했다. 그러나 나는 수진의 도움을 받지 않았다. 내가 수진의 도움을 받을 수 없었던 이유가 있었다. 유리가 내게 자신이 지훈을 얼마나 사랑하는지를 고백하면서 도와줄 사람이 나밖에 없다고 말했기 때문이다. 나는 그러겠다고 약속했고, 실제로 둘 사이가 힘들어질 때마다 그렇게 했다. 그런 나를 보면서 수진은 내가 없었더라면 지훈과 유리 사이는 열두 번도 더 깨졌을 거라고 했다. 어쨌든 나는 내 친구 지훈보다도 내 친구의 애인 지훈을 앞에 둘 수밖에 없었다. 그리고 지훈이 내 첫사랑이라는 사실은 영원히 털어놓기 힘든 나만의 비밀이 되었다.

일찍 자려고 했는데 전화통화를 하고 이 생각 저 생각 하다 보니 늦어졌다. 벌써 한시가 지났다. 이 시간쯤 되면 언제나 출출해진다. 이걸 참고 자야 지금보다 날씬하게 살 수 있을 테지만 오늘같이 잠이 올 것 같지 않은 날에는 뭘 먹어두는 게 좋다. 그러지 않으면 버티다가 버티다가 결국에는 잔뜩 먹고 소화도 못 시킨 채 자게 될 것이 틀림없다. 나는 그런 면으로는 나에 대해 아주 잘 알고 있다.

갑자기 자장면이 먹고 싶다. 어릴 때 내가 제일 좋아하는 음식은 자장면이었다. 그리고 지금도 자장면을 좋아한다. 자장면이 싫어지면 어른이 되었다는 증거라는데, 난 아직도 어른이 되려면 멀었나보다. 자장면은 잘 보이고 싶은 사람 앞에서는 먹기 힘든 음식이다. 입가에 묻고, 나처럼 젓가락질이 서툴면 내 옷은 물론 상대방 옷에까지 튀기 쉽다. 내가 자장면을 비비다가 성우가 입고 있던 흰 셔츠에 자장이 튀었던 일이 생각난다. 그 다음부터 성우는 나랑 자장면을 먹을 때면 자기가 알아서 내 것부터 먼저 비벼준다. 다행히 성우는 젓가락질이 서툴지 않다.

자장면 이외에 자장을 이용한 요리를 나는 열 가지쯤 알고 있고, 그중 세 가지는 자신 있게 할 수 있다. 첫번째는 오징어, 새우, 불린 해삼, 오이, 면에다가 간자장을 가운데에 얹어놓는 쟁반자장. 이건 해물을 좋아하는 성우가 제일 좋아하는 자장요리이다. 두번째는 프라이팬에 식용유를 두르고 양배춧잎과 당근을 볶다가 떡, 어묵을 넣고 자장 소스를 부어 볶는 자장떡볶이, 세번째는 브로콜리, 콜리플라워, 당근, 옥수수를 데친 후에 자장 소스를 넣고 모차렐라 치즈와 슬라이스 치즈를 올려 오븐에 굽는 자장치즈구이.

그렇지만 오늘은 중국집의 자장면이 먹고 싶다. 그것도 어릴 때 내가 살던 동네에 있던, 화교들이 하던 장춘각의 자장면. 감자와 양파가 많이 들어가고, 기름기가 많아 약간 느끼하지만, 손으로 직접 뽑은 쫄깃쫄깃한 면발은 일품이었다. 아버지와 나는 그 중국집의 단골이었다. 장춘각은 아직도 그곳에 그 이름으로 있지만 주인도 바뀌고 요리사도 바뀌고 해서 이제는 그 맛이 안난다. 아무리 간절해도 이제는 추억으로만 존재하는 그 중국집의 자장면을 다시 먹을 방법은 없다. 내가 할 수 있는 건 최대한 비슷한 자장면을 만들어내는 중국집을 찾아 헤매거나, 지금처럼 그것조차 불가능한 시간에는 짜파게티라도 끓여 먹으면서 그때 그 집 자장면이 진짜 맛있었지, 추억을 달래는 수밖에 없다.

그래, 짜파게티라도 끓여 먹자. 그런데 집에 사다놓은 짜파게티가 있었던가. 설마 이 밤중에 또 편의점까지 가야 하는 건 아니겠지.

# 초특급 레시피

남자의 '사랑해'는 사랑의 시작이고 여자의 '사랑해'는 사랑의 완성이라는 말이 있다. 성우는 내게 사랑한다고 말했고, 난 아직 성우에게 사랑한다고 말하지 않았다. 그리고 나는 지금까지 어떤 남자에게도 그런 말을 해본 적이 없다. 그런 말을 할 만한 남자가 있었다면 아마 필사적으로 결혼했을 것이다. 남자는 이 여자면 되겠다 싶은 어느 선만 넘으면 사랑한다고 말하고, 여자는 이 남자가 아니면 안 되는 어느 선에 도달하면 비로소 사랑한다고 말한다. 똑똑한 수진의 직접적인 경험과 현명한 유리가 수집한 사례, 그리고 멍한 내가 몸소 부딪쳐 느낀 바에 의하면 그렇다.

그러면 이별은 어떨까? 남자의 '헤어져'는 이별의 시작이고, 여자의 '헤어져'는 이별의 완성일까? 아니면 그 반대? 남자의

'헤어져'가 이별의 완성이고, 여자의 '헤어져'는 이별의 시작일까? 살아 있는 두 사람이 헤어지는 이유는 더이상 사랑하지 않기 때문이다. 그보다 더한 것은 사랑한 적조차 없다는 것을 깨닫거나, 도저히 사랑할 수 없다는 것을 알게 된 경우이다. 그러나 그보다 더 심한 경우는, 그럼에도 불구하고 헤어지지 않고 함께 가는 것이다.

성우에게서 연락이 오지 않은 지 삼 주째로 접어들었다.
그사이에 나는 전화해달라는 메시지를 보냈다. 좋은 쪽으로 생각하기로 했다. 너무너무 바빠서 메시지를 확인해볼 겨를도 없거나, 아니면 휴대폰이 고장나버렸을 거라는 상투적인 생각. 나도 이런 상황이 정상이 아니란 걸 안다. 오래 전에 성우는 하루에도 몇 번씩 전화를 걸어서 '뭐 해?' 하고 묻거나 싱거운 이야기들을 들려줬고, '목소리가 듣고 싶어서'라는 뻔한 말을 지치지도 않고 했었다. 얼마 전까지만 해도 이틀에 한 번은 의례적으로라도 전화를 했었고, 아무리 그 기간이 길어져도 닷새를 넘긴 적이 없었다. 고의가 아니라면 이런 일은 있을 수가 없는 것이다.
그렇다면 무엇 때문에 성우는 이렇게 오래 버티고 있는 걸까. 어쩌면 내가 메시지를 보냈기 때문에 버티고 있는 건지도 모른다. 나는 성우가 우리 관계를 끝내기 위해서 이런다고는 생각하지 않는다. 내가 그의 무관심과 무반응에 화가 나서 '너 도대체 왜 이래?' 하고 묻고, 결국 지쳐서는 '우리 헤어져' 하고 먼저 말하기를, 그런 식으로 제풀에 나가떨어져주기를 바랄 정도로 성우가 비겁할 거라고 생각하지는 않는다. 그러니까, 이건 우리 관계를 개선시키거나 발전시켜보려는 성우의 전략일 것이다.

그런데 우리 관계에 무슨 문제가 있었던가. 제법 오래된 연인치고는 그래도 양호한 편 아닌가. 사방을 둘러봐봤자 내 바로 옆에 있는 이 남자, 이 여자를 제외하고는 다른 가능성을 가진 이성이 없는 것도 아닌 우리가, 그다지 한눈팔지도 않고 비틀거리지도 않고 휘청거리지도 않고 삼 년 가까이 잘 지내왔다. 이 정도면 성우와 나는 잘 맞는 편이다. 물론 견디고 참아야 하는 부분이 없는 것도 아니고 양해를 하고 이해를 구해야 하는 것이 아직도 남아 있지만, 그런 것을 성가셔하지 않으니까.

처음부터 쌍으로 딱딱 맞추어 만들어낸 것이 아닌 바에야 사람의 관계란 다 이런 식이 아닌가. 어떤 사람들이 우린 너무너무 잘 맞아요, 할 때마다 난 참 웃기다는 생각을 한다. 생각하기 나름이다. 예를 들면 어떤 사람은 똑같은 걸 좋아한다는 사실을 갖고 잘 맞는다고 한다. 하지만 난 꼭 그렇게만 생각하지는 않는다.

고등학교 다닐 때 나와 가장 친한 친구는 은주였다. 은주와 나는 일학년 내내 짝이었다. 번호를 뽑거나 일찍 온 순서대로 자기가 앉고 싶은 자리에 앉는 방식으로 자리를 정하곤 했는데, 은주와 나는 서로의 자리를 찾아 번호를 바꾸거나 아침에 서로의 자리를 맡아주는 방법으로 계속 짝을 했다. 은주와 나는 똑같은 걸 좋아하지는 않았지만 나는 우리 둘이 너무 잘 맞는다고 생각했었다.

예를 들자면, 은주는 케이준 치킨샐러드의 야채를 좋아했고, 나는 닭고기를 좋아했다. 우리가 케이준 치킨샐러드를 시키면 언제나 싱싱한 야채는 은주가, 바삭바삭하게 튀긴 닭고기는 내가 먹었다. 똑같은 걸 좋아하면 서로 먹겠다고 싸워야 하거나, 상대를 사랑하기 때문에 내가 좋아하는 걸 참아야 할 경우가 생기기도 한다. 그런데 우리는 같은 것을 좋아하면서도 또 각각 다른 부분을 좋아해서, 함께 있으면 좋아하는 걸 그것도 두 배로 누릴 수 있었다. 이런 게 정말 잘 맞는다는 거 아닌가.

그러면 좋아하는 사람의 경우는 어땠을까. 한 사람을 같이 좋아하면서 나는 그 사람의 얼굴을, 은주는 그 사람의 마음을 좋아하는 식으로 나눌 수는 없으니까. 우리는 대개 좋아하는 사람이 비슷했지만 언제나 순위 같은 것이 정해져 있었다. 내가 제일 좋아하는 사람이 은주에게는 이순위였다. 그러니까, 은주가 좋아하는 불어선생님을 나도 좋아하긴 했지만 그건 은주가 좋아해서였고, 내가 좋아하는 체육선생님을 은주가 좋아한 것도 같은 이유에서였을 것이다. 어쩌면 나에게 이순위였던 불어선생님은 엄밀히 말하면 이순위가 될 수 없는 사람이었을지도 모른다. 하지만 나에게 좋아하는 선생님을 꼽으라면 체육선생님, 그 다음은 불어선생님이었다. 내가 제일 좋아하는 친구 은주가 제일 좋아하는 불어선생님이어서 내게 이순위가 될 수 있었던 건지도 모른다는 얘기다.

지금도 은주와 나의 관계는 비슷하다. 은주와 나는 같은 그룹을 좋아해도 각자 다른 멤버를 좋아해서 콘서트에 같이 가서 소리를 지르기도 하고, 같이 영화 〈해리포터〉 시리즈에 열광하면서도 나는 해리포터 역의 다니엘을, 은주는 론 역의 루퍼트를 좋아하는 식이다. 하지만 그건 우리가 여자이기 때문에 가능한 일일지도 모른다. 은주가 남자이고 내 애인이라면 내가 좋아하는 남자가수나 남자배우를 너그러운 마음으로 같이 좋아해줄 수 있을까. '그 자식이 뭐가 좋아'로 시작해서 흠잡기 일쑤일 것이다. 그런 이유로 내가 좋아하는 남자배우가 나오는 영화를 남자친구와 같이 보면 기분이 나빠지곤 했다.

성우와 나는 아주 잘 맞는 한 쌍이었을까. 은주랑 나의 관계와 비교해보면, 솔직히 남자와 여자의 관계는 좀 다른 것 같기도 하다. 어쨌든 우리는 지금까지 비교적 잘 맞춰나가고 있었다. 나는 안 맞는 인간이랑 삼 년을 만날 만큼 미련곰퉁이는 아니다. 하지만 이유가 꼭 그것뿐이었을까. 내가 성우를 계속 만나게 된 것은 아마 대학을 졸업하고 내가 더이상 일정한 소속이 없다는 데 가장 큰 원인이 있을지도 모른다. 내가 새로 알게 된 젊은 남자는 거의 없다고 하는 편이 옳다. 공급이 중단된 것이다. 성우가 있었기 때문에 누군가로부터 남자를 소개받을 수도 없었고, 카페나 길에서 우연히 말을 걸거나 하는 남자가 없었던 것은 아니지만 나는 그렇게 만난 사람을 믿을 만큼 용감하지도 않고 그런 일에는 호기심이 없는 편이다.

사람에 관한 호기심이라면 사실 수진을 따를 자가 없다. 수진이 성별 지위고하를 막론하고 많은 사람과 알고 지내는 것은 사람에 대한 호기심을 누를 수 없기 때문이다. 나는 수진이 그런 식으로 알게 된 남자들과 전부 연애감정으로 만난다고는 생각하지 않는다. 유리는 수진이 남자와 다니기만 해도 '저것들 얼마나 가겠어' 하는 반응을 보이지만, 유리가 말하는 그 '얼마나'가 지난 후에도 수진이 그들과 여전히 연락하고 지내는 것을 나는 자주 보았다.

호기심에 대한 말이 나와서 하는 말인데, 유리는 물건에 대한 호기심이 강하다. 나는 유리처럼 '갖고 싶다'는 말을 자주 하는 사람을 본 적이 없다. 수진은 유리의 그런 점을 '욕심'이라고 한다. 세상에 하나만 있으면 충분한 것을 계속 욕심내고 이미 가지고 있는 것에 만족하지 않고 계속 더 나은 것을 기웃거리는 건 낭비이고 사치일 뿐이라고 수진은 단호하게 말하지만 나는 유리의 그 열정이 때로는 부럽다.

그런 점에서라면 나는 음식에 관한 호기심이 타의 추종을 불허한다. 처음 보는 음식도 나는 거리낌없이 잘 먹는 편이다. 아니, 꼭 먹어본다. 어떤 맛일지, 어떤 재료들이 들어갔을지, 궁금해서 견딜 수가 없다. 그러나 사람이나 물건에 관해서라면 그렇지 않다. 나는 오래된 것이 좋고, 오래오래 내 곁에 머물러주고 나를 떠날 수 없었던 그 어떤 것을 사랑한다.

　나처럼 성우에게도 새로 공급되는 여자가 없었던 것은 아니었다. 성우는 여전히 무수히 많은 새로운 사람을 만날 수 있는 어딘가에 소속되어 있다. 어쩌면 성우가 이런 식으로 나오는 건 그에게 새로운 여자가 나타났다는 뜻일지도 모른다. 내 자리를 위협할 만한 새로운 여자. 이게 정답일지도 모른다. 그렇다면 이제 어쩌지? 헤어지자면 헤어지는 거지 뭐.


　"그러니까 네 얘기는 결국 뭐야, 성우한테 딴 여자가 생겼을 거라는 거잖아."

　빙빙 에둘러서 얘기했는데 수진은 핵심을 꼭 짚어냈다.

　"그래. 성우는 얼마든지 새로운 사람을 만날 수 있잖아."

　"단지 새로운 여자가 나타나서 걔가 지금 그러는 거란 말야?"

　"뭐, 나보다 나은 여자겠지. 나처럼 멍청하지도 않고, 말귀 못 알아듣지도 않는."

　"관둬라. 관둬. 네가 어디 가면 성우만 못한 남자를 만나겠니?"

　"과연 그럴까?"

　"너, 의외로 괜찮은 남자들에게 아냇감으로 먹히는 타입이야. 돈 잘 버는 남자들한테 마누라가 나가서 돈 벌어오는 게 중요할 거 같아? 아니지. 너, 딱이잖아. 참하고 예쁘지, 요리 잘하지, 매일 출근할 필요 없고 그럴싸해 보이는 직업 있지. 게다가 너희 언니랑 형부 잘나가지."

내 초라한 상태가 이렇게도 그럴싸하게 포장될 수 있는가. 따지고 보면 틀린 말도 없지만 정확히 맞는 것도 아니다. 무엇보다 내 양심상 그렇다. 수진의 장담을 위안으로 삼고, 일단 전화를 끊었다. 그런데 어디 가면 그만한 남자를 찾을 수 있을까. 거기서 날 오라고나 할까. 아니, 내 발로 찾아가면 잘 왔다고 해주려나. 지난 삼 년간 참 편하게 잘 지냈구나, 하는 생각이 슬슬 들기 시작했다. 그리고 지난 삼 년 동안 참 안일하게도 과거를 돌아보는 일도 없이, 미래를 계획하는 일도 없이 성우와 만났구나, 하는 생각이 들었다.

대학을 졸업하던 해부터 지금까지 여자 친구들의 절반은 결혼을 했다. 어릴 때는 독신주의자들이 더 많았던 것 같은데 갈수록 없어진다. 내 미래의 청사진에는 결혼이 없었던 적이 단 한 번도 없었지만, 실제로 결혼을 꿈꾸게 했던 남자는 언제나 내 곁의 남자가 아니라 드라마나 영화, 소설에 나오는 환상의 남자들이었다.

은주는 석호와 사귄 지 십 년 가까이 되어서 그들의 미래는 이제 사실 가족이 되는 것밖에 없고, 유리는 이것저것 꿈꾸는 것이 많기도 하지만 결국 그 꿈의 결론은 최상품의 남편, 최상급의 결혼이다. 내 주변에서 결혼 같은 건 안 해도 그만이라고 여기는 친구는 사실 수진뿐이다. 그럼에도 수진이 제대로 된 독신주의자로 취급받지 못하는 까닭은 스스로 언제나 남자가 너무 좋다, 라고 얘기하고 다니기 때문이다. 유리는 그래서 수진이 결국 혼자 살게 될 거라고 얘기하기도 한다. 유리의 주장에 따르면 남자에 대해 아쉬운 줄 모르는 여자만이 진정한 독신주의자로 거듭날 수 있다나. 하지만 나는 그 점에 대해서 골똘히 생각해본 적 없고 수진이 혼자 살든 어떤 남자와 같이 살든 간에 자신에게 어울리는 인생을 살 수 있을 거라고 믿는다. 유리에게는 누구의 옆자리에 있을 것인가가 아주 중요하겠지만, 수진에게는 누구를 자신의 옆자리에 놓을 것인가가 중요할 뿐인 것이다.

수진은 결혼에 비판적이고 비관적지만, 결혼하려고 목매는 여자를 무시하지도 않는다. 수진의 지론은, 이를테면 돈 못 버는 여자에게는 돈 벌어다주는 남자가, 집안일 못하는 여자에게는 집안일 잘하는 남자가, 운전 못하는 여자에게는 운전 잘하는 남자가, 형광등 갈 줄 모르고 못 박을 줄 모르는 여자에게는 그런 걸 할 수 있는 남자가 필요하다는 것이다. 그러나 자신은 그 모든 것을 할 수 있고, 할 수 없는 걸 해결할 수 있을 정도의 돈을 벌려고 지금 준비중이므로 결혼이 굳이 필요하지 않다는 것이다. 물론 실패할 경우 결혼을 할 수도 있다고 했지만 계획대로 인생이 진행된다면, 그리고 의외의 복병이 등장하지 않는 한 수진은 결혼하지 않을 가능성이 높다.

과거에는 일반적으로 남자들은 자신보다 사회적 조건이 낮은 여자와 결혼을 하고 여자는 자신보다 사회적 조건이 나은 남자와 결혼해왔다. 그런 이론에 따른다면 수진처럼 사회적 조건이 높은 여자들 가운데는 미혼자가 많을 수밖에 없다. 그러니까 신데렐라 스토리는 꽤 있어도 평강공주와 온달의 스토리는 희귀하다는 의견이지만, 요즘 이 의견은 변화하고 있다. 아내의 커리어를 위해 집안일을 당연히 분담하거나 아예 전담하는 남자들도 있다는 것이다. 이제 집안일을 여자들의 일이라고 말하는 건 시대착오적이다.

그러나 나는 여전히 현모양처가 되고 싶다. 내가 결혼 후에도 여전히 지금의 일을 하게 되더라도 나의 가장 중요한 직책은 아내이고 엄마이고 주부이고 싶다는 얘기다. 그러나 이런 구체적이고 오랜 희망에도 불구하고 그 계획의 절대 파트너로서 어떤 남자도 구체적으로 떠올려본 적 없는 것을 보면 내가 생각해도 나는 정말 허술하기 그지없는 인간이다.

이런 생각을 하고 있는데 수진에게서 다시 전화가 왔다.

"나영아, 너 잘 생각해. 생각해보면 성우만한 남자도 없지 않니? 성격도 좋고 장래성도 있고, 용모도 그 정도면 사실 훌륭한 거지. 지훈이만은 못해도. 게다가 어디, 대놓고 성우가 껄끄럽게 대하는 사람 있니? 너같이 앞뒤 못 가리는 애한테는 성우같이 앞뒤 좌우까지 가리는 애가 딱이야."

수진은 지금 형광등 못 가는 여자에게 형광등 잘 가는 남자를 추천하듯이, 사회성이 없는 나에게 사회성 있는 성우를 추천하는 것인가. 솔직히 그런 점에서는 성우를 인정하고 있다. 그 덕분에 편하게 지내온 것도 사실이다.

"그래서 지금 나보고 어쩌라는 거야?"

"그러니까 내 말은 성우보다 괜찮은 남자가 나타날 때까지는 성우를 잡고 있으라는 거지. 네가 먼저 헤어지자느니, 그런 말 하지 말란 말야."

"어떻게 성우를 잡아? 내가 무슨 수로?"

"아무튼 우선은 네가 먼저 헤어지자는 말만 하지 마. 성우한테 새로운 여자가 나타났을 수도 있지. 하지만 일시적인 걸 거야. 자기 좋다는데 싫다고 할 사람 있니? 그리고 사실 너, 성우한테 너무 못하잖아. 그 동안 성우가 너한테 붙어 있은 것만 해도 열부상 줘야 해."

"내가 뭘 또 성우한테 못했다고 그러냐?"

"그거 얘기하려면 밤새도 모자란다. 내가 못했다면 넌 못한 거야."

수진은 사람 마음을 있는 대로 불안하게 만들어놓고는 제대로 설명도 안 해주고 전화를 끊었다. 그러면서 다시 한번 당부했다.

"절대로 네가 먼저 헤어지자고 하면 안 돼. 나영아, 잘 생각해 봐. 아니, 생각하지 말고 내가 시키는 대로 해."

새벽 한시가 넘었다. 먼저 헤어지자는 말만은 하지 마라. 수진의 긴급처방은 단지 그것뿐이었다. 내가 생각한다고 해도 별 뾰족한 수는 없을 것이다. 그건 누구보다 내가 제일 잘 안다. 그러니 이렇게 텔레비전이나 보고 있을 수밖에.

심야 음악프로그램에 세계적인 소프라노가 나왔다. 소프라노는 진짜 공주 같다. 공주처럼 생겼다는 게 아니라, 어떤 여자들이 공주를 자처할 때의 자기도취와는 비교가 안 될 정도로 완벽하게 자기가 공주라고 생각하고 있는 듯하다. 모든 사람들이 자신을 사랑하리라는 자신감이 넘친다. 그럴 만도 하겠지. 하늘이 내린 특별한 재능, 그다지 위기를 느끼지도 않을 그런 재능을 가지고 지금까지 살아왔으니까.

사회자가 소프라노에게 사랑에 대해 질문한다. 그런 일 없겠지만 실연 같은 거 해본 적 있느냐고 웃으면서 묻는다. 저런 여자에게도 실연의 경험이 있을까? 있다면 어떤 걸까? 저렇게 잘난 여자는 그 실연을 어떻게 이겨냈을까? 세계적인 소프라노는 대답한다. 자기를 감당 못 해서 떠난 거 같다고. 나중에 나중에 어쩌다 우연히 만나게 됐는데 시시하더라고. 그래서 자기는 아무런 미련도 없지만, 그 남자는 지금 그렇지 않을 거라고.

야, 윤성우, 너도 내가 너무 대단해서, 감당할 수 없어서 떠나려는 거지? 나중에 너 후회하게 될 거다. 어디서 나 같은 여자를 만나겠어.

이렇게 말해줄 수 있으면 좋으련만, 사실이 그게 아닌 걸 어떡해. 난 조금도 대단하지 않고, 누구 말대로 나같이 특이한 여자야 흔하지는 않겠지만, 그다지 쓰임새가 없는 게 사실이다. 윤성우, 그 동안 참 많이 참아줬다. 좀더 참아주면 안 되겠냐.

셀 수 없을 만큼, 아니, 세기 귀찮을 만큼 실연을 했다. 차이기 전에 차라는 말이 있지만 난 차이는 쪽을 선호한다. 그래도

사랑했다는 사람들 사이에 그런 표면적인, 차이고 차는 게 있을
수 있을까. 시간이 다했고 잘 맞지 않았고 인연이 다했을 뿐이
다. 성우가 원한다면 아낌없이 차여줄 것이다. 적어도 한 달은
기다려줘야겠지. 거기까지만 하자. 더는 기다리지 말자. 그냥 깨
끗이 잊어주자. 어차피 한두 번 하는 이별도 아닌데 뭘. 잠이나
자자.

# 칼로리와의 치열한 전쟁

오전 열한시쯤 지훈에게서 전화가 걸려왔다. 뭐 하고 있어, 지훈이 물었다. 나는 조금 전에 일어나서 이제 아침식사를 하려던 참이었다고 했다.

"별일 없으면 나올래?"

성우가 혹시 전화할지도 모르는데, 하는 생각이 들어서 나는 잠시 망설였다.

"싫으니?"

"아니, 나갈게."

성우가 전화했는데 내가 다른 사람과 약속이 있다는 걸 알면 그리 기분 좋아하지는 않을 것이다. 약속 상대가 다른 사람도 아닌 지훈이라는 걸 안다면 더 기분 나빠하겠지. 하지만 내가 아무도 만나지 않고 자신의 전화만을 기다리길 바란다면 그건 내 쪽에서 기분 나쁜 일이다. 기다릴 줄 알면서도 전화 안 했다는 얘기가 되니까. 어떻게 관계를 이어붙여봤자 오래가지도 못할 것이다. 그리고 성우가 지금 전화해서 자신과 연락이 없던 동안 내가 지훈을 만났다면 우린 끝난 거다, 라고 자기 마음속으로 다짐을 했다고 해도 하는 수 없다. 그래, 그런 것도 운명이다. 나는 운명을 거역할 정도의 의지는 없는 인간이다.

혹시 못 나오게 되거나 나오기 싫어지면 안 나와도 돼, 라고 지훈은 덧붙였다. 예전에 성우가 예정에 없던 약속을 만들고 꼭 만나야 한다고 우기는 바람에 지훈과의 약속을 두어 번 어긴 적이 있다. 휴대폰이 없는 지훈에게 겨우겨우 연락이 되어 미안하다고 말하고 사정을 설명하면, 지훈은 됐어, 다른 일이 생겼을 거라고 짐작했어, 괜찮아, 하고 말했다. 성우 때문에 약속시간에 늦은 적은 셀 수도 없다. 많이 기다렸니? 하고 물으면 지훈은 늘 아니, 라고 말했다. 이번에 또 내가 지훈과의 약속을 어기게 되더라도 우리 우정에 금갈 일은 없을 것이다.

아침식사를 해야겠다. 보슬보슬한 오믈렛에 달콤한 팬케이크까지 더하면 늦은 아침의 허기는 순식간에 해결될 것이다. 오믈렛은 길쭉하면서 둥그스름한, 예쁜 모양을 만들기가 어렵다. 그리고 토마토 소스와 야채를 속에 넣어서 잘못 건드리면 터지기 쉽다. 팬케이크도 여러 번 뒤집어서는 안 된다. 한쪽 면을 한 번씩만 구워서 익혀야 촉촉하고 맛있다. 머리로 순서를 생각하고 손을 움직여야 하는 요리는 가지를 뻗는 잡념을 잠재운다.

　나는 결국 지훈을 만나러 가게 될 것 같다. 약속시간에 아슬
아슬하게 닿을 시간까지 성우의 전화를 기다리다가. 어쩌면 한
삼십 분쯤 늦을지도 모르겠다. 나는 운명이 허락하는 만큼은 아
낌없이 누리고 싶어하는, 미련도 많은 인간이다.


　지훈을 만나서 영화를 보기로 했다. 여유롭게 두시쯤 만나 세
시나 다섯시 영화를 보기로 하고, 약속장소는 맥도날드로 정했
다. 커피를 마시고 있는 지훈이 보였다. 나는 시계를 보았다. 두
시 이십분이었다.

　"많이 기다렸지?"

　"아니. 점심 먹었니? 뭐 먹을래?"

　갑자기 또 배가 고파졌다. 지훈이 다시 물었다.

　"나가서 다른 데 갈까? 아니면 그냥 햄버거 먹을래?"

　"귀찮아. 그냥 햄버거 먹을래. 빅테이스티 버거 세트."

　지훈은 주문을 하려고 일어났다.

　"야, 다이어트 콜라, 알지?"

　지훈이 고개를 끄덕였다.

　가끔 친구들이 놀릴 때가 있다. 남자 앞에서 빅테이스티 버거
를 시켜 먹는 사람은 나밖에 없을 거라고. 그리고 빅테이스티
먹으면서 악착같이 다이어트 콜라 시키는 건 더 우습다고. 그애
들은 가끔 내가 치킨까지 추가한다는 걸 알면 아마 기절을 할지

도 모르겠다.

다른 사람들은 먹고 싶은 걸 어떻게 참는지 도무지 모르겠다. 먹고 싶은 것을 참아야 하는 것은 내게는 거의 죽음이다. 그런 나도 체중이나 몸매에 신경을 쓰지 않는 건 아니다. 하지만 수진이처럼 먹은 만큼 열심히 운동을 하지도 못하고, 유리처럼 먹은 음식의 칼로리를 일일이 계산해서 제한하는 건 체질적으로 불가능한 내가 할 수 있는 건, 다이어트 콜라를 마시거나 설탕 대신 인공감미료로 대체하는 것뿐이다. 단맛은 그대로 즐기되 칼로리는 오분의 일로 줄어든다고 하지만 인공감미료가 설탕과 완전히 똑같은 단맛이 나는 건 아니다. 설탕도 백설탕, 황설탕, 흑설탕 각각 다 느낌이 다른데 하물며 인공감미료야 맛이 다를 수밖에.

씩씩하게 커다란 햄버거를 입속에 우겨넣고 시원한 콜라를 한 모금 마시는데 지훈이 물었다.

"네 애인은 잘 있냐?"

"잘 있겠지."

"대답이 뭐 그러냐? 또 잘 안 되는 거니?"

"또?"

지훈은 실수를 했다 싶은지 입을 다물었다.

그래, 하긴 이건 '또 잘 안 되는' 것에 불과하다. 나는 한 번도 제대로 연애를 해보지 못했다. 어쩌다보면 사귀고 있는 게 되고 그러다가 툭 하고 영문도 모른 채 끝나버리거나 미적미적 흐지부지 마무리되었다. 대개 두 달이 고비였고 세 달이면 완전

히 끝나 있었다. 그러니까 성우처럼 오래가는 게 내게는 비정상
적인 거였다.

빅테이스티와 프렌치프라이를 혼자서 깨끗하게 해치우는 나
를 보면서 지훈이 물었다.

"그런데 넌 왜 꼭 다이어트 콜라를 시키는 거냐?"

"다이어트 해야 하니까 그렇지."

"그런데, 나영아, 정말로 미안한데 그거 다이어트 콜라 아냐."

"뭐?"

"잠깐 딴생각하다가 보니까 벌써 그렇게 됐더라구."

"야, 너…… 진짜야?"

나는 얼마 남지 않은 콜라를 빨대로 쪽쪽 소리나게 빨아 맛을
보았다. 정말 칼로리 제로의 다이어트 콜라가 아니라, 그냥 콜라
였다. 왜 몰랐지?

"어, 진짜네. 이러면 안 되는데."

"그런데 너, 정말 신기하다. 그걸 어떻게 아냐? 난 도저히 구
별이 안 되던데."

"망했다."

"어차피 망했는데 좀더 먹지그래."

"김지훈, 너 죽어."

"일어나. 영화나 보자."

지훈이 내 팔을 잡아끌었다.

지훈 곁에 유리가 있기 전까지 지훈은 여러 여자를 동시에 만났고, 내 곁에 성우가 있기 전까지 나는 한 남자씩 짧은 기간 동안 만났다. 아마 우리가 만났던 상대의 숫자는 비슷할지도 모르겠다. 하지만 지훈과 나는 연애의 방식이 다른 것처럼 목적도 달랐다. 지훈이 그 여자들 중 어떤 여자도 아니라는 걸 이미 알고―자기 표현대로라면―심심해서 만났다면, 나는 그 남자들 중 하나일 수도 있어서 나름대로 진지하게 만났다.

지훈이 아닌 걸 알고 만났던 그 여자들과 유리는 어떻게 다른 걸까? 그리고 내가 성우를 다른 남자들보다 훨씬 오래 만날 수 있었던 이유는 뭘까? 전에는 한 번도 궁금해하지 않았던 것들이 궁금해지고 있다. 그리고 나는 도대체 지훈을 왜 만나는 걸까? 지훈은 왜 나를 만나는 걸까? 그건 내가 왜 유리나 수진을 만나고 은주를 만나는지를 묻는 것과 똑같은 걸까?

지훈은 친구다. 성우를 만날 때와는 확실히 다르다. 지훈이 나를 대하는 방식부터. 지훈은 성우처럼 나를 집까지 데려다주는 일도 없고, 집에 잘 들어갔냐는 전화 따위도 하지 않는다. 영화를 보려고 만나면 영화만 보고 헤어지고, 쇼핑하러 가면 쇼핑만 하고 헤어진다. 지훈과 있는 동안 성우와 연락이 닿으면 그 자리에서 곧바로 헤어지기도 한다.

하지만 사람들은 지훈과 내가 만나는 걸 단순하게 받아들이지 않는다. 내게 성우가 있는데도 말이다. 우리는 연애를 하는 사이가 아니다. 가끔 그런 오해가 꽤 불편했다. 사람들이 지훈을 성우로 오해하거나 나를 지훈의 새로운 애인쯤으로 취급하는 일이 있다. 아니라고 말하면 오히려 좀 우스워진다. 지훈을 만나고 있는 나를 성우의 친구가 보고 성우에게 조심하라는 말을 하거나, 보고도 못 본 척 지나칠 때 머쓱해진다. 하지만 이제 그런 것도 익숙해졌다. 무엇보다 성우가 상관없다는데 다른 사람들이 무슨 대수랴.

지훈과 성우가 친구가 되면 정말 좋겠다고 생각한 적이 있었다. 둘을 붙여놓으려고 노력도 해봤지만 둘은 아직도 껄끄럽다. 대놓고 싫은 소리를 하는 건 아니지만 같이 두면 순식간에 썰렁해진다.

지훈이 보자는 영화를 나는 그냥 아무 의견 없이 보아주었다. 지훈이 '커피 마실래?' 하고 묻는데 무심코 고개를 끄덕여서 오늘 하루만 벌써 커피를 네 잔째 마시게 되었다. 영화는 재미없었고, 커피는 달콤하지 않았고, 나는 즐겁지 않았다.


지훈과 헤어지고 집으로 돌아와서 옷 갈아입고 씻고 나니, 딱 저녁식사시간이었다. 뭘 해먹기에는 너무 피곤했다. 오랜만에 중국음식을 시켜 먹을까, 하는데 전화벨이 울렸다. 이제는 성우인가 하는 기대조차 없어졌다. 수진이 아니면 유리, 은주, 셋 중에 하나일 확률이 제일 높았다. 역시나 수진이었다.

"낮에 집으로 전화하니까 안 받더라. 휴대폰은 꺼져 있고."
"영화 봤어."

"혼자서 봤을 리는 없고. 성우한테서 연락 왔구나."

기쁨이 역력한 수진의 목소리. 실망시켜서 미안하다.

"아니."

"그럼? 또 지훈이랑?"

"응."

"성우는 어쩔 거니?"

"몰라."

"걔 정말 질기다. 이번에는 단단히 삐쳤나보네. 너, 어떡하니?"

"나도 몰라. 뭐가 잘못되었는지 알아야 고치든지 말든지 하고, 어쩌자는 건지 알아야 붙이든지 부수든지 할 거 아냐. 답답해."

"네 목소리는 전혀 안 답답한데. 전화는 했어?"

"메시지 남겼어."

"뭐라고?"

"전화하라고."

"그것뿐이야?"

"내가 하고 싶은 말은 그것뿐이야."

이제 슬슬 오기가 생겨나기 시작했다. 매일 하루에 세 번씩 아침, 점심, 저녁으로 감기약 챙겨먹듯이 메시지를 남긴다. 나야, 전화해, 라고. 이건 사랑도 뭐도 아니다. 그리고 점점 더 아무 기대도 없어진다. 처음에는 내가 잘못했다고 생각했다. 하지만 이제 점점 더 성우가 잘못하고 있다는 쪽으로 기운다.

생각해보니 나는 변한 것이 아무것도 없다. 지훈이 전에 없던 사람도 아니고, 지훈과 전에는 하지 않던 무슨 짓을 한 것도 아니고, 도대체 나는 달라진 게 아무것도 없는데, 성우가 이런 식으로 나온다면 이건 성우가 잘못하고 있는 거였다. 그러니까 내게는 없는 변화가 성우에게는 생긴 건지도 모르겠다. 전에 없던 사람이 생기고, 전에 없던 일들이 일어나고. 하지만 이렇게 속 끓이는 건 아무 도움도 안 된다. 이렇게 갈등하고, 또 생각하고 고민하고 못 미더워하고 두려워하고 겁내고 조바심칠 필요 없다. 미룬다고 해결될 일이 아니다. 툭 털고 깨끗이 잊거나 만나서 따져묻고 확인하는 것이 나을지도 모른다. 어차피 될 일은 되고 안 될 일은 안 되는 것이다.

일단 나는 내가 어떻게 할 건가를 먼저 생각해야 한다. 성우와 헤어질 건가 말 건가. 아니면, 성우가 헤어지자면 순순히 헤어져줄 건가 말 건가. 그러나 사실은, 정말 성우가 헤어지자고 한다면 나로서는 헤어져주는 수밖에 없다. 다시 원점이다. 성우는 도대체 무슨 생각을 하고 있고, 왜 이러는 건가. 혼자서 상상하면서 괴로워하는 건 정말 바보짓이다. 그런데 나는 정말 바보인가보다. 아, 이런 내가 정말 싫다.

# 정면돌파 식사법

아침 아홉시 십오분, 나는 도서관에 와 있다. 음식에 대한 자료를 찾아볼 생각이다. 이 세상 대부분의 일이 그렇지만 이런 것도 전문가에게 물어보는 게 제일 빠르다. 나는 사서에게 음식에 관한 책들은 어디서 어떻게 찾아보면 되느냐고 물었다.

"요리책을 찾으시는 겁니까?"

"요리책도 좋고, 음식재료나 음식문화, 그런 것에 대한 책도 있을까요?"

"그럼요."

사서는 그런 책들이 있는 서가로 안내해주고, 컴퓨터로 필요한 책들을 검색해서 찾는 방법까지 친절하게 일러주었다. 사서는 아주 예뻤다. 얼굴도 달걀형에다가 주먹만하고, 머리를 단정하게 올리고 예쁜 핀들을 꽂고 있었다. 목소리도 맑고 상냥했고,

무엇보다 밝은 표정을 가지고 있었다. 옷 색깔과 어울리는 매니큐어가 칠해져 있는 손가락에 끼고 있는 반지로 보아 결혼을 한 것 같다.

나는 저 도서관 사서가 부럽다. 책을 찾는 사람에게 이렇게까지 친절한 건 단지 직업의식 때문만은 아닐 것이다. 돈 때문에 어쩔 수 없이 일을 하는 사람의 얼굴은 저렇게 밝지 않다. 게다가 저러고 앉아 있으니 왠지 지적으로 보인다.

나는 지적으로 보이는 타입은 아니다. 그렇다고 다른 사람들에 비해 특별히 지적인 능력이 떨어지는 것 같지는 않다. 남들이 이해하는 건 어쨌거나 나도 다 이해한다. 하지만 사람들은 내가 아는 것이 별로 없다고 생각한다. 너는 그런 것도 모르냐? 이런 소리를 자주 듣는다. 하지만 나는 민감하게 반응하지 않는다. 내가 아는 것을 그들이 모르는 경우도 많다. 사람들은 정치나 국제 문제, 경제나 문화 예술에 대해 아는 것은 아주 대단하게 생각하면서 드라마나 만화, 소설, 요리나 그릇, 연예인에 대해 아는 것은 별것도 아닌 것처럼 생각한다.

나는 책을 두 권 빌렸다. 요리책 한 권과 수진이 전에 말한 적이 있는 소설책 한 권. 수진은 책을 아주 많이 읽는 편이다. 공부와 관련된 책들도 그렇지만 소설책도 많이 본다. 대개는 들어보지도 못한 외국 사람들이 쓴 거다. 아주 유명한 사람들이라는데 나는 왜 모르는지 모르겠다. 그에 비하면 유리가 읽는 건 내가 좀 아는 것이다. 나도 그걸 읽었다는 건 아니고, 서점에 가면 베스트셀러를 일위부터 십위까지 진열해놓는 곳이 있지 않은가. 대개 거기서 제목은 본 것들이다.

내가 제일 좋아하는 책은 물론 요리책이지만, 나도 좋아하는 소설가는 몇 명 있다. 그 소설가들에 대해서라면, 자신하는데 내가 수진이보다 더 많이 안다. 그 소설가들의 책이 나오면 무조건 사서 읽는다. 수진은 소설가가 무슨 가수도 아니고, 가수 새 앨범 나오기를 기다리는 열성 팬처럼 목 빼고 있는 내가 좀 이상하다고 한다. 그렇지만 나는 소설가가 가수랑 뭐가 다른지 잘 모르겠다. 하긴 일 년에 한 권은커녕 이 년이나 삼 년에 한 권씩 내는 사람들도 있으니 기다리기 지루하다는 단점이 있긴 하다. 게다가 언제쯤 신작이 나온다고 확실히 예고를 해주는 것도 아니고, 어디서 어떤 걸 열심히 쓰고 있는지 알려주는 것도 아니고. 그러니 내가 소설가 한 명이 아니라 여러 명을 좋아하는 게 천만다행이다. 안 그랬으면 기다리는 게 지금보다 몇 배나 견디기 힘들었을 테니까 말이다. 그것과는 조금 다르긴 하겠지만 애인도 여러 명 있는 것이 나쁘지는 않을 것 같다. 이렇게 성우가 연락하지 않을 때 그를 생각하고 고민하는 일 따위는 집어치우고 다른 애인을 만나면 될 테니까.

성우를 처음 만난 것도 도서관이었다. 대학교 도서관. 그때 나는 이미 졸업을 했지만 대학원에 다니는 수진을 만나러 학교에 자주 갔었다. 수진이 주로 도서관에 있으니 나도 거기로 찾아갈 수밖에 없었다. 그즈음 성우는 복학을 했고 도서관을 들락거리는 나를 학생으로 안 모양이었다. 도서관에서 마주친 적이 있다는 것은 나중에 알게 되었다. 성우는 자기가 나를 기억하는 것처럼 나도 당연히 자기를 기억할 거라고 생각했지만, 나는 아니었다. 성우가 처음 말을 걸어왔을 때 낯설지는 않았지만 어디서 본 적이 있는 것 같지도 않았다. 그때 나에게 했던 것처럼, 성우는 거절하기 힘들게 만드는 그 미소를 지으면서 지금 다른 여자에게 말을 걸고 있을지도 모를 일이다.

이럴수록 더 열심히 잘살기로 마음을 고쳐먹었다. 잘살려면 무엇보다 잘 먹어야 한다. 도서관을 나와 마트에 가서 두 보따리나 장을 봐왔다. 카트를 밀고 다닐 때는 몰랐는데 계산을 끝내고 쇼핑백에 담자 혼자 들기 버거울 만큼의 무게였다. 도대체 어쩌려고 이렇게 많이 산 걸까. 장봐온 것을 분류해서 냉동실과 냉장실에 나눠 넣고 나니까 한시가 넘어가고 있었다. 아이스크림이며 떡볶이며 이것저것 군것질을 해서인지 점심 생각은 나지 않았다.

딱히 할 일도 없고 해서 텔레비전을 켰다. 성우가 기다리던 영화가 이번주 개봉이었다. 제작발표 소식이 들릴 때부터 보고 싶다고 야단이던 성우의 모습이 떠올랐다. 다음주쯤 이미 개봉했다는 걸 알게 되었다면, 연락하는 걸 망설였을지도 모른다. 나는 오늘 저녁 다섯시에 만나서 그 영화를 보자는 메시지를 남겼다. 전부터 같이 보기로 약속이 되어 있었기 때문에 지극히 자연스러운 일이라고 생각했다. 그리고 이건, 내가 이렇게까지 했는데도 성우가 안 나오면 두고 볼 것도 없이 끝이다, 라는 나름대로의 결론을 가진 승부수이기도 했다.

표를 미리 끊어두려고 약속시간보다 아주 일찍 나갔다. 성우처럼 영화광입네 하는 스타일이 아니면 볼 것 같지 않은 영화였지만 주말이라서 표가 없을까봐 걱정이 됐기 때문이다. 내가 일방적으로 정한 약속시간까지는 한 시간도 넘게 남았지만 서점에라도 들르면 될 일이었다. 다섯시 오분. 나는 일부러 극장 앞에 오 분 늦게 갔다. 한 삼십 분쯤 늦게 갈까, 생각도 했지만 자신이 없었다. 성우가 그냥 가버렸을 때 어렵게 스타일 구기고 마련한 기회를 놓치고 그 동안의 방황을 반복해야 할 생각을 하니 끔찍했다. 성우는 푸른색 반코트를 입고 극장 앞에 서 있었다. 처음 보는 옷이었다. 내가 아는 성우는 파란색을 싫어했다. 사람들이 제법 줄을 서 있었다.

"들어가자."

성우는 별다른 말도 없이 무표정하게 그렇게 말했다. 나는 성우에게 표를 내밀었다. 이해할 수 없다는 성우의 표정. 뭐가 잘못된 건가. 성우도 표를 끊은 것이다. 그것도 며칠 전에.

"너는 왜 안 하던 짓을 하고 그러냐?"

"그러니까, 예매해두었다고 네가 전화했으면 이런 일 없잖아."

나도 지지 않았다. 극장에 들어가서도 성우는 별말이 없었다. 묻지도 않고 대뜸 콜라와 커피를 사가지고 와서는 콜라캔을 내게 건넸다.

"싫어."

"여기는 다이어트 콜라 없어."

"나, 커피 마실래."

성우는 내 얼굴을 빤히 쳐다보더니 커피를 건네주었다. 영화는 내가 예상했던 대로 재미없었고 성우는 내내 불편하게 굴었다. 극장을 나와서 곧장 저녁을 먹으러 갔다. 해물을 좋아하는 성우를 생각해서 나는 불고기를 먹고 싶은 것을 참고 낙지볶음을 시켰다. 처음 오는 식당이라 나는 뭐 특별한 거 없나 싶어 두리번거렸다. 그때 성우가 말했다.

"이 식당은 그 친구랑 온 적 없나? 걔는 고상하니까, 이런 누추한 데는 안 모시고 오겠지."

"야, 너 도대체 하고 싶은 말이 뭐야? 난 머리 나빠서 그렇게 말하면 못 알아들어. 제대로, 똑똑하게, 네가 무슨 생각을 하는지 말하란 말이야. 안 그러면 내 마음대로 생각해버릴 테니까."

성우가 드디어 입을 열었다.

"네 친구 지훈인가 하는 그 자식은 도대체 너한테 뭐냐?"

"그걸 몰라서 묻는 거니?"

"지훈이랑 나랑 너한테는 차이가 도대체 뭐냐?"

"너, 정말……"

성우는 참으로 여러 말을 했지만 나는 그것들이 지금 성우가 이러는 것과 무슨 연관이 있나 싶었다. 게다가 지훈이 이야기까지 들먹인 건 성우가 실수한 거다. 속 좁기는. 그 동안 내내 나와 지훈의 우정을 꺼림칙해하면서 그렇게 대범한 척 굴었던 말인가. 성우가 나에게 지훈을 만나는 게 신경쓰인다고 솔직히 말했으면 나는 주의했을 것이다. 경솔하게 지훈이 얘기를 우리 만남에 양념으로 치지는 않았을 것이다.

"그래. 됐어."

나는 그렇게 말하고 자리에서 일어났다. 치사한 자식. 휑하니 자리를 박차고 나가는 나를 성우는 붙잡지 않았다. 한 번도 이런 적이 없었다. 성우를 만나 혼자서 집에 가는 것도 처음이었다. 우린 정말로 싸운 것이다. 장난도 아니고 어리광도 아니고 시험도 아니다. 우린 정말로 크게 싸운 것이다. 아니, 아예 끝이 난 건지도 모른다.


성우가 나를 사랑하지 않아도 집착할 만큼 그를 사랑하지는 않는다. 그래, 윤성우 별거 아니다. 너 같은 남자는 세상에 널려 있다. 내일 당장 한 세 명쯤 만날 수도 있다. 시간이 지나면 지날수록 점점 더 화가 나고 있었다. 성우에게 지훈과 나 사이를 이해시키지 못한 나 자신에게도 화가 났고, 결국에는 그렇게밖에 생각할 수 없었던 성우에게도 화가 났다.

집으로 돌아오자마자 성우랑 하다가 그만둔 저녁식사부터 다시 시작했다. 요리할 시간도 마음의 여유도 없어서 라지 피자한 판과 스파게티를 배달시켜서 1.5리터 다이어트 콜라와 함께 신나게 먹었다. 그제야 마음이 좀 가라앉았다.

　하지만 옷 갈아입고, 씻고, 이 닦고 앉아서, 텔레비전을 보고 있자니 가라앉은 줄 알았던 화가 다시 치밀기 시작했다. 지훈이 도대체 나한테 뭐냐고? 친구지, 그걸 몰라서 물어? 언제는 얘기가 통하는 남자 친구 하나 없는 여자는 한심스럽다더니. 자기는 이성과도 충분히 친구가 될 수 있다고 생각하고, 그렇게 할 수 있는 사람이 좋다더니. 그 윤성우는 도대체 어디로 간 거야? 도저히 가슴에 그냥 담아둘 수가 없었다. 윤성우가 얼마나 치사한 인간인지 말해야겠다. 수진에게 전화를 걸었다.

　"수진아, 성우 너무하는 거 아니니? 이런저런 상황은 다 제쳐두고라도 말이야. 나한테 지훈이가 있으면 저한테는 다른 여자 없냐? 후배며 동창이며 하는 애들. 그러면서 나한테 그런 거 따질 수 있냐고."

　"진정해, 좀. 입장을 바꿔서 생각해봐. 너는 성우가 만나는 다른 여자들 기분 안 나쁘니?"

　"그걸 왜 기분 나빠해야 해? 그 여자들이랑 나는 성우한테 다르다는 걸 내가 아는데."

　"성우가 그런 여자들을 만나든 말든 네가 아무 상관 안 하는 게 성우 입장에선 더 기분 나쁠 수도 있어. 나영아, 네 입장만 생각하지 말고 성우 입장에서 생각해봐. 내가 너한테 누누이 하는 말이지만 세상 사람들이 다 너 같지는 않아. 성우는 아는 여자가 많아. 그 여자들 중에 너는 성우한테 현재로선 제일 중요한 여자고. 그리고 그런 식으로 보면 사실 너한테 남자라고는 성우랑 지훈이밖에 없잖아. 성우가 가진 사랑이 100이라면 너는 50을 가졌다 치자. 그리고 나머지 여자들이 50을 나누어 가졌어. 그러면 너는? 너의 100 중에 성우가 50, 지훈이가 50을 가진 거야."

같이 흥분할 줄 알았는데, 수진은 길길이 뛰는 내 말을 다 듣더니 의외로 차분한 목소리로 이상한 소리를 했다.

"그렇게 되면 나한테 성우랑 지훈이가 똑같은 몫을 가진다는 거잖아. 그건 아니지."

"어쨌든 애인관계인 너희 둘이 60이든 70이든 대등하게 가진 것들을 뺀 나머지를 생각해봐. 어떻게 해도 성우가 만나는 다른 여자들이 나누어 가진 것들보다는 지훈이가 가진 게 더 크잖아."

"어떻게 그게 그렇니?"

나는 말은 그렇게 하면서도 성우에게 지훈이 같은 여자 친구가 있다면, 하고 상상해보았다. 나와 그 여자가 친하기만 하다면 나쁘지 않을 것 같았다. 여러 명보다 한 명이 관리하기도 훨씬 쉽지 않은가. 문제는 지훈과 성우가 영 맞지 않는 데에도 있는 것 같다. 그 생각을 수진에게 말해보았더니, 수진은 글쎄, 하고 말했다. 하긴 수진은 성우는 물론 지훈과도 친하지 않았다. 내 앞에서는 성우, 지훈, 이렇게 말하지만, 걔네들 앞에서는 꼬박꼬박 이름 끝에 '씨'자 붙이고 높임말을 했다. 세월이 아무리 지나도 그대로이다.

"나영아, 네가 70쯤의 마음에서 시작해서 성우를 만나는 사이 조금씩 너의 최대치로 나아가고 있었다면, 성우는 이미 처음부터 자신의 최대치, 이를테면 100의 마음에서 너를 만나기 시작한 거야. 너희 처음에 시작할 때 생각 안 나니? 내가 보기에 그런 확신이 없었다면 아무리 잘난 성우라고 해도 덤덤한 너한테 그렇게 무모하게 밀어붙일 수는 없었어."

"성우가 100의 마음으로 시작했는지 어땠는지는 모르겠지만, 나는 그때 성우라는 확신 같은 건 없었어."

"그럼, 지금은?"

"지금? 지금이야 그때보다는 낫겠지. 그래, 나은 것 같아."

나는 그제야 수진이 무슨 말을 하는지 이해했다. 나는 성우에게 처음에 가졌던 마음보다 지금 마음이 커졌다. 그건 확실했다. 그렇다면 성우는 아니라는 말인가?

"수진아, 그럼 우리 문제가, 성우가 이제는 나에 대해 100이 아니라는 데 있다는 거니?"

"100이었다가 99가 되는 건, 90에서 89가 되는 것과는 아주 다른 거야."

수진은 그렇게 말하고 전화를 끊었다. 나는 지훈을 떠올렸다. 누군가에게 내가 100의 마음을 가졌던 건 지훈이 유일했다. 그래, 100이었다가 99가 되는 건 90에서 89가 되는 것과는 아주 다르다. 둘 다 같은 1의 차이지만 100에서 99가 되는 건 이제 더 이상 완벽하지도 완전하지도 않다는 것이니까. 나는 누군가를 의무감이나 습관으로 만나고 싶지는 않았다. 하지만 삼 년 가까이 성우를 만나오면서 단 한 번도 의무감으로 그를 대한 적이 없다거나, 익숙해져서 늘 하던 대로 했던 것이 아니었다고 자신할 수는 없다. 어느 정도는 내게도 우리는 연인 사이라는 의무감이 있었고, 그래서 습관적으로 애인인 성우는 친구인 지훈보다 늘 앞자리였다.

어쩌면 이제 성우는 의무감을 버리고 습관을 바꿀 생각인지도 모른다. 만약 그게 아니라면…… 혹시 이건 꼬박꼬박 집에서 식사하던 사람이 외식을 하고 싶어지거나 아무것도 먹기 싫어지는 것처럼 일시적인 것은 아닐까. 지독한 감기에 걸려 좋아하던 음식의 맛을 느낄 수 없는 것처럼, 시간이 지나면 저절로 괜찮아지거나 적절한 처방을 하면 더 빨리 나을 수 있는 게 아닐까. 하지만 나는 99를 다시 100으로 회복시킬 그 처방을 알 수가 없다.

# 패밀리 레스토랑

오늘은 고등학교 동창모임이 있는 날이다. 고등학교 친구들 열 명이 모여서 만든 건데, 학교 다닐 때부터 친했던 친구들은 아니고, 졸업 후 친구의 친구, 그런 식으로 모여서 자연스럽게 생겨난 모임이다. 대학교 삼학년 무렵부터 정기적인 모임이 되었고 두 달에 한 번씩 모인다. 이 모임에 나갈 때면 나도 모르게 친구들을 의식하게 된다. 뭘 입을까 고민도 하고 신경을 쓴다. 남자친구를 만날 때와도 다르고, 수진이나 유리를 만날 때와도 다르다.

나는 화장도 잘 하지 않고 잘 차려입지도 않는 편이다. 어떤 남자들은 내가 화장을 안 해도 예쁘다고 말한다. 고마운 착각이다. 나는 화장을 할 줄 모른다. 옷에 대한 감각도 없으며, 그런데다 신경쓰고 싶지도 않고 신경을 써도 아무 효과가 없다. 오히려 반감만 산다. 그래서 그런 것에 초연해졌다.

그러나 나는 예쁜 여자를 좋아하는 사람들의 심정을 이해한다. 예쁜 여자들을 보고 있으면 기분이 좋아진다. 특히 은주를 보면 그런 생각이 들 때가 많다. 눈이 아주 예쁜 은주는 눈을 깜빡이는 속도가 다른 사람보다 느리다. 긴 속눈썹이 파르르 떨리면서 열리고 닫히는 것만 보아도 심심하지가 않다. 여자인 내가 이런데 남자는 오죽하겠는가. 은주는, 내 친구라고 점수를 후하게 줘서가 아니라 정말 아주 예쁜 편에 속한다. 쉽게 말해서 사람들이 길을 가다가 돌아볼 정도의 미모라는 얘기다. 그런데 정작 아는 남자가 많은 것은 수진이고, 길 가다가 남자가 잘 따라붙는 건 유리이다.

그게 이상해서 성우에게 물어본 적이 있다. 성우도 제일 예쁜 사람이 은주라는 데는 동의했다. 자기 취향과는 아무런 상관없이 객관적으로 제일 예쁜 얼굴을 뽑으라면 은주를 뽑겠다고 했다. 그런데 만약 자기더러 사귈 여자를 고르라면 선택은 달라진다고 했다. 은주는 여려 보여서 여러모로 신경이 쓰일 테고, 수진은 너무 지적이고 게다가 고집이 있어 보여서 웬만큼 자신감이 있지 않으면 아예 명함도 못 내밀 거고, 유리는 너무 화려해서 부담스럽다고 했다. 그러고는 나더러 네가 남자면 어떨 거같냐고 물었다. 내가 여자인 게 정말 다행이었다. 그 셋 중 하나만 어떻게 고른단 말인가. 그게 정말로 셋 중 둘을 영원히 포기해야 하는 일이라면 더더욱.

예쁜 여자를 좋아하는 나는 잘생긴 남자도 물론 좋아한다. 그런데 예쁜 여자를 보면 친해지고 싶은데 잘생긴 남자를 보면 그다지 친해지고 싶은 생각이 들지 않는다. 성우나 지훈도 그런대로 잘생긴 편에 속한다. 특히 지훈은 외모만 보고 근처 학교 여자애들이 팬클럽을 조직할 정도였다. 하지만 아주 잘생긴 지훈보다 조금 덜 잘생긴 성우가 여자들에게는 오히려 인기가 있다. 여자들은 지훈을 보면 도대체 저런 남자의 애인은 어떤 여자일까, 하면서도 정작 자신이 그 남자의 애인이 되려고는 하지 않는다. 반면에 성우와는 한 시간만 같이 있어보면, 저런 남자 애인은 정말 좋겠다가 되는 것이다. 나는 그런 남자의 애인이다. 아니, 애인이었다.

오늘 모임 장소는 패밀리 레스토랑이다. 열 명의 멤버가 저마다 식성이 달라서 모임의 장소에 대해서 늘 의견이 분분하다. 일단 한식 좋아하는 사람, 양식 좋아하는 사람으로 나뉘고, 매운 거 못 먹는 사람, 날것 못 먹는 사람, 닭고기 안 먹는 사람, 돼지고기 안 먹는 사람도 있고, 이거 피하고 저거 피하고 이거 고르고 저거 고르고 하다보면 모임의 장소를 정하는 것부터 골치가 아프다. 어디로 정해도 불만인 사람이 하나쯤은 있다.

이 패밀리 레스토랑이 그래도 무난한 편이다. 샐러드, 피자, 초밥, 그릴, 스테이크, 스파게티, 해물요리까지 뷔페식으로 준비되어 있어서 먹고 싶은 음식을 먹고 싶은 만큼 골라 먹는 재미도 있고, 아무리 식성 까다로운 사람도 입맛에 맞는 음식이 하나쯤은 있다. 나처럼 식성이 너무 좋으면 뭘 먹을까 고민이 되지만.

레스토랑에 들어가니 은주가 나를 보고 손을 흔든다. 은주 옆으로 지현, 혜진, 정미, 민지가 보인다. 나까지 여섯 명이 왔다. 아직 네 명이 오지 않았다. 약속시간이 오 분 지났다.

"여기 앉아."

나는 은주의 왼쪽 자리에 앉는다. 시간 맞춰 온 여섯 명이 이 모임의 원래 멤버라고 할 수 있다. 은주랑 지현, 정미가 같은 대학을 나왔다. 고등학교 때는 얼굴만 아는 정도였지만 같은 대학을 다니다보니 가까워졌고, 그애들이 졸업하고 자리를 잡으면서 모임이 시작되었다. 은주랑 친한 나, 지현이랑 친한 혜진, 정미랑 친한 민지, 이렇게 여섯이 모이다가 이들과 왕래가 있던 나머지 넷까지 뭉치게 되었다.

"다른 애들은?"

내가 물었다.

"곧 오겠지."

"애들은 맨날 늦냐."

고등학교에서 영어를 가르치는 혜진이 학생들 나무라는 투로 말했다.

"너도 저번에 늦었잖아."

민지가 말했다.

88

"그때는 시어머니 전화 받느라고 그랬지. 전화를 안 끊는데 어떡해."

영어선생님인 혜진은 같은 학교 수학선생님과 결혼했다. 순한 시골 양반인 시어머니가 혜진에게 아무리 잘해줘도 친정어머니 같지는 않은 모양이다.

"어머니, 저 나가봐야 하는데요, 하지 그랬어."

미혼인 유치원 선생님 민지가 약올리듯 말했다.

"너도 결혼해봐. 그 말이 그렇게 톡 나오는지."

예쁜 딸아이가 있는 지현이 말했다.

"저기 오네."

은주의 말에 우리는 모두 입구 쪽을 보았다. 민주와 소라가 나타났다. 스튜어디스인 민주는 대학병원의 레지던트와 약혼을 했고, 소라는 에어로빅 강사이다. 둘 다 팔등신인데 고등학교 삼학년 때 짝이었단다. 회사원 남편을 둔 승희와 공대 대학원생인 미진이 아직도 오지 않았다.

"야, 우리 먼저 먹고 있자."

지현이 말하자 모두 동의했다.

이 모임에서 내가 진짜로 얻은 것이 있다면 그것은 지현이다. 고등학교 때는 한 반인 적도 없고 해서 이야기를 나눠본 적이 없는 사이였는데, 은주 덕분에 알게 되었다. 지현은 나보다 생일이 늦지만 언니 같은 느낌을 준다. 그리고 우린 결정적으로 요리하는 걸 좋아한다는 공통점이 있다. 한식당을 하는 요리 잘하는 어머니를 둔 지현에게 내가 배우는 것이 많다.

접시가 돌고 있는데 승희와 미진이 왔다. 삼십 분 늦었다.

"야, 너희 둘은 벌금 내."

"왜 늦었어?"

"승희 차가 말이야……"

미진이 말하기 시작하는데 성질 급한 민주가 말을 낚아챘다.

"또 길을 잘못 들었겠지."

"길을 모르면 운전을 하질 말아야지."

"운전을 자꾸 해야 길을 알지."

"그래 맞다. 가보지도 않고 어떻게 길을 아냐?"

그런 이야기를 시작으로 운전에 대한 이야기가 한참을 오고
갔다. 디저트를 먹으면서는 민주의 결혼이 화제로 올랐다. 결혼
한 사람이 셋, 결혼 안 한 사람이 일곱이지만, 결혼 안 한 사람
중에 절반이 '결혼이 내일모레'인 사람들이다. 결혼한 사람 중에
아이가 있는 사람이 또 둘이다. 모임이 처음 시작될 때 우린 모
두 대학생이었고 결혼을 한 사람이 아무도 없었다. 첫 테이프를
끊은 사람은 회사원과 결혼한 승희였다. 복학생과 연애한 승희
는 대학을 졸업한 해에 결혼을 했다. 다음해에 지현이 결혼을 하
면서 은행을 그만두었다. 아이는 승희보다 지현이 먼저 낳았다.

민주는 결혼날짜를 잡는 데까지 일이 진행된 모양이었다.

"결혼해도 나는 비행해야 돼."

"그럼, 비행아줌마네."

"남들은 의사랑 결혼한다고 부럽다고 하지만, 좋은 거 하나도 없어. 시어머니 될 분이 은근히 좀 바라는 눈치야."

"하긴 너희 집 좀 살잖아."

"우리 아버지한텐 손톱도 안 들어가. 내가 뭐가 부족한 게 있냐고, 그러려면 관두래. 그래서 그런 눈치도 못 보인다니까."

"중매도 아니고 연애했는데도 시어머니가 그러니?"

"그냥 그런 거 같아. 남들도 그런다니까, 자기도 같은 의사 아들 됐는데 나는 왜 못 받아야 하나, 그거지."

"그런데 그거 다 괜한 네 생각 아니니? 네 시어머니 될 분은 그냥 사심 없이 하는 말씀인데, 네가 신경을 곤두세우니까 그렇게 들리는 걸 수도 있잖아."

"그런 것도 같고. 아무튼 좀 껄끄러운 문제야. 어머니, 도대체 제가 뭘 어떻게 얼마나 해가면 좋겠습니까, 하고 물어볼 수도 없고. 네 말대로 그게 아니면 정말 그런 낭패가 어딨냐. 그리고 우리 시어머니도 교양이 있는 분인데 마음이 그렇다고 해도 어떻게 좀 해오라는 말을 하겠냐."

"그러면 시치미 딱 떼고 모른 척해버려. 아니면 훌륭한 의사 아드님을 두고도 아무것도 바라지 않는 어머니의 인격은 얼마나 높으십니까, 하면서 아예 선수를 치든지."

"그런데 너희 아버지도 너무한다. 그 돈 다 어디다 쓰려고 그러신대?"

"모르긴 몰라도 우리 아버지, 자식에게 재산 안 물려주기 운동본부 같은 데 회원인 거 같아. 말하는 품이 딱 그거야. 난 너희들에게 앞으로 먹고살 수 있는 모든 것을 이미 다 제공했다. 내가 너희에게 또 무얼 줄 거라고 생각하면 오산이다."

이야기는 재벌의 변칙 상속 문제로까지 이어졌다. 이 모임에 오면 많은 걸 알게 된다. 열 명이 제각기 어디선가 보고 듣고 또 배우고 느낀 얘기를 하니까. 이를테면 남편이 은행원인데다 전직이 은행원이었던 지현은 재테크 문제에 거의 전문가 수준이고, 교육 문제는 분야는 다르지만 민지, 혜진, 미진이 모두 할말이 많다. 건강 문제는 약사인 정미나 에어로빅 강사인 소라, 아니면 의사 애인을 둔 민주에게 물어보면 된다. 열 명이 전공도 제각각이고 관심사도 다르고 활동영역도 달라서 어떤 문제가 떠올라도 어떻게든 해결이 난다.

"은주, 넌 석호랑 언제 결혼하니?"

결혼이 화제로 오르면 은주와 석호 얘기가 빠지지 않았다. 그 애들처럼 오래 연애한 커플이 우리들 중에는 없었다. 은주와 석호는 동갑이지만, 석호가 삼수를 한데다, 군대를 현역으로 다녀왔기 때문에, 결혼할 만큼 자리를 잡는 데 시간이 걸릴 수밖에 없었다. 결혼이 급한 건 아니지만 우리 나이면 결혼을 생각하지 않을 수 없다. 석호가 취직을 했으니 곧 결혼날짜를 잡을 것이 틀림없었다.

매번 받는 질문이어서 그런지 은주는 웃음으로 넘기려 한다. 대신 지현이 말했다.

"때 되면 다 해."

지금껏 은주가 사귄 남자는 석호 하나뿐이다. 둘이 고등학교 때 학원에서 만나 사귀기 시작했으니 십 년이 다 되어간다. 정말 지독하다는 생각이 든다. 그 동안 은주에게 다른 남자가 없었던 것은 아니다. 은주에게 매달리는 남자도 있었고, 은주가 매력을 느꼈던 남자도 없지는 않았다. 하지만 은주는 석호밖에 사귀지 않았다.

"아, 그러니까 그 '때'가 언제냐니까!"

"은주가 뭐 문제냐? 애인 없는 애들이 문제지."

날짜까지 받아둔 민주가 정미, 소라, 민지, 미진을 가리키며 말했다.

"난 독신주의니까, 좀 빼줘."

약사인 정미가 늘 하는 말이다.

"독신, 그것도 괜찮지. 나도 정미처럼 능력 되면 독신한다."

"성우랑 너는 결혼하긴 하는 거니?"

이번엔 화살이 내게로 왔다.

"글쎄."

"저런 애가 진짜 문제라니까. 멀쩡한 애인 두고 글쎄, 라니. 예의가 없어요."

"나영아, 이제 좀 그만 두고 보고 슬슬 결정하지. 성우보다 더 나은 남자 찾기 어려워. 네가 성우를 놓아주면 여기저기서 눈 벌겋게 뜨고 잡으려고 난리날 거다. 그러니까 이제 그만 결혼해."

나는 성우와 헤어지게 될지도 모른다는 얘기를 이 애들 앞에서 솔직하게 털어놓을 수가 없다. 성우와 헤어지게 되어도 안 헤어지게 되어도, 내 이야기는 문제가 될 것이다. 좋은 친구들이지만 때로는 조심스러울 때가 있다. 실연은 결코 신나는 화제가 되지 못한다.

여자 친구들 중 절반 정도가 결혼을 했다. 그들은 모두 전에 알던 남자와 결혼을 하거나 전혀 새로운 남자와 결혼을 했다. 신데렐라의 유리구두를 신은 친구는 한 명도 없었다. 다 고만고만한 남자와 결혼을 했다. 어떤 의미로든 넘치거나 기울거나 그런 건 없었다. 약간 실망스러운 결과지만 이게 드라마나 영화, 소설이 아닌 바로 현실일 것이다.


계산이 왜 이렇게 많이 나왔느냐, 곗돈이 얼마 모였느냐, 조금 더 모이면 어디어디로 놀러 가자는 이야기가 이어지다가 우리는 뿔뿔이 흩어졌다.

어른이 되면 다들 속물이 되는 줄 알았다. 매일 숫자놀음에 신경을 곤두세우는 속물들. 그들에게는 아파트 평수를 늘리고 자가용의 배기량을 늘리고 더 비싼 물건을 사는 것이 곧 행복의 척도이다. 얼마나 결혼을 잘했는가는 결혼 상대의 재산 정도로 가늠된다. 서로를 사랑해서 몇캐럿짜리 보석을 사주고, 배기량 몇천 시시의 세단을 뽑아준다. 어른이 되면 더이상 무형의 행복은 존재하지 않는, 그런 속물이 될지도 모른다고 경계했다. 그것도 아주 편리한 속물. 자신이 가질 수 없는 것은 세상에 없는 것이라 여기거나 있어도 아무 가치 없는 것으로 여기는 속물이 될까봐 두려웠다. 그런 속물들이 세상 어딘가에 정말 있을지도 모르겠다.

내 친구들은 그런 속물들과 다르면서 같은 세상을 산다. 얼마나 오래 열심히 모으면 내 집을 갖게 될까. 보너스가 나오면 이번에는 전부터 사고 싶었던 물건을 사거나 여행을 가도 되지 않을까. 맛있고 저렴한 식당은 어디인가. 냉장고를 더 큰 것으로 바꾸어서 얻는 득과 실은 무얼까. 차는 이것보다 저것이 안전하지만 경제성을 따지면 이게 더 이득이지 않을까.

내가 원하는 그곳에 다행히도 도착하게 된다면 나도 내 친구들처럼 소박하고 건강하고 행복한 속물이 될 수 있을 것이다.


모임이 끝나고 은주와 나는 근처의 카페로 자리를 옮겼다. 나는 성우와의 사이가 심하게 뒤틀리고 있다고 은주에게 말했다. 은주는 걱정스런 얼굴로 '너, 정말 괜찮니?'라고 계속 물었다.

난 내가 여태 아무도 진심으로 사랑한 적이 없었고, 그래서 지금도 진정으로 성우를 사랑하는 것이 아닐 거라는 걸 안다. 이전의 남자친구들처럼 성우도 쉽게 내 인생에서 사라져줄 거라고 믿는다. 그래서 며칠 후면 그런 사람이 있었지, 하고 생각하게 될지도 모른다. 그와 함께 했던 모든 것들에 무감해질 것이다. 이런 것이 사랑일 수는 없지 않을까.

은주와 헤어져서 집으로 들어오는 길에 우동집에 들렀다. 나는 망설임 없이 냄비우동을 시켰다. 이렇게 싸늘해지는 저녁이면 성우와 나는 길거리에 있는 낯선 포장마차로 뛰어들어가 냄비우동을 먹곤 했었다. 그런 날은 대개 말이 필요 없었다. 서로를 바라보는 눈길과 고개를 끄덕이는 걸로 충분했다. 나는 성우의 표정만 보아도, 손짓 하나만 보아도 그가 무엇을 원하는지 알 수가 있었다.

테이블마다 두 명 이상의 사람들이 앉아 있다. 사람들은 혼자서 뭘 먹는 걸 어색해한다. 혼자 먹을 수 없어서, 먹기 싫어서 사람들은 연애를 하고 결혼을 하는지도 모르겠다. 내게 그런 사람이 꼭 성우여야 할 이유가 있을까. 어제까지 그랬다고 해서 오늘 흩어지기 시작하는 관계를 억지로 부여잡고 내일까지 가야 하는 걸까.

은주가 묻듯이 나는 나에게 묻는다. 나는 괜찮은가?

그리고 대답한다. 아직은, 이라고.

# 설거지 끝내기

며칠 후 은주가 만나자는 연락을 해왔다.

우리는 환하고 낭만적인 분위기로 예쁜 것을 좋아하는 여자들에게 인기가 있는 프렌치 레스토랑에서 만났다. 은주는 이 레스토랑에 오면 늘 시푸드 스파게티를 시킨다. 말하자면 시푸드 스파게티를 먹으러 이곳에 오는 것이다. 나는 수프, 채소샐러드, 햄버그 스테이크, 광어요리, 왕새우튀김에 디저트가 제공되는 A코스를 시켜서 먹고, 디저트로 키위, 설탕, 생크림, 바닐라에센스를 섞은 뒤 믹서에 넣어 간 키위프루트를 주문했다. 최근에 이집에 올 때마다 우리는 키위프루트를 먹는다.

초록색의 키위프루트가 나오자 은주가 내게 물었다.

"정말 성우랑 끝장난 거니?"

끝장? 은주는 더는 어떻게 해볼 수 없는 건지를 묻고 있는 거겠지. 나도 모른다. 하지만 점점 더 한계에 다다르고 있다.

"그런가봐."

"어떻게 해볼 수 없는 거니?"

"매달리고 싶지 않아."

"안 답답하구나."

"그런 건 아니야. 내가 생각했던 것보다는 훨씬 성우한테 미련이 많아. 내가 걔를 좋아하긴 했었나봐. 삼 년이나 만났으면서 이런 얘기 좀 이상한가."

"그럼 연락해서 다시 만나."

"해도 소용없을 거야. 그리고 뭘 어떻게 해야 할지도 모르겠어. 우리 정말 끝난 거니? 이런 건 너무 신파야. 울 수도 없잖아. 욕을 해줄 수도 없고."

얌전하게 생긴 은주의 입에서 과격한 말이 나왔다.

"계속 이런 식으로 나오면 죽여버린다고 그래."

그런 기분이 들 때도 있다. 너무 화가 나서 죽여버리고 싶다는 극단적인 생각까진 가지 않아도, 도저히 이대로 가만히 있을 수는 없을 것 같은 기분. 하지만 그건 대개 성우 때문이 아니라 이렇게 될지 몰랐던 멍청한 나 때문이었다.

"아니, 차라리 죽어버린다고 그래라. 그게 낫겠다."

은주는 꽤 심각한 얼굴로 그렇게 말했다.

그런데 '죽여버린다'와 '죽어버린다'는 무슨 차이가 있을까. 진짜 죽이거나 죽지 않는 다음에야 공허한 말장난에 불과한 것

아닌가. 나는 성우 때문에 죽을 생각이 없는 건 물론이거니와 죽을 것처럼 괴롭지도 않다. 성우가 이 세상에서 없어져도 나는 사라질 생각이 없다. 그리고 그에게 못해줘서, 그와 하고 싶었는데 못 해서 아쉬운 것도 없다. 그런 건 다시 생각해볼 필요도 없다. 처음부터 그랬고 사귀는 내내 그랬으며, 끝나가는 이 마당에 내가 이러는 건 단지 새로 시작하는 것이 두렵기 때문이다. 그리고 다만 아주 조금 쓸쓸해졌을 뿐이다.

은주는 키위프루트를 반이나 남겼다. 아무 생각 없이, 나는 물어보지도 않고 은주의 디저트로 나와 똑같은 걸 시켰다. 은주는 어쩌면 키위프루트에 질렸을지도 모른다. 나는 은주랑 만나면 이 식당에 오지만, 은주는 누군가를 만날 때마다 여길 왔을지도 모르고, 또 그때마다 키위프루트를 마셔 이제 질리기 시작했을지도 모른다. 은주가 시푸드 스파게티에 물리지 않는다고 해서 키위프루트에도 그러라는 법은 없는데.

이 레스토랑의 한쪽에서는 예쁜 핸드페인팅 그릇도 판매하고 있다. 은주는 그릇 사는 게 취미인데 오늘은 그냥 지나친다. 어쩌면 다음에 은주랑 만나면 다른 식당으로 가게 될지도 모르겠다.

집으로 돌아오니 아침 먹은 그릇들이 그대로 쌓여 있는 싱크대가 제일 먼저 눈에 들어왔다. 나는 요리하는 건 좋아하지만 설거지하는 건 싫어하고, 잘하지도 못한다. 수진은 '이게 씻은 거냐'라고 말하고는 팔을 걷어붙이고 내가 씻어놓은 그릇을 다시 씻기 일쑤다. 수진이 설거지를 하고 나면 그릇들은 반짝반짝 빛이 나고, 싱크대는 말끔해진다. 나는 수진의 뒤처리 솜씨를 배우고 싶다. 어쩌면 그것도 천성에 속하는 건지도 모른다.

아까 은주에게 이런저런 얘기를 속속들이 다 말하다보니 정말 성우와 헤어진다는 것이 실감되기도 했다. 어쩌면 나는 사태가 이렇게 벌어지는 동안에도 진심으로는 성우와 헤어진다는 생각을 한 번도 해보지 않았던 것인지도 모른다. 헤어지지 않아질 것 같아서, 그런 자신이 있어서 잘난 척해보았던 것인지도 모른다.

하지만 벌써 물리기 시작한 음식을, 나만 아직 좋다고 계속 같이 먹자고 우길 생각은 없다. 난 내가 좋아하는 음식을 같이 먹어줄 누군가를 내일 새로 만날 수도 있다. 가볍게 생각하고 싶다. 일생이 무너져내린다거나, 너 없으면 죽을 것 같다거나, 다시는 사랑 같은 것 못 할지도 모르겠다거나 하는 생각은 하고 싶지 않다. 그건 거짓말이다.

이제 설거지를 해야 할 시간이다. 싫은 걸 나중으로 미룰 수는 있지만 안 할 수는 없다. 결국은 해야 하는 것이다. 나는 음악을 틀고, 팔을 걷고, 심호흡을 한번 하고, 쌓여 있는 그릇들을 씻기 시작했다.


"우리 이별은 언제고 예정된 것이었지만 내 예정대로라면 이렇게 빨리는 아니었어. 네가 먼저 이별을 선언할 줄은 정말 몰랐어. 선수를 빼앗겨버린 것을 억울해하고 있는 건 아니야. 나

지금 헷갈리고 있어. 네가 날 한 번도 사랑한 적 없는 건 아닌지. 처음부터 말이야. 단지 지나갈 사람으로 날 생각한 건 아니었는지."

"이제 와서 그런 게 무슨 의미가 있지? 이 세상에 영원은 없어. 그건 네가 먼저 내게 말했던 거야. 난 너에게서 그걸 배웠어."

"난 아니야. 너를 처음 만났을 때 너는 나의 전부일 것만 같았고, 나는 지금도 그때를 기억하고 있어. 하지만 이제 와서 널 사랑한다고 말하지는 않겠어. 넌 날 사랑하지만 이별해야 한다고 말할 계획이었겠지만, 난 너와 달라. 우리가 헤어지는 건 사랑하지 않기 때문이야. 우리 사랑이 영원하리란 믿음이 없기 때문이지. 그래, 난 널 사랑하지 않아. 한때 널 사랑했었다는 사실조차 이제는 잊고 싶을 뿐이야."

"이제 우리 다시 만날 일 없겠지. 서로 다른 곳에서 다른 사람 만나 사랑하고, 언젠가는 원하지 않아도 다시 영원을 약속하게 될 거야. 그때는 그 말이 거짓이 아니길 바랄 뿐이야. 그 옛날의 우리처럼."

헤어지는 연인은 할말이 많다. 드라마처럼 멋있는 대사를 줄줄이 읊으면서 인상적으로 이별하는 것도 괜찮을 것 같다. 이별의 본질보다 부수적인 것을 떠올리며 나는 내 일 같지 않은 기분을 느끼고 싶은 건지도 모른다.

나는 내일 성우를 만날 것이다. 우리는 내일 영영 이별하게 될지도 모른다. 아마 그렇게 되기가 쉬울 것이다. 성우가 내가 싫어졌다고, 다른 여자가 좋아졌다고 솔직하게 말해도, 드라마 속의 여자처럼 주먹을 날리거나 복수를 계획하거나 하지도 않을 것이다. 그냥 '그래, 알았어. 잘 가'라고 말하고 순순히 보내줄 것이다.

그러나 아침에 일어나자 어젯밤의 단호한 이별 선고 결심과는 또 마음이 달라져서, 성우를 만나 술이나 한잔 하면서 허심탄회하게 얘기나 해보자고 생각했다. 어쩌면 이건 우리의 끝이 아니라 새로운 시작이 될 수도 있을 거라고 생각했다.

그런데 내 예상은 역시 또 빗나갔다. 머뭇거리고 새삼스럽게 어색해하면서 이렇다저렇다 말이 없는 성우의 태도에 짜증이 나서 내가 물었다.

"도대체 네가 원하는 게 뭐야? 왜 이러는 거냐구!"

성우는 아무 말도 하지 않았고, 나는 흥분한 나머지 먼저 헤어지자는 말만은 절대 하지 말라던 수진의 충고를 까맣게 잊어버리고 말았다.

"그래, 내가 헤어져줄게. 너 이러는 거, 더는 못 참아주겠어."

마치 내가 이런 식으로 나올 줄 안 사람처럼 성우는 담담해 보였다. 정말 성우가 나에게 바란 것이 이런 것이었을까. 이런 끝이었을까. 그리고 내가 정말 기대한 것은 무엇이었을까.

유리는 나에게 지훈과 헤어지면 죽을 것 같다고 얘기한 적이 있었다. 무척이나 상투적인 표현이었고, 그렇게 말하는 유리를 이해할 수 없었지만, 언젠가는 나에게도 그런 날이 올지 모른다는 희망을 가졌었다. 그런 지독한 실연의 느낌이 왜 절망이 아니고 희망인지는 그 동안의 내 시시하기 짝이 없는 연애와 그 결말 때문이다. 나는 단 한 번도 누구 때문에 죽고 싶어지는 연애를 한 적 없을뿐더러, 그 상대방을 나 때문에 죽고 싶게 만들지도 못했다. 성우도 마찬가지인 것이다.

돌아오는 길에 마음이 좀 허전했다. 오랜만에 하는 실연이라 낯설기도 했다. 태연하면 이상한 거야, 라고 생각하기도 했다. 우리는 그 흔한 커플링 같은 것도 없어서 이별 후 돌려줄 것도 없었다. 말이면 끝이었다. 그 말도 결국 나 혼자서 다 했지만. 여하튼 성우와 나는 깨끗이, 완전히 헤어졌다.

수진에게 전화해서 우리의 이별을 보고했다. 수진도 별말이 없었다. 우린 정말 끝난 모양이다.

"지금 거기로 갈까? 나영아, 너, 괜찮아?"

"그럼."

그러면 다음에 만나서 술이나 한잔 하자며, 수진은 전화를 끊었다. 내가 다시 누군가를 만나고 사랑하고 이만큼 익숙해질 수 있을까. 나는 수진에게 묻고 싶었다.

은주에게 전화했다. 은주는 후회하지 않을 자신이 있냐고 물었다. 나는 어쩔 수 없는 일이었다고 대답했다. 이별의 순간이 올 때마다 나는 늘 어찌할 줄 몰랐다. 그를 사랑하고 있든 그렇지 않든 그랬다. 하지만 이별을 후회한 적은 없었다. 이번에도 그럴 수 있기를 바란다.

유리에게도 전화를 해야 한다. 그런데 시간이 너무 늦었다. 유리는 내일 출근을 위해 지금쯤 자고 있을 것이다. 이 상태가 아주 오래갈 텐데 꼭 지금 말할 필요는 없겠지. 지금부터, 앞으로 쭉 성우는 나와 아무 상관 없는 사람일 테니까.

# 블루 크리스마스 케이크

시기가 좋지 않았다. 크리스마스와 연말 모임을 앞두고 애인과 헤어진다는 건 끔찍한 일이다. 애인이나 남편을 동반하기로 한 모임에 나 홀로 참석하는 것도 곤란하고, 혼자서 참석을 해도 성우에 대한 얘기가 화제로 오를 게 분명하다. 그렇다고 핑계를 대는 것도 우습다. 나중에 그것 때문에 내가 약속된 모임에 나가지 않았다는 걸 알면 더 오랫동안 입에 오르내릴지도 모를 일이다. 별로 좋은 아이디어가 안 떠오른다.

나는 수진에게 전화를 걸어 사정을 이야기하고 넋두리를 했다. 수진은 좋은 해결책이 있다며 다른 남자를 데리고 가라고 했다. 성우보다 훨씬 번듯해 보이는 남자만 데려가면 저절로 입막음이 될 거라는 것이다. 하지만 이런 시기에 누군가를 파트너로 급조해야 한다고 생각하자 한숨부터 나왔다.

"친구 좋다는 게 뭐냐? 지훈이 있잖아. 그 정도는 부탁해도 괜찮을 거 같은데. 어차피 네가 이렇게 된 데는 지훈이 책임도 있잖아."

"지훈이가 무슨 책임이 있어?"

"난 솔직히 지훈이 태도가 애매모호하다고 생각해온 사람이야. 성우 편을 들고 싶은 건 아니지만 그렇게 생각하자면 충분히 그럴 수 있는 일이야."

"난 도무지 네가 무슨 소리를 하는지 모르겠다."

"아무튼 내 얘기는 그렇게 답답하고 곤란하면 지훈이한테 부탁하라는 거야. 그런 부탁을 정말 사심 없이 할 수 있고, 의심 없이 수락할 수 있다면 너희 둘은 그야말로 친구란 거지."

"아, 골치 아파. 차라리 안 가고 말겠어."

난 도대체 뭘 두려워하는 걸까. 성우와 정말 헤어졌다면 그건 언제고 친구들이 알게 될 일이고, 지금 솔직히 말한다고 해서 달라질 것은 아무것도 없다. 이별은 어떤 사람에게든 있을 수 있는 일이고, 몇 년 전만 해도 내게는 꽤 흔한 일이었다. 그때마다 툴툴 털고 '야, 걔 안 만난 지가 언젠데'라는 식으로 당당하게 응수했었는데 도대체 이번엔 뭐가 다른가.

그리고 수진의 충고대로 지훈을 데리고 가는 것도 나쁘진 않다. 특별히 새 애인이라고 소개할 필요도 없고, 친구들은 성우에게 사정이 생겼고, 내가 혼자 나오기 뭐해서 지훈을 데리고 나온 거라고 생각할 것이다.

내가 지훈의 파트너가 되어준 것도 여러 번이었다. 지훈에게 유리가 있기 전까지는, 지훈을 따라서 그의 친구들과 어울리는 것은 내게 자연스러운 일이었다. 그때도 지훈에게 여자가 없었던 것은 아니었다. 지훈은, 그 여자들에 대해, 데리고 나가면 신경만 쓰이고 오해하게 만들 뿐이라며 나더러 같이 가자고 했다.

이제 와 생각해보면 지훈과 유리가 가까워진 것도 지훈이 내게 파트너가 되어달라고 부탁했던 모임에 내가 가지 않고 유리를 대신 내보낸 것이 결정적인 계기였다.

유리에게서 전화가 왔다. 유리가 회사 일로 이사간 후 좀 멀어진 느낌이 든다. 전화를 자주 한다고는 하지만 그것도 예전에 비하면 백분의 일도 되지 않을 것이고, 공감의 정도로 말한다면 더할 것이다.

"성우는 잘 있지?"

순간적으로 나는 성우와 내가 헤어진 것을 유리가 모르고 있을 수 있나, 하는 생각에 멍했다. 그런데 다시 생각해보니 이러저러해서 깨끗이, 완전히 끝났다는 얘기까지는 하지 않은 것도 같았다.

세상에는 날마다 헤어진다고 노래를 부르면서도 다음날이면 아무렇지 않은 얼굴로 시시덕거리면서 미래를 상의하는 연인도 아주 많으니까. 나도 그중의 하나라고 유리는 생각했을지도 모른다. 사실 알고 보면 유리가 그런 타입이기도 했다. 유리는 수시로 지훈과 위기라는 분위기를 풍기면서 나에게 도움을 요청하고 다른 남자를 기웃거리지만 지금까지 지훈과 헤어지지 않았다.

나는 수진에게 모두 다 말해놓고 유리에게까지 다 얘기했다고 착각했는지도 모른다. 가까이 있는 수진은 내가 말하지 않는 것까지 아울러 짐작할 수 있지만 멀리 있는 유리에게는 내가 말한 것들도 제대로 전달되지 않을 수 있다는 생각도 들었다.

"나, 성우랑 끝났는데."

"뭐?"

"성우랑 완전히 끝났다고. 정말 진짜 확실히 아주 끝났어."

나는 나에게 다짐이라도 하듯, 그리고 다시는 성우 이야기를 듣고 싶지 않아서 그렇게 말했다.

"나영아, 정말이니? 언제? 어떻게?"

"한참 됐는데."

전화를 끊고 보니 유리가 좀 이상하다는 생각이 들었다. 나와 성우가 끝났다는데 이렇다 할 논평이 없는 것이다. 수진처럼 잘했다든가 하는 식의 격렬한 반응은 아니더라도, 괜찮냐고 물어보지도 않았다. 얘는 내가 장난하는 줄 아나.


크리스마스이브이다.

성우가 있었더라면 당연히 오늘 같은 날 만나야 하겠지만 이런 특별한 날 혼자서 방황할 생각은 없다. 그런 점에서 성우가 솔직히 조금, 아주 조금 아쉽긴 하다. 그러나 혼자라고 크리스마

108

스 기분을 못 낼 이유는 없다.

나는 크리스마스 케이크를 만들 생각이다. 작년 크리스마스에
는 케이크를 만들 시간이 없어서 성우가 케이크를 사왔다. 신선
한 딸기와 생크림이 조화를 이룬 프레시 딸기케이크였다. 성우
가 친구 생일에 우연히 그 집 케이크를 맛본 후, 우리는 가끔 제
법 먼 그곳까지 일부러 가서 그 케이크를 사와 함께 먹곤 했었다.

어떤 케이크를 만들까. 스펀지케이크 위에 부드럽고 달콤한
생크림을 거품 내어 장식하면 생크림케이크가 되고, 반죽을 얇
게 펴서 구운 다음 잼이나 생크림을 바르고 돌돌 말면 롤케이크
가 되고, 이를 응용해서 생크림과 과일을 넣은 오믈렛이나 너트
메그, 생강가루, 칼더먼, 계핏가루, 올스파이스를 넣은 스파이스
시폰케이크를 만들 수도 있다.

일단 아주 달고 단 케이크를 만들어야겠다. 성우는 단 음식을
싫어한다. 그래서 성우와 먹을 쿠키나 케이크는 설탕을 조금 덜
넣어서 만들어야 했다. 오늘 나는 인공감미료 대신 진짜 단맛이
나는 설탕을 듬뿍 넣을 것이다.

맛있고 예쁜 케이크를 만들려면 먼저 그 기본이 되는 스펀지
케이크를 잘 구워야 한다. 나는 스펀지케이크를 만들면서 실패
를 많이 했다. 처음에는 예쁘게 부풀지만 조금 지나면 가운데가
푹 꺼지기 일쑤였다. 원인을 알아내는 데 오래 걸렸다. 거품기로
들어올려도 거품이 떨어지지 않고 삐죽삐죽 설 때까지 하얗게
거품을 내야 하는데 이쯤이면 됐을 거야, 짐작하고는 그만두었

던 것이다. 그리고 또 밀가루를 섞을 때는 달걀 거품이 꺼지지 않도록 조심스럽게 재빨리 섞어야 하는데, 그것도 쉽지 않았다.

올해 크리스마스 케이크는 아주 달고 단 초콜릿 스펀지케이크로 결정했다.

달걀, 설탕, 물엿을 넣고 거품을 낸 다음 밀가루, 코코아 가루를 체에 내려 섞고, 거기에 중탕으로 녹인 우유와 버터를 섞어 예열된 오븐에 굽는다. 이렇게 만들어진 초콜릿 스펀지케이크를 트리 모양으로 자른 후, 초콜릿 버터크림을 바르고 코팅용 초콜릿을 케이크 전체에 골고루 바른 뒤 코코아 가루와 가루설탕으로 장식한다. 마지막으로 마르지판에 푸른색 식용색소를 입혀 동그랗게 만들고 케이크에 올려 장식했다. 이렇게 해서 파란색 장식을 단 트리 모양의 초콜릿케이크가 완성되었다.

음식에는 블루 톤을 잘 쓰지 않는다. 청산가리처럼 치명적인 독을 연상시키기 때문이다. 그런 면에서 이번 크리스마스 케이크는 실험적이다. 이제 테이블을 세팅하면 된다. 가운데에 케이크를 놓고 와인을 놓고 잔과 접시를 하나씩 놓았다. 내가 차린 테이블이 왠지 쓸쓸해 보인다. 맞은편에 잔과 접시를 하나 더 놓아본다.

그때 전화벨이 울렸다. 나는 얼른 달려가 받았지만 수화기를 들자마자 전화는 끊어졌다. 누구일까. 성우의 전화일지도 모른다는 생각이 들었다. 내가 크리스마스이브에 집에서 이러고 있는지 알고 싶어서, 혹시나 하는 마음에…… 지금 나는 도대체 무슨 생각을 하고 있는 건가. 성우가 그리움에 지쳐 내게 연락해오길 기대하고 있는 건가. 아닐 것이다. 크리스마스이브를 신나게 보내느라 성우는 헤어진 애인 따위는 생각도 나지 않을 것이다. 새로운 여자와 함께 성우는 그렇게 미래로 미래로 달려가고 있을 것이다.

나도 더이상 여기 이대로 머물고 싶지 않다.

전날 혼자서 거창하게 크리스마스 파티를 한 덕분에 얼굴이 달덩이가 되었다. 아침에 일어나 거울을 보면서 한숨을 내쉬는데 수진에게서 전화가 걸려왔다.

"금방 유리랑 통화했는데, 걔 도대체 왜 그러니? 너랑 성우 일에 왜 그렇게 신경을 쓰냐고. 게다가 다 끝난 일인데."

"무슨 말이니?"

"나더러 성우랑 너랑 그렇게 될 때까지 왜 가만있었느냐고 그러더라. 너랑 성우랑 헤어지면 안 될, 내가 모르는 무슨 큰 이유라도 있는 거니? 하도 열이 받쳐서 난 둘이 정말 잘 헤어졌다고 생각한다. 그랬더니 알겠다면서 전화 끊더라."

"그랬니?"

"나와라, 너. 크리스마스인데 그냥 그러고 집에 있을 거야? 나오기 싫으니?"

흥분을 가라앉힌 수진이 말했다.

"그런 건 아닌데……"

"하긴 이런 날 나가서 쌍쌍이 다니는 거 보면 좀 배 아프지. 하여튼 조만간 얼굴 좀 보자."

"알았어."

"그건 그렇고, 유리랑 지훈이는 무슨 일 있니?"

"무슨 일?"

"됐어. 너한테 묻는 내가 바보지."

너한테 묻고 있는 내가 바보다…… 사람들은 종종 내게 수진과 같은 반응을 보인다. 나한테 보기 드물게 멍청하고 아둔한 면이 있는 게 분명하다. 알아야 하고 알 수 있는 것에 대해 아무것도 눈치 못 채고 지나쳐버리는 것 같다. 나는 사람들의 머릿속에서 일어나는 복잡한 계산과 연산에 대해 알지 못한다. 아마 지금도 그런 일이 시작될 조짐이 보이는 건지도 모른다. 그래서 똑똑한 수진이 그 사실을 내게 경고하고 있는 것이다.

그러나 내 머리로는 그 계산의 힌트를 찾아낼 수 없을 것이다. 그래, 나는 멍청하고 아둔하다. 멍청하고 아둔하게 있다가 당하게 된다고 해도 어쩔 수가 없다. 어쩌면 성우와의 문제도 그런 종류의 일이었을지도 모른다. 성우는 오래 전부터 내게 신호를 보냈는데 나는 아무런 눈치도 채지 못하고, 그래서 어떠한 계산도 준비도 못 하고 이렇게 졸지에 차이고 만 것일지도 모른다.

# 슬픔을 이기는 식이요법

새해다. 나는 한 살을 더 먹었고, 어쩌면 더이상은 나에게 새로운 일이 아무것도 일어나지 않을지도 모른다는 불안 비슷한 것에 시달리고 있다. 어울리지 않는 짓이다. 낙천적인 성격이 그나마 나의 유일한 장점이었는데, 실연 때문에 그것마저도 사라져버릴까봐 약간 걱정이 되는 상황이다. 그러나 새로운 일이 아무것도 일어나지 않을 거란 예감을 꼭 불안으로만 여길 것도 아니라는 생각이 들었다. 바꾸어 생각하면, 새롭지 않다는 건 안정적이라는 뜻이기도 하니까.

오랜만에 체중계에 올랐다. 몸무게가 삼 킬로그램 가까이 늘었다. 이건 정말 드문 경우다. 늘 잘 먹고 많이 먹는 편이기 때문에 일이 킬로그램쯤의 변화는 있었지만 삼 킬로그램씩이나. 두 가지 일을 동시에 잘하는 사람도 있지만 나는 그렇지 않다.

음식을 입 안에 넣는 순간부터 나는 다른 건 다 잊어버린다. 특히나 요리를 할 때는 더욱 다른 생각을 할 수가 없다. 칼을 들고 딴생각을 하다가는 피를 볼 수도 있고, 국물이 졸아버리거나, 냄비 바닥을 시커멓게 태워버릴 수도 있다. 요리는 고도의 집중력을 요구하는 작업이다.

그 동안 나는 더이상 어떻게 할 수도 없는 일을 끊임없이 다시 떠올리고 있는 나 자신이 짜증스러워서 계속 요리를 하고 먹어댔다. 실연의 후유증 때문에 이대로 가다가는 아무도 나를 못 알아볼 만큼 부풀지도 모르겠다.


"너, 알고 있었니?"

전화를 건 수진이 대뜸 그렇게 말했다.

"뜬금없이 알고 있었냐니? 뭘?"

"은주가 무슨 말 안 해?"

"은주 본 지 꽤 됐어. 이번 주말에 시간 되면 같이 만나자고 할까?"

"그렇게 태평한 소리 할 때가 아니야. 오늘 영우 선배가 결혼한다고 정교수님한테 주례 부탁하러 학교에 왔더라구. 정교수님이 마침 강의중이어서 선배가 시간 때워달라며 차 한잔 하자, 그러데. 오랜만에 만나서 뭐 할 얘기가 있어야지. 그래서 이 얘기 저 얘기 하다가, 왜 은주 애인 있잖아."

"응, 석호."

114

"그 사람이랑 영우 선배랑 같은 회사 다닌다며."

"그래, 그럴 거야."

"그래서 그 석호란 사람이 친구 애인이라는, 그런 얘기까지 하게 됐지. 그런데 영우 선배 표정이 영 그렇더라구. 자기가 알기론 석호란 사람은 사내 커플이라는 거야."

"동명이인인가?"

"나도 처음엔 그런 건가 했지. 그런데 그 석호가 맞더라니까. 출신학교도 그렇고 생긴 것도 그렇고, 농구 잘하는 것도 그렇고. 그 사람이 바로 그 석호 맞아. 너, 은주 언제 만나고 안 만난 거야?"

"저번달에 만났어. 수진아, 잠깐만. 나, 은주한테 지금 전화해 봐야겠어."

고등학교 일학년 때부터 지금까지 줄곧 은주와 나는 친구였다. 3월 2일 입학식을 하고 반 배정을 받던 날, 키순대로 번호를 정할 때 일학년 일반 삼십일 번이 된 나와 삼십이 번이 된 은주는 처음으로 짝이 되었다. 나는 우리가 짝이 된 것이 순전히 우연이라고 생각했었는데 아니었다. 첫눈에 내가 마음에 든 은주가 번호를 정할 때 일부러 내 뒤에 줄을 선 것이었다. 그때 집은 잠만 자는 하숙에 가까웠고, 학교라는 울타리 내에서 우리는 더 많은 시간을 보냈다. 은주와 나는 함께 자율학습을 빼먹고 분식집에 가거나 만화책을 숨겨놓고 보았고, 토요일에는 사복을 싸들고 다니며 극장을 가거나 거리를 쏘다녔다.

우리를 더 질긴 끈으로 묶어준 것은 이별의 예감이었다. 고등학교 이학년이 되기 전 우리는 우리 삶의 첫번째 선택을 만났다. 불어선생님을 좋아해서 불문과에 가고 싶어했던 은주는 문과에 가야 했다. 내가 적성검사 결과대로 이과를 선택하면 한 반이 될 가능성이 아예 없어지니까, 꼭 그래야만 하는 특별한 이유가 없었던 내가 은주를 따라 문과를 선택했다.

우리는 헤어지지 않으려고 우리가 할 수 있는 한 최선을 다했다. 독실한 크리스천 집안의 자녀인 은주는 교회에 가서 내내 기도를 했다. 우리가 같은 반이 되게 해달라고. 이학년 반 편성이 있기 전날 밤 은주가 내게 썼던 편지에는 이렇게 씌어 있었다. ……혹시 나영아, 너랑 한 반이 안 되면 어떻게 하나 걱정 때문에 잠이 안 온다. 내일 제발 우리가 같은 반이 되어서 이 편지를 너에게 주지 않아도 되면 좋겠다…… 그러나 난 은주의 그 편지를 받게 되었다. 우리는 각자의 교실로 가면서 눈물을 훔쳤다. 다시는 못 보게 될 사람처럼. 하지만 그날도 그 다음날도 점심시간이면 은주는 도시락을 들고 우리 반 교실로 왔다.

생각해보면 우리 둘이 정말 내내 함께였던 것은 일 년뿐이었고, 매일매일 볼 수 있었던 것은 삼 년이었다. 그리고 나머지 세월은 끊임없이 연락을 하며 지내왔다. 삼 년이란 세월은 그렇게 짧은 시간이 아니다. 고등학교 시절을 떠올리면 나는 은주밖에 생각나지 않는다.

내가 은주와 알고 지낸 게 십이 년이고, 그 세월의 십 년 동안

은주 옆에는 석호가 있었다. 석호가 곁에 없는 은주를 나는 생
각할 수가 없다.

　꽤 늦은 시간인데도 깨어 있었는지 은주는 기다렸다는 듯이
전화를 받았다.
　"도대체 어떻게 된 거야?"
　"뭐가 어떻게 돼?"
　"너랑 석호."
　"어떻게 알았어?"
　"지금 그게 문제야? 너희 결혼하기로 했었잖아?"
　"했었지."
　"그런데?"
　"이젠 못 하는 거지. 아니, 안 하기로 한 거지."
　"뭐가 그렇게 간단해?"
　"싫다는데, 안 한다는데 내가 더이상 뭘 어떻게 해?"
　"왜 싫다는데, 왜 안 한다는 건데?"
　"나도 몰라."
　"이유가 있을 거 아냐?"
　"이유? 싫어졌겠지. 지겨웠겠지."
　"어떻게 싫어져? 어떻게 지겨울 수 있어, 이제 와서?"
　"나영아, 그만 하자."
　"뭘 그만 해?"

"나, 그런 이야기 할 기분 아니야. 석호랑 난 헤어졌어. 이런 다고 변할 수 있는 건 아무것도 없어."

은주와 통화를 끝내고 나니 심란했다. 나도 성우랑 헤어졌지만 은주는 그래선 안 될 것 같았다. 수진에게 다시 전화를 걸까 하고 시계를 보았다. 새벽 두시가 넘어가고 있었다.

간밤에 잠을 설쳤는데 눈을 뜨니 여덟시였다. 수진과 점심 약속을 했다.

"아무래도 내가 석호를 만나봐야겠어."

"나영아, 그만 해라. 너 모르겠어? 석호는 변했어. 대책이 있었다면 은주가 그러고 있지도 않았을 거야."

흥분한 나에게 수진은 냉철하게 말했다. 수진의 말은 틀리지 않았다. 사람들은 실연을 당하면 자기가 할 수 있는 것을 다 한다. 혼자서 견뎌도 보고, 찾아가서 설득도 해보고, 자존심을 버려가면서 할 수 있는 모든 것을 한다. 그러지 않는 경우는 그럴 가치가 없거나 그래도 소용없다는 걸 이미 알기 때문이다. 남은 일은 실연을 완료시키는 것밖에 없다. 이제 너는 나와 상관없고, 나는 혼자이고, 다시 시작할 수 있다고.

"그나저나 은주는 이제 어쩌니? 저 좋다던 괜찮은 남자들 다 물리치더니 이제 와서 그런 놈한테 다 차이고. 이게 사실 제일 곤란한 경우 아니니? 하여튼 석호 그 자식이 나빠. 이렇게 손들고 말 거면 일찍 놓아줄 것이지."

예쁘고 착한 은주는 회사에서도 인기가 많았다. 결혼할 남자가 있다는데도 막무가내로 구는 용감무쌍한 남자들도 있었다. 하지만 워낙 흔들리지 않으니까 다들 제풀에 나가떨어졌다.

"그런데 정말 왜 헤어졌을까? 석호한테 정말 다른 여자가 생겨서일까?"

나는 석호가 이해가 되지 않아, 수진이 답을 알고 있기나 한 것처럼 물었다.

"물론 그렇겠지. 대책도 없이 은주 같은 애를 찼겠어?"

"그 찼다는 말 좀 안 할 수 없어?"

"알았어."

"십 년이나 사귀고 어떻게 그럴 수가 있니? 참, 인간이 싫어진다."

"다른 여자가 생긴 것이 결정적이었겠지만, 사실 석호랑 은주 사이 그리 좋은 것도 아니었잖아?"

"그건 또 무슨 소리야?"

"내가 보기에는 둘 사이, 좋아 보이지 않던데. 솔직히 둘만 두고 보자면 객관적으로 은주가 아깝지. 은주가 석호인가 뭔가보다 미모도 학력도 집안도 낮잖아. 걔들 철없고 세상물정 모르는 고등학교 때 만나서 그렇지, 그런 조합이 가능하다고 생각해? 남자는 자존심의 동물이야. 그래서 자신보다 나은 여자와 안정적인 관계를 유지하는 게 힘들어. 십 년 동안 은주가 석호한테 갖다바치기만 했을 거 아냐. 그러다가 이제 자신 있게 명함 내

밀게 되니까 슬슬 다른 생각이 난다 이거지."

"다른 생각이라니?"

"영우 선배가 그러는데, 석호 그 사람 은근히 다른 여자들한
테 골키퍼 있다고 골 안 들어가느냐고, 너만 괜찮으면 언제든
기회가 있다는 식으로 굴었다던데. 사람 만나는 게 무슨 높은
값 부르는 사람한테 낙찰되는 경매니? 너한테 그런 이야기 해봤
자 걱정만 할 것 같아서 안 했어. 네가 보기에는 어때? 네가 옆
에서 제일 오래 봐왔잖아."

은주와 석호를 옆에서 가장 오래 본 사람이 나인 건 맞다.
하지만 나는 단 한 번도 석호에 대해 평가 같은 걸 해보지 않았
다. 은주가 좋아했기 때문에 석호는 내게 좋은 사람이었고, 좋은
사람이어야만 했다.

"내가 너한테 왜 이런 걸 물어보고 있는지 모르겠다. 네가 싫
어하고 미워하는 사람이 없다는 걸 알면서 말이야. 하지만, 어쨌
든 세상에 괜히 싫은 사람이 많은 내가 볼 때, 은주 애인이었던
석호인가 뭔가 하는 사람은 솔직히 맘에 들지 않았어. 뒤늦게
은주가 자기한테 너무 벅찬 여자라는 걸 깨달았겠지. 분명히 은
주보다 어린 여자를 만났을 거야. 은주가 밀리는 게 그것밖에
더 있냐? 그래, 어디 얼마나 잘 먹고 잘사는지 두고 보자."

수진의 말대로 나는 싫어하고 미워하는 사람이 그다지 없는
편이다. 마찬가지로 특별히 좋아하고 사랑하는 사람도 없는 편
이다. 하지만 더 어리고 더 능력 있고 더 돈 많고, 그런 것이 연

애나 사랑, 결혼에 영향을 미친다는 사실을 무시할 만큼 나는 천진난만하지 않다. 그리고 그런 기준이 석호가 은주를 저버리는 데, 그리고 성우가 나를 떠나는 데 어느 정도는 영향을 미쳤으리라는 것도 알고 있다.

사실 은주와 나의 공통점은 차곡차곡 해마다 먹은 나이뿐이다. 은주가 나보다 더 예쁘고 집안도 번듯하고 직장도 제대로다. 은주가 저번 회사보다 연봉이 적은 지금의 회사로 옮긴 건 자기 시간을 갖기 위해서였다. 이직할 때 석호가 한사코 말려서 한참 다퉜다는 얘기를 은주가 했었다. 은주는 지금의 회사가 금전적인 면만 빼고는 근무여건도 분위기도 좋은 편이라고 했다. 기혼 여성을 충분히 배려해주는 것도 마음에 든다고 했었다. 그때 아마 은주는 석호와 결혼하고 나서도 회사를 다니면서 육아를 병행할 상황을 고려했을 것이다.

사실 생각해보면 내 친구들은 유리, 하나를 빼놓고는 다 조건에 연연하지 않는 편이다. 일단 돈이라면, 굳이 그것에 집착해야 할 만큼 가난했던 적이 없었고, 그래서 가난의 불편을 몰라서일 수도 있겠다. 그래서 이 나이에도 나는 일을 쉬는 것을 두려워하지 않고, 수진은 여전히 돈을 내면서 학교를 다니고, 은주는 연봉에 연연하지 않을 수 있다. 그래서인지 우리가 남자를 선택하는 기준 또한 능력보다는 얼마나 나랑 맞는 사람인가가 더 중요했다. 우리와 똑같은 기준을 갖고 있는 남자가 그들이라고 믿었다면 내가 어리석은 것인가.

수진을 만나고 돌아오는 길에 슈퍼마켓에 들러 1.5리터짜리 다이어트 콜라와 감자칩을 샀다. 비디오도 한 편 빌렸다. 아웅다웅 다투지만 결국에는 해피엔딩으로 끝날 것이 분명한 로맨틱 코미디로. 가슴이 답답할 때 나는 비디오를 보면서 스낵을 씹고 콜라를 마시면서 다짐한다. 내게도 해피엔딩으로 끝나는 연애가 한 번은 있을 거라고. 분명 그럴 거라고.

은주는 그 동안 어떻게 지냈을까, 하는 생각에 마음이 아팠다. 이별 후에 오는 기나긴 기다림에 대해서라면 나도 좀 알고 있었다. 그리고 사실은, 지금도 그 기다림이 완전히, 아주 완전히 끝났다고 자신할 수는 없다.

# 부족한 재료, 아쉬운 요리

은주를 만나서 영화를 보기로 했다. 고등학교 때 이후로 은주
랑 둘이서 영화를 본 적이 없는 것 같다. 은주에게는 늘 석호가
있었고, 내게도 영화를 함께 볼 남자쯤은 언제나 있었다.

만나기로 한 카페 창가 자리에 은주가 혼자 앉아 있었다. 청
바지에 초록색 재킷을 입은, 화장기 없는 은주는 나이보다 훨씬
어려 보였고, 여전히 예뻤다. 그런 은주를 멀리서부터 바라보면
서 나는 정확하게 설명할 순 없지만 일종의 안도감 같은 걸 느
꼈다.

오랜만에 외출해서인지 카페고 극장이고 사람들이 아주 많은
것처럼 느껴졌다. 여자들끼리 영화를 보러 온 사람도 의외로 많
았다. 늘 하는 생각이지만 영화를 왜 둘이서 보러 다니는지 모
르겠다. 둘이 나란히 앉아 있어도 영화는 어차피 혼자 보는 건

데. 진짜 목적이 영화를 보는 것이라면 극장에 들어갈 때와 나올 때만 둘일 뿐 영화를 보는 동안에는 온전히 혼자가 될 수밖에 없는데 말이다. 이렇게 투덜거리지만 솔직히 나도 혼자서 영화를 보면 분명 어색해할 것이다. 이미 누군가와 둘이서 영화를 보는 것에 익숙해져버렸기 때문이다.

습관이 되어버린다는 건 세상에서 제일 두려워하고 경계해야 할 일인지도 모른다. 매일같이 반복되던 일이 어느 날 갑자기 멈추어질 때, 그것도 그리 특별한 일도 아닌 일상적인 일들이 더이상 계속되지 않을 때의 공허감이 어떤 것인지를, 내 인생에서 가장 긴 시간 지속된 연애가 끝난 후 비로소 알게 되었다.

누군가와 수없이 헤어졌지만 한 번도, 단 한 번도 이렇게 허전하고 이상했던 적이 없었다. '그래, 넌 아니야' 하면서 툭툭 털고 다음 사람을 기다렸다. 그런데 성우는 아니다. 나는 자꾸 묻고 있다. '정말 아닌 거니?' 어쩌면 단지 시간의 길이 때문일지도 모른다. 그래, 이건 우리가 너무 오래 함께였기 때문일 것이다. 그렇게 믿고 싶다.

전 회 상영이 끝나자 갑자기 사람들이 쏟아져나왔다. 사람들 사이에서 서로를 잃어버리는 일이 없도록, 은주와 나는 손을 꼭 잡았다.


영화를 보고 은주를 정류장까지 데려다주러 가는데 스포츠의류 매장 앞에 축구선수의 포스터가 붙어 있는 것이 보였다. 성

124

우와 헤어져서 좋은 이유를 찾으라면 그중 하나는 더이상 그 지긋지긋한 스포츠 얘기를 안 들어도 된다는 거였다.

"성우랑 헤어지니까, 저런 거 모른다고 구박 안 받아서 좋아. 성우 걔는 자기가 무슨 스포츠 캐스터라도 된다고, 모르는 선수가 없어."

"그런데 이제 너도 너무 많이 알게 되지 않았어?"

"그렇네."

석호가 농구를 좋아해서 은주는 다른 스포츠라면 몰라도 농구에 대해서는 많이 안다. 옛날에 은주가 농구 이야기를 하면 난 외국어를 듣는 것처럼 멍했었다. 그래서 은주는 석호를 만난 이야기를 할 때 농구 이야기는 빼고 했었다. 내가 스포츠에 열광하는 성우를 사귀면서부터는 그 방면에 무지하지 않게 되었고, 은주와도 그런 이야기를 종종 했었다. 스포츠를 좋아하는 애인을 둔, 스포츠를 싫어하는 여자의 애환 같은 것.

성우가 '너 그 경기 봤니?' 하면서 늘어놓는 선수들의 이름 중 절반쯤은 듣도 보도 못한 것이고, 열을 내며 설명하는데 나는 그게 수학문제 풀기보다 더 싫었다. 그보다 더 끔찍한 건 성우가 그런 걸 나랑 함께 하고 싶어한다는 거였다. 성우와 함께, 그리고 그의 친구들과 함께, 또 그의 친구들의 여자친구들과 함께 축구장에도 가고 야구장에도 가야 했다. 이제 더이상 그러지 않아도 된다.

어쩌면 성우 역시도 이런 나와 다르지 않았을지도 모르겠다.

드라마와 연예인을 좋아하는 나 때문에 성우는 줄기차게 그 얘기를 들어야 했고 내가 틈날 때마다 하는 요리의 시식자가 되어야 했으니까.

"은주야, 이제 어쩔 거니? 앞으로 무슨 계획이라도 있는 거니?"

"너는?"

"나?"

"우리 둘 다 지금 실연한 거 맞지? 그런데 넌 네 걱정은 안 하고 왜 내 걱정만 해?"

"뭐, 처음도 아니고, 난 괜찮아."

"처음이긴 하지만 나도 괜찮아. 다 잊으려면 시간이 좀 걸리긴 하겠지. 나, 유학 갈까? 드라마 같은 거 보면 이렇게 헤어지고 나면 여자가 유학 가고 그러더라."

"그래, 그것도 괜찮겠다."

"그런데 말이야. 그런 여자는 유학 가고 나서 다시는 그 드라마에 안 나오더라. 그 여자는 어떻게 됐을까? 유학 가서 열심히 공부하고 학위 따고, 그래서 아무렇지도 않아져서, 아니 더 좋아져서 돌아오게 되는 걸까? 너무 무책임하다는 생각이 들어. 피하면 된다는 생각. 그런데 피하고 싶어. 나, 정말은 석호가 다른 여자랑 연애하고 결혼하는 거 보고 싶지가 않다."

은주는 괜찮아 보이는 것 같기도 하고, 아닌 것 같아 보이기도 했다. 아직도 애써 아무렇지도 않은 척해야 하는 건지도 모른다. 사실은 아직 나도 그 세월이 무용지물이 되는 게 화가 났다. 나는 은주와 석호에게서 첫사랑의 신화를 기대했었다. 이 세상에 태어나 첫번째로 사랑한 남자와 여자가 결혼을 하고, 행복하게 오래오래 살면서 함께 늙어가고 차례로 죽어가는 것.

집으로 돌아오면서 나는 은주에게 하지 못한 말이 있음을 깨달았다. 은주야, 지금 네 모습이 너의 전부가 아닌 거 알고 있지? 지금 이 시간이 언제까지고 계속되진 않을 거야. 앞으로도 영원히 계속 이럴 거라고는 절대 생각하지 마. 그렇지 않다는 걸 너도 알고 있지? 나는 은주 너를 믿어. 다시 시작할 수 있을 거야.

# 아이스크림 선택하기

나는 단순하다. 흔히 좋게 말하는 '심플'이 아니라 단순 그 자체. 함정이 있는 문제는 내게 쥐약이다. 함정이 있을지도 모른다고는 생각해보지도 못한 채 그냥 풍덩 빠져버린다. 또 함정에 빠지면 지푸라기라도 잡고 헤쳐나오려고 애써보아야 하는데 그런 것도 없다. 빠지면 그대로 꼬로록이다. 참 한심하다. 다 아는데도 고쳐지지가 않는다.

저녁때, 수진을 만나러 학교 앞으로 갔다. 수진은 후배들과 함께 술을 마시고 있는 중이었다. 금방 파할 분위기가 아니니 그냥 그 자리로 오라고 했다. 학교 앞 신축건물 사층에 있는 요리주점이었다. 안주로 시킨 해물탕에는 게만 남아 있고, 알탕은 바닥에 국물만 남은 채였지만 비우지 않은 술병이 아직 있었다. 내가 들어가자 수진은 이 집 알탕이 맛있으니 먹어보라면서 종업원을 불러 알탕을 하나 더 시키고 내 몫의 잔과 수저를 가져 다달라고 했다.

안면이 있는 남자후배가 내 앞으로 잔을 넘겨주고 술을 따랐다. 술자리 분위기가 심상치 않다. 중간에 합류한 나는 그들이 도대체 무슨 이야기를 하고 있었는지 감을 잡을 수가 없었다.

나는 옆에 앉은 수진에게 물었다.

"무슨 일 있어?"

"너, 그 이야기 들었니? 미호 말이야."

"아, 경수 애인?"

"참, 나영이 너, 경수랑 친했었지."

"왜 미호가 또 사고쳤어?"

"그래."

"무슨 사고? 이번에는 누구 애인을 뺏었는데?"

나는 농담처럼 말했다. 나는 처음의 미호 모습을 알고 있는 사람 중 하나이다. 나에게 미호의 출발점은 한 학번 아래 후배인 경수의 애인이었다. 미호는 경수보다 한 학번 아래이고, 입학하자마자 경수에게 찍혀서 캠퍼스 커플이 되었다.

"너 알고 있었니? 미호가 이선배랑 사귄다는 거."

"이선배라면, 행정고시 공부하던 그 이선배? 그 선배는 결혼할 여자 있어. 같은 학번 언니랑 사귄 지 오래됐잖아. 저번에 약혼식 한다는 얘기 들었던 것 같은데."

"그러니까 문제지."

미호가 남의 애인을 가로챈 것은 이번이 처음이 아니다. 미호의 태도에도 문제가 있지만 그렇다고 그걸 미호의 탓으로만 돌릴 수도 없다. 미호가 남의 애인을 가로챘다는 얘기를 처음으로 들은 것은 대학교 삼학년 때였다. 그때 미호의 애인이었던 경수는 입대를 미루다가 친구들이 다 가고 난 다음에 군대에 갔다. 입학한 직후부터 경수에게 찍혀, 아침에 만나서 같이 학교 오고 서로의 강의가 끝나길 기다리다 저녁때 집에 같이 가고, 그렇게 지냈던 미호에게는 경수가 없는 학교생활이 낯설었을 것이다. 경수도 그 점이 걱정이었고, 그래서 남은 친구들에게 미호한테 잘해주라고 부탁까지 했을 것이다. 미호는 남아 있는 경수의 친구들과 어울렸다. 자초지종 모르는 사람들은 미호가 얼마나 빨리 고무신을 거꾸로 신을지 내기를 하곤 했다.

하지만 내가 알기론 그건 오해에서 시작되었다. 경수 친구인 그 남자의 애인이 지레 걱정을 한 데서 비롯된 것이었다. 미호에게는 그가 경수의 친구일 뿐이었고 그래서 가깝게 지냈던 것뿐이다. 물론 어찌해보겠다는 생각도 하지 못했을 것이다. 그런데 그 남자 애인의 의심과 경계가 오히려 둘을 가까워지게 만들었다. '너희들, 그런 거 아냐?' 하고 물으니까 그때부터 '우리가 진짜 그런 거 아닐까' 생각해보면서 말이다.

술자리는 미호의 새로운 연애 이야기로 시끄러웠다. 모두들 미호가 선배의 애인을 뺏은 걸 두고 비난했다. 미호가 고시 합격으로 미래가 보장된 이선배에게 의도적으로 접근했다는 것이다. 얘기가 그렇게 일방적으로 흘러가자 수진이 말했다.

"내가 알기론 이선배랑 그 언니 사이도 좋지는 않았어. 이선배가 언제 시험에 붙을지도 모르는 상황인데다가, 그런 이선배를 무조건 믿고 기다릴 정도의 자신감이 그 언니한테는 없었거든."

"그러니까 수진 선배 얘기는 이선배가 원래 애인이랑 헤어진 건 미호랑 상관없을 수도 있다는 거군요."

"그럴지도 모른다는 거지. 이선배가, 없이 살던 시절에 당한 설움을 이제 좀 살게 되니까 되갚는 걸 수도 있잖아."

수진이 그렇게 미호의 일을 다른 각도로 보기 시작하자, 이야기는 또 다르게 진행되었다. 자신의 야망을 이해 못 하는 애인과 갈등하는 남자와, 자기가 원하던 자리에 오른 남자만이 비로소 가질 자격이 있는 아름다운 여자에 대한 이야기. 쉽게 상상하고 얘기하고 있지만 진실은 여기 모인 사람들의 생각과는 다를 수도 있다. 진실은 어차피 당사자들의 것이다. 아니, 당사자인 그 둘 각자도 자신들의 사랑에 대해 서로 다른 진실을 믿고 있을지도 모른다.

술자리를 옮길 때 수진은 계산을 하고 빠졌다. 후배들이 노래방으로 몰려가는 것을 보면서 나는 수진에게 물었다. 이선배라는 사람은 한때 수진에게 꽤 관심이 있었다. 나는 수진에게 그 이야기를 꺼냈다.

"하여튼 나영이, 너는 안 돼. 왜 뒷북을 치니?"

"어?"

"난 솔직히 미호가 불쌍하다. 네가 이선배를 몰라서 그래. 그 사람, 아주 까불어. 시험에 붙으니까, 세상에 저 하나밖에 없는 것처럼 구는데 가관이야."

"이선배, 그런 사람 아니잖아."

"그랬지. 이선배가 인간적인 고민을 할 때는 나도 이선배를 괜찮게 생각했어. 그런데 그게 아니야. 골방에서 공부만 오래 하면 인격이 변하나봐. 아니면 원래 그런 인간인데 우리가 몰랐던 거든지."

"그래서 재미없어서 그만둔 거야?"

"그만두다니? 나, 이선배랑은 아무것도 시작한 거 없어. 그리고 재미도 그렇지만 이젠 의미가 없잖아."

"의미?"

수진은 싱겁게 웃더니 말했다.

"볼 거라곤 그 잘난 시험 통과한 것밖에 없는데, 그거 하나 통과했다고 미래가 일사천리라고 생각하는 게 이상한 거 아냐? 이선배 만나서 이야기하다보면 정말 이상했어. 이선배의 인생은 모두 그 시험 합격 이후로 미뤄져 있었거든. 나, 그런 거 기다릴 만큼 한가하지도 느긋하지도 않잖니? 차라리 다른 걸 찾아보는 게 낫지. 세상에 남자는 많고 많아. 괜찮은 남자도 저 아이스크림 가게의 아이스크림 종류보다 많을걸. 우리 이런 의미 없는 얘기는 그만두고 아이스크림이나 먹자."

우리는 아이스크림 가게로 들어갔다. 수진은 '템테이션 아일랜드'와 '재스민 티'를, 나는 '달콤한 인생'과 '티라미수'를 더블콘으로 주문했다.

"사람들이 왜 그런 식으로 보는지 모르겠어."

내가 말했다.

"부러우니까. 배가 아파서 그러는 거지 뭐. 자기랑 별로 다를 것도 없어 보이는 사람이 갑자기 잘나간다 싶으니까."

"이선배와는 친하지 않아서 잘 모르겠지만, 미호는 참 예쁘고 좋은 앤데."

"너한테 안 예쁜 여자가 어딨고 나쁜 사람이 어딨냐? 나는 네가 보는 딱 반만큼만 사람들이 예쁘고 좋아 보이면 좋겠다. 그러면 온 세상이 아름다울 거고 내 마음도 평화로울 거 아냐."

"미호가 이선배를 만난 게 그렇게 마음에 안 드는 거니?"

"그렇지는 않아. 오히려 잘된 건지도 몰라. 미호랑 그렇게 되었다니까 본래의 그 사람이 사라진 건 아니구나, 하는 생각도 들어. 난 솔직히 이선배가 정말 사랑도 없이 물질적인 결혼을 할 줄 알았거든. 사실 전 애인이랑 싸우면서 이선배, 자신감을 많이 잃었었는데 다행이다 싶기도 하고. 그런데 나영이 넌 어떻게 생각해? 미호 일 말이야."

"글쎄, 난 미호가 이선배를 좋아하기만 한다면 상관없다고 생각해. 누굴 좋아하는 마음은 어쩔 수가 없는 거잖아."

"참, 너다운 대답이다. 그럼 너한테 그런 일이 생기면, 너도 그렇게 할 거니?"

"나한테 무슨 그런 일이 생기겠냐."

더이상 수진은 아무 말도 하지 않았다.

나는 세상에는 당연히 해야 할 일과 절대 하지 말아야 할 일이 존재한다고 믿는 사람이다. 내가 원하는 것을 위해 다른 사람에게 상처를 주는 일 같은 건 하지 않으면서 살아왔다고 생각한다. 그러나 그것이 옳은 일이었는지는 확신할 수 없다. 다른 사람에게 상처를 주지 않기 위해 내가 상처를 입었던 순간도 있었으니까. 그래도 그저 처음부터 있지도 않았던 사람처럼, 아무 일 없었던 것처럼 담담해져야 한다. 내 모든 지난 실패한 연애처럼.


오늘도 과식을 했다. 피자에, 떡볶이에, 알탕에, 아이스크림에, 내가 먹은 음식의 목록을 대충 헤아려보았다. 살이 또 쪘을 것 같다. 저번에 체중이 삼 킬로그램이나 늘어난 것을 확인한 이후로는 체중계에 올라가지 않았다. 다른 것도 그렇지만 나는 체중조절도 내 마음대로 안 되는 타입이다. 그런 줄 이미 알면서 체중계에 오르락내리락하면서 바보짓을 하고 싶지는 않다. 그리고 살 좀 찌면 또 어때?

나는 뼈대가 굵지 않고 팔다리가 가는 편이어서 옷으로 잘만 가리면 내 체중보다는 날씬하게 보인다. 식당에 가면 아줌마들이 음식이 많은 것은 성우 쪽에 놓고, 적은 것은 내 쪽에 놓아줄 때가 많다. 농담처럼 성우가 '아줌마, 얘도 나만큼 많이 먹거든요'라고 말하면 단골 식당 아줌마는 웃곤 했다.

그 동안 체중이 얼마나 늘었을까, 궁금해졌다. 내가 또 궁금한 건 못 참는 타입이라서. 이럴 수가. 저울이 고장났나. 나는 다시 체중계에 올라가보았다. 평소보다 삼 킬로그램이나 줄었다. 그러니까 삼 킬로그램 늘었던 것까지 계산하면 육 킬로그램이 빠진 거다. 체중계를 확인해보려고 삼 킬로그램짜리 밀가루 한 봉지를 올려보았다. 체중계는 아무 문제도 없었다. 이게 어찌된 일이지. 삼 킬로그램짜리 밀가루 봉지를 체중계에서 내려놓았다. 이만큼의 무게가 내 몸에서 늘었다 줄었다 하고 있다. 그리고 살이 빠지는 건 찌는 것보다 내게는 훨씬 비정상적인 일이었다.

지금보다 몇 킬로그램쯤 보기 좋게 살이 쪄서 너와의 이별쯤은 아무것도 아니라는 것을 성우에게 보여줘야 하는데. 참, 성우 만날 일이 이젠 없지.

체중이 준 걸 확인하고 나니 갑자기 성우가 지독히 싫어하던 프라이드치킨이 먹고 싶어졌다. 슬리퍼를 신고 나가 문을 연 치킨집을 찾아보기로 했다. 성우와 헤어져서 행복한 이유를 또하나 찾았다. 이제는 닭고기를 참을 필요가 없다. 내일은 몸보신도 할 겸 삼계탕이나 해먹어야겠다. 다음주 내내 닭고기 요리만 해먹으면서 잃어버린 삼 킬로그램을 되찾는 것도 괜찮을 것 같다. 치킨샐러드, 치킨그라탱, 치킨 오렌지맛 구이, 치킨 포트 파이,

닭가슴살 구이, 닭고기 채소 전골, 닭고기 탕수, 닭꼬치 구이, 닭
곰탕, 닭날개 케첩조림, 닭완자 꼬치, 닭살냉채, 닭인삼죽, 닭칼
국수…… 나는 성우 때문에 잊어버리고 지냈던 수많은 닭요리
들을 하나하나 기억해냈다.


　따끈따끈한 프라이드치킨을 사들고 들어오는데 전화벨이 울
렸다. 유리였다. 유리는 이 얘기 저 얘기 요점을 파악하기 힘든
얘기를 늘어놓았고, 나는 하릴없이 식어가는 프라이드치킨만 물
끄러미 바라보았다. 한참을 거의 혼자서 떠들던 유리가 아주 잠
깐 침묵하더니 다시 말했다.
　"거기는 무슨 일 없니?"
　"아무 일 없어. 수진이도 잘 있고."
　"그래."
　"참, 미호라고 기억나니? 경수랑 커플이었던 애."
　"응, 기억나. 걔는 요즘 뭐 하니? 경수랑 괜히 헤어졌다 싶겠
다. 경수 괜찮잖아. 너 몰랐지? 경수가 집안이 좋아. 그런데 미
호가 어쨌는데? 결혼하니?"
　"아마 그럴 것 같아."
　"뭐 하는 남자랑?"
　"행정고시……"
　"그런 남자가 뭐 하러 미호 같은 애랑 결혼하겠어? 미호가 예
쁘긴 하지만 내가 알기론 걔, 열쇠 세 개는 어림도 없어."

유리는 내가 미처 말을 마치기도 전에 신랄하게 말했다.

"그런 거 아니야. 미호가 결혼하는 그 사람, 너도 알지 모르겠는데, 왜 이선배 있잖아. 수진이랑 좀 친했던. 누군지 알겠어?"

"응, 이선배 기억나. 그런데 둘이 결혼한다는 거 정말이니?"

"아까 수진이 만났는데 후배들도 다 그렇게 알고 있던데."

"너, 그럼 지금껏 수진이랑 같이 있었던 거니?"

"응."

"새로 만나는 남자는 없어?"

"없어."

"빨리 누구를 만나는 게 낫지 않니? 그러고 혼자 있으면 더 비참하잖아. 수진이한테 소개시켜달라고 해. 수진이 아는 남자 많잖아."

"수진이가 아는 남자가 많아?"

"우리 중에 수진이가 제일 남자가 많잖아. 쓸 만한 남자 다 놔두고 정작 사귀는 애들은 하나같이 쓸데가 없어서 그렇지. 그리고 사실 수진이 같은 여자애는 아무 남자나 만나도 돼."

"무슨 얘기야?"

"수진인 잘났잖아. 그것도 너무너무. 그러니까 내 말은, 모든 걸 다 가졌으니 남자 따위로 채울 필요가 없다는 거지."

그렇게 말하는 유리, 너는 뭐가 모자라서 이 남자, 저 남자 기웃거리느냐고 묻고 싶었다. 유리의 지금 발언대로라면 결국 지훈이 유리의 모자라는 부분을 아직은 가장 많이 채워주는 존재이고, 그렇긴 하지만 전부를 채워주지는 못한다는 얘기가 된다.

언니는 내게 결혼은 끼리끼리 하는 거라고, 둘이 동등해야 관계가 평화롭다고 했다. 그러니까 결국 언니의 '끼리끼리'는 잘나긴 했지만 몹시 무난하고 평화로운 형부였고, 따라서 언니도 결국은 그런 부류인 것이다. 어떤 사람을 연인 혹은 배우자로 선택하는가를 보고 있으면 그 사람이 진정 어떤 인간인지를 알 수 있게 된다.

뭐라 한마디 하려는데, 유리가 말했다.

"나영아, 내가 조금 있다가 다시 전화할게."

전화를 끊고 나는 유리가 했던 말들을 생각했다. 열쇠 세 개, 세상이 그런 건 줄 아니? 유리의 시선이 점점 더 부정적으로 되어가고 있는 건 아닌가, 걱정이 되었다. 유리는 수진과는 다른 차원에서 냉정한 구석이 있었다.

유리가 언젠가 그런 말을 한 적이 있었다.

"좋은 집에 좋은 차에 좋은 옷 입고 살고 싶어. 그러면 아무도 날 무시하지 못할 거야."

그런 말을 하는 유리를 보면서 나는 유리가 바라는 삶이 어떤 것인지를 조금이나마 알 수 있었고, 그 바람에서 유리의 상처도 읽었다. 그리고 그 상처를 내게 보여준 것이 고마웠다. 그리고 그것이 어떤 것이든 유리가 자신이 원하는 모든 것을 갖게 되기를 바라왔다. 유리가 혹시라도 욕심이 많거나 허영이 있어 보인다면 그건 유리가 현재 가지고 있는 것에 비해 미래에 가질 것이 너무 크기 때문일 것이다.

　사실 나는 유리도 수진도 이해하기 어려운 입장이다. 수진처럼 좋은 집안, 무게감 있는 부모의 압력도 없고, 유리처럼 하고 싶은 것, 갖고 싶은 것 잔뜩인데 가질 수 없었던 것도 아니니까. 아버지는 자신의 삶 자체로 내게 무얼 권할 입장이 아니고, 어머니는 혹여 불만이 있더라도 그것을 내세워 나를 몰아세울 입장이 못 된다. 내가 유리처럼 하고 싶은 것, 갖고 싶은 것이 많다면, 가끔 삶이 참을 수 없도록 허전해지는 일은 없을지도 모른다는 생각이 든다.

　다시 전화하겠다는 유리의 말 때문에, 나는 식어서 기름기가 입 안을 겉도는 프라이드치킨을 뜯으면서 새벽 두시 삼십분까지 전화기를 옆에 두고 잠들지 못하고 있다.

　나는 오늘 새로운 사실을 알았다. 나는 누구와의 사소한 약속도 그냥 어겨본 적은 없다는 것을. 양해를 구하고 기다리고 또 기다리고, 그러다가 상대방이 완전히 돌아섰다는 것을 알게 되어도 거듭해서 확인을 하고, 그런 후에야 비로소 나도 돌아섰다.

　어쩌면 유리는 전화를 끊으면서 그냥 한 말일지도 모른다. 그런데 나는 그 말을 믿고 이러고 있는 것일지도 모른다. 전에도 유리가 이랬던 적이 있었다. 나는 왜 그날 전화 안 했었냐고 묻지도 못했다. 사는 일이 참 허전하다. 오늘 여기서 그 누구에게도, 내가 아무것도 아니라서.

# 빨리 만드는 손쉬운 요리

나는 복잡하게 생각하는 건 딱 질색이다. 그래서 유리가 요즘 자주 내게 전화를 걸어 어디서 누구하고 무얼 하며 시간을 보냈는지 시시콜콜 챙기는 이유도 모르겠고, 유리에게서 혹시 전화 오지 않았냐면서 내 눈치를 살피며 할말이 있는 것 같은데 안 하고 공연히 심술부리는 수진도 왜 그러는지 모르겠다.

나 같은 여자는 최악의 경우를 생각하면서 살거나 직관을 믿는 게 그나마 최선이다. 올바른 답을 찾아 예상도를 그리면서 그 길을 따라가는 건 내게는 불가능에 가깝다. 이럴 경우에는 이렇게 하고, 저럴 경우에는 저렇게 하면서 최선의 길을 찾아가는 내 예상도는 주로 유리나 수진이 그려준다. 그런데 이번엔 둘 다 제대로 입을 열지 않고 있다.

도대체 왜 그러는지 모르겠다. 내가 성우와 헤어진 게 그렇게까지 대책없는 일인가. 내가 이미 최악의 상황을 밟았기 때문에 그애들도 어쩔 수가 없어서, 나영아, 너 끝장났어, 그 말은 차마 못 하고 저렇게들 신경전인가. 내 쪽에서 먼저 난 괜찮다고, 뭐 평생 이러고 남자가 없진 않겠지, 하고 웃으며 말하면 그애들 마음이 편해지려나. 나는 나쁜 친구다. 정말로.

다시 유리에게서 전화가 온 것은 그로부터 일주일도 훨씬 더 지난 후였다. 처음에는 지훈 이야기로 시작했다. 지훈이 유리에게 얼마나 잘해주는지, 그런 이야기. 전에도 들었던 이야기였지만 나는 가만히 듣고만 있었다.

지훈이 유리에게 해주는 건 솔직히 성우가 나에게 해주었던 것에 비하면 새 발의 피에 지나지 않는다. 하지만 그렇다고 나에 대한 성우의 사랑이 유리에 대한 지훈의 사랑보다 크다고는 생각하지 않는다. 사람마다 사랑을 표현하는 방식이 다른 것뿐일 테니까. 성우가 모든 여자를 나처럼 대할 거라고는 생각하고 싶지 않지만, 기본적으로 성우는 어떤 여자를 만나도 지금 지훈이 유리에게 하는 것보다는 잘할 남자이다. 성우와 함께 했던 것이 무엇이든, 그보다 잘하는 남자를 만나지 않는 다음에야 아쉬움이 남을 것 같다. 맛있는 걸 먹어본 사람은 그보다 맛없는 것을 먹고는 살지 못하는 법이다.

유리는 지훈에 대해 자랑할 것이 더이상 없는지 회사에 새로 온 남자에 대해 이야기하기 시작했다. 앞의 지훈 이야기가 본론인가, 새 남자 이야기가 본론인가 헷갈렸다.

"그 사람, 너한테 관심 있는 거 아니니?"

내가 물었다.

"아니야."

유리는 펄쩍 뛰었다.

"정말?"

"……네가 그런 얘기를 하니까 말인데, 정말 그런 건지도 모르겠다는 생각도 든다. 이런 얘기, 지훈이한테는 비밀이다. 걔가 보기보다는 질투가 좀 있잖니?"

이런 유의 얘기를 들을 때마다 유리가 얘기하는 그 지훈이 과연 내가 알고 있는 지훈이 맞나, 하는 생각이 든다. 마치 이름만 같은 음식을 서로 다른 곳에서 먹고 나서 맛을 이야기하는 기분이다.

"그럼. 그런 이야기를 뭐 하러 해. 그러고 보니 지훈이 본 지도 한참 됐다."

전처럼 유리의 연애 이야기가 재밌지만은 않았다. 나는 따지고 들면서 이건 이래서 이렇고, 저건 저래서 저렇다, 는 말은 못해도, 이런 것 같다, 라는 느낌은 비교적 확실한 편이다. 그런 면에서 유리의 연애에 그나마 조금은 도움이 될지도 모르겠다. 그러니까 내가 지금 얼굴도 모르는 그 남자가 유리에게 관심이 있을 거라고 느끼는 건, 지금 그 남자에 대해 말하는 유리의 태도 때문일지도 모른다.

"넌 어떻게 지내?"

유리가 내 근황을 물었다.

"그냥 그렇지, 뭐."

새해가 되었지만 내게는 새로운 일이 정말 아무것도 일어나지 않았다. 나는 여전하다. 조금도, 아주 조금도 변함이 없다. 성우에 관해서라면 이제 더는 소용없으리라는 것을 충분히 느끼고 있다. 성우가 돌아올지도 모른다고 생각하면서 기다리거나 한 것은 아니었지만, 혹시라도 우리 사이에 남은 인연이 있을지도 모른다는 생각은 했다. 예전에는 우연히도 참 잘 만났었는데 그렇게 헤어진 후에는 한 번도 본 적이 없다. 우린 완전히 끝났다. 우리 의지 안에서도, 세상의 우연 속에서도.

가끔 허전하다고 느낄 때가 있다. 그렇지만 기르던 애완동물이 바람나서 집을 나가도 아마 이만큼은 허전할 거라고 생각하면서 이 정도쯤이야, 한다. 그러면서도 또 한편으로는 이렇게 조금밖에 허전하지 않아서 섭섭하기도 하다. 떠난 사람을 기다리는 시간으로 석 달이면 충분했다. 기르던 애완동물이 돌아오길 기다리는 것보다는 새로운 것으로 한 마리 구하는 게 나을 만큼의 시간이다.

애완동물과 애인의 차이점은 새로운 것으로 한 마리 구했는데 나갔던 것이 돌아오면 둘 다 키울 수 있는가 없는가 하는 점이다. 하지만 방법이 없는 것도 아니다. 둘 중의 한 마리는 나보다 더 사랑해줄 누군가에게 주면 되니까. 어쩌면 이미 다른 곳에서

나 아닌 누군가에게 나에게서보다 더 많은 사랑을 받고 있을지도 모르겠지만, 그래도 아직은 나를 떠나 행복하기를 순순히 빌어줄 수는 없다.

오랜만에 텔레비전을 켜고 드라마를 본다. 내가 좋아하는 배우가 출연하는 새 드라마가 방영중이다. 이번에 그는 가난한 청년 역할을 맡았다. 그가 재벌2세 레스토랑 경영자에서 가난한 청년으로 신속하고 완벽하게 변신하는 동안, 나는 삼 년 동안 사귄 애인과 헤어졌다. 그처럼 나도 과거의 나를 잊고 완전하게 변화하고 싶다.

이번 드라마 역시도 사랑하는 남자와 여자가 문제다. 나는 그들이 왜 서로를 사랑한다고 믿게 되는가에 주목하면서 보았다. 첫째, 그들은 보고 싶어한다. 같이 있고 싶어한다. 나와 아무 상관 없는 사람으로 버려두고 싶어하지 않는다. 둘째, 말에 의존한다. 그들은 반드시 고백을 한다. 사랑한다고, 보고 싶다고, 너 없으면 안 되겠다고. 그런데 저런 걸 다 믿을 수 있는 건가? 믿어도 되는 건가?

성우도 나한테 그런 적이 있었다. 전화통화하다가 보고 싶다고 한밤중에 우리집 앞으로 달려온 적도 있었다. 그런데 지금 나는 그게 다 쇼였을지도 모른다고 생각한다. 헤어지지 않았다면 지금껏 사랑을 증명하는 충분한 증거가 되었을 그 수많은 말과 행동들이, 헤어진 지금에 와서는 사랑의 명백한 자기 배반의 증거가 되었다.

나는 해가 바뀌고 봄이 이렇게 깊도록 아무도 새로 만나지 못했고, 여전히 순간순간 성우를 떠올리고 있다. 그가 내 생활 안에 있을 때 내가 그를 이렇게 생각했던 적이 있었던가. 도대체 나는 왜 이러고 있는 걸까. 이제는 도저히 붙잡을 수 없을 만큼 멀리 가버렸을 텐데. 분명 그럴 텐데.


"너 드라마 보고 있을 거 같아서 끝나고 전화한 거야. 뭐 해?"

드라마가 끝나자 수진이 전화를 해왔다.

"출출해서 라면이라도 끓여먹을까 하는 중이었어."

조금 전에 본 드라마에 라면이 나왔다. 아주 늦은 밤 편의점에서 남자와 여자 둘이서 컵라면을 먹었다. 그걸 보고 있자니 나도 라면이 먹고 싶어졌다.

"그럼 라면 먹고 나서 전화할래?"

"아냐. 이젠 생각 없어졌어."

나는 라면 물을 올려놓았던 가스레인지의 스위치를 껐다. 아까는 정말 라면이 먹고 싶었는데 이제는 생각이 없어졌다. 요즘은 이랬다저랬다, 변덕이 죽 끓듯 한다. 라면을 넣기 전에 마음이 변해서 다행이다. 만드는 도중에 먹기 싫어지는 것처럼 곤란한 일이 없다. 음식을 만드는 데에는 그만두어도 되는 시점이라는 게 있다. 이를테면 라면 물 정도는 얼마든지 버려도 되고, 라면 봉지를 뜯었다면 잘 봉해버리면 되지만, 라면을 끓는 물에 넣었다면 그 순간부터는 돌이킬 수 없다. 사람과 사람의 관계에도 그런 시점이 있을 것이다. 관계를 돌이켜도 흔적이 흉터처럼 남기 시작하는 시점.

"아까 유리랑 통화했는데, 걔 도대체 왜 그러니? 너랑 성우 일에 왜 그렇게 아직도 신경을 쓰냐고! 언제 끝난 일인데."

"무슨 말이니?"

"나더러 성우랑 너랑 그렇게 되는데 왜 가만있었느냐고 또 묻더라. 그러면서 다시 잘될 방법이 있지 않겠냐고."

"그랬니?"

"유리가 이러는 거 이해는 하는데, 솔직히 마음에 안 들어. 지훈이, 여러 면에서 아주 괜찮지."

"그게 무슨 소리니?"

"결혼이란 게 말이야, 당사자들만 괜찮다고 되는 게 아니거든. 부모들 마음에도 들어야 하고. 혼자만 잘났다고 좋은 집안의 잘난 남자랑 쉽게 결혼하는 여자 봤냐? 그래, 어떻게 해서 결혼했다고 쳐. 그렇게 슬슬 기면서 살면 행복하겠어? 그런 면에서 유리가 전략을 아주 잘 선택한 건 맞아. 그리고 솔직히 나, 유리가 결혼 잘했으면 좋겠거든. 그래서 저 하고 싶은 대로 떵떵거리면서 살면 좋겠어. 그런데 왜 하필 그게 지훈이냐고. 저 말대로 그렇게 예쁘고 잘났으면 너같이 착한 애 이용하면 안 되지."

"말이 너무 심하다. 그리고 지훈이가 뭐가 그렇게 좋아?"

"지훈이 나쁜 점이 뭔데?"

"일단 바람기가 있잖아."

"지훈이가 바람기 있는 거면, 그러면 난 뭐냐?"

그 대목에서 나는 웃지 않을 수 없었다. 솔직히 바람기에 관한 거라면 지훈이보다 수진이 심하긴 했다. 그리고 둘 다 그렇게 많은 사람을 만나고도 문제를 일으키거나 특별히 고민을 하는 걸 보지 못했다. 바람기 이야기로 한참 깔깔대다가 우리는 또 문제의 핵심에서 멀어졌다. 수진과 나는 웃다가 전화를 끊었다.

유리와 수진은 대학 시절부터 나의 가장 친한 친구였다. 사람들은 가끔 내게 짓궂은 질문을 하곤 했다. 유리랑 수진, 둘 중에 누구랑 더 친하냐고. 그 질문은 아빠, 엄마 중 누가 더 좋으냐는 질문만큼이나 곤란하다. 두 친구 사이의 경중을 굳이 따지라면 그건 상황에 따라서였다. 어떤 상황에서는 유리가, 어떤 상황에서는 수진이 더 좋았다. 그렇게 우리 셋은 단단히 묶여 있었지만 셋이 함께 있을 때는 묘한 경쟁의식으로 불편했다.

어쨌든 수진과 유리 사이에 내가 있는 건 틀림없다. 가운데 끼어 있는 나는 특별히 조심해야 한다. 이를테면 유리가 내게는 말하지만 수진에게는 모르게 하고 싶어하는 것들도 있고, 수진이 유리에 대해 좀 심하게 말하는 것도 유리에게는 내색하지 말아야 한다.

수진이 유리에 대해 신랄해진 것은 지원서 때문이었다. 수진은 처음부터 취직과는 거리가 먼 아이였다. 수진이 그렇게 말한 적은 없지만 유학을 가거나 대학원에 진학하거나 다른 공부를 시작하게 될 줄 알았다. 반면 유리는 처음부터 취직을 할 생각이었다. 유리는 내게 같은 회사에 다니게 되면 좋겠다는 말을 종종 했었다. 나는 미래에 대해 아무런 계획도 없었다. 졸업할 즈음 결혼을 하게 되면 좋겠지만 그것이 여의치 않다면 무슨 일을 하게 되든 상관없다고 생각하고 있었다. 하지만 유리가 나와 같은 회사를 다니면 좋겠다고 말하면 할수록 나도 그것이 당연한 것처럼 와 닿았다. 유리와 함께 지금처럼 몇 년을 더 같이 보내는 일은 좋을 것 같았다. 어느 날부터인가 유리와 내가 같은 길을 가는 건 그렇게 결정된 사항이 되었다. 그러기 위해 우리는 함께 입사시험 공부를 시작했다. 그러면서 수진이 약간 멀어진 것도 사실이었다.

사학년 일학기가 끝나갈 무렵 인턴사원으로 일할 기회를 주는 지원서가 한 장만 도착했고, 유리가 그걸 가지고 갔다는 걸 조교로부터 들었다. 그 말을 들었을 때 나는 물론 유리에게서 무슨 연락이 있을 거라고 생각했다. 양해를 구한다거나 하는 건 우리 사이에 오히려 어색한 일이었다. '그 원서, 내가 가지고 갔어'라는 솔직한 한마디면 됐다. 기다렸지만 유리에게서는 아무 연락이 없었다. 다음날부터 유리는 학교에 나오지 않았다. 수진의 표현대로라면 원서를 한마디 말도 없이 집어삼켜버린 것이다. 나는 멍해졌다. 그리고 남들이 단짝이라고 부르는 우리 사이에 그런 일이 벌어졌다는 것이 당황스러웠다.

분노를 표시한 사람은 내가 아니라 오히려 수진이었다. 수진은 언제든 때만 오면 유리가 그럴 줄 알았다면서 조목조목 따지고 들었다. 유리가 정말 중요한 것을 나에게 양보한 적이 있었느냐고, 그것도 자신이 손해보면서 그랬던 적이 있느냐고 했다. 그런 식으로 따지기 시작하면 나는 늘 유리에게 양보만 해온 것 같아 보일 수도 있었다. 유리가 좋다고 말하면 마음에 두었던 남자도 내 편에서 알아서 물러나주었고, 유리가 가기 싫다면 나는 가고 싶지만 혼자만 갈 수 없어서, 아니 수진과 둘이서만 갈 수 없어서 엠티도 가지 않았다. 그러나 유리가 하고 싶어하거나 하기 싫은 것은 나에게는 해도 되고 안 해도 되는, 별 상관 없는 일들이었다. 그러니까 나는 유리에게 양보하거나 유리 때문에 무얼 못 한 것은 아니다. 하지만 유리가 아니라면 난 그걸 했을 거고 가졌을 거다. 수진의 지적은 딱히 맞는 것도 틀린 것도 아니었다.

그때 수진은 내게 이런 말도 했었다. 따지고 보면, 지훈과의 관계도 내가 먼저고, 날 생각했다면 유리가 지훈과 그런 사이가 되는 일은 아예 불가능하다고, 유리가 아니었다면 지훈과 내가 연인 사이가 되고도 남았을 거라고. 수진은 몇 년간 끈질기게 쫓던 용의자의 결정적인 유죄 증거를 잡은 사람처럼 굴었고, 나는 수진이 너무 심하다고 생각했다. 결국 여름방학이 끝나고 사학년 이학기 내내 사이가 어색했던 건 나와 유리가 아니라 수진과 유리였다. 둘 사이에서 나는 정말 곤란했다. 결국 화해 비슷한 걸 하긴 했지만 둘이 기회만 되면 서로에 대해 날카로워지는 것까지는 어쩔 수 없었다.

그다지 비밀이 없는 편인 나였지만, 뭔가 이상한 낌새를 눈치 채고 자꾸만 물어보는 지훈에게 그 원서 이야기만은 하지 않았다. 그리고 그 일 이후로 어딘가에 원서를 내고 시험을 치르고 경쟁을 해서 취직하는 것을 깨끗이 포기했다. 그런 것들이 내게 얼마나 안 어울리는지를 절감했던 것이다. 대신 졸업 후 나는 다른 사람들이 신부수업이라고 생각할 수도 있는 요리나 꽃꽂이, 뜨개질을 즐거운 마음으로 배웠고, 어느덧 가르칠 수 있을 만큼 하게 되었고, 그 일들이 이제는 직업이 되었다.

나는 세상의 어떤 여자도 적으로 생각하지 않는다. 그들이 내 애인을, 내 일을, 내 것을 뺏을 수 있다고 생각하지 않는다. 좀 더 솔직하게 말하자면 나는 그들과 싸워 이길 수 없다는 걸 안다. 더욱더 솔직해지자면 그들과 싸워서라도 가지고 싶을 만큼 간절한 것이 없다.

# 요리의 맛과 멋을 결정하는 칼

　두 달에 한 번 있는 동창모임에 2월에는 은주와 나, 둘 다 빠졌지만, 이번 모임까지 못 간다고 하면 영영 왕따당할 것 같았다. 오늘 모임 장소는 우리 정서가 가득한 한식당이었다. 주요리 외에 겉절이, 조림류, 나물, 젓갈류의 반찬 스물두 가지가 추가되는 시골 상차림이 가격도 저렴했다.

　"은주는 아직 안 왔니?"

　은주는 한 달 전에 휴직을 하고 여행을 떠났다. 처음 행선지는 파리였는데, 유럽 전체를 돌아보고 올 모양이었다. 은주 하나가 빠졌을 뿐인데 오늘 이 자리가 너무 어색하고 불편했다. 그동안은 이런 적이 없어서 몰랐던 것이다.

　"언제 온대?"

　"나도 몰라."

"나영이 네가 모르면 도대체 누가 아니?"

농담처럼 말하지만 사실은 다들 은주가 걱정되는 모양이었다. 은주는 내게 잘 있다고 전화도 몇 번 했고, 엽서도 보내왔다. 언제 돌아올지 결정 못 내릴 만큼 재미있다는 그 말을 다 믿지는 않지만 여하튼 목소리는 밝았다. 은주는 연기를 못 한다. 그러니까 은주는 정말로 잘 지내고 있는 것이다.

넉 달 동안 달라진 건 그다지 없다. 제일 먼저 결혼했던 승희가 제일 먼저 둘째아이를 가졌고, 스튜어디스 민주가 레지던트 약혼자와 결혼날짜를 잡았고, 약사 정미의 독신주의가 좀 누그러진 걸로 봐서 연애를 하는 건 아닌가 의심을 샀고, 은주가 석호와 헤어졌고, 내가 성우와 헤어졌다.

화제는 한참 잘나가는 여자 아나운서에 대한 이야기로 옮겨갔다.

"걔, 좀 얄밉지 않니?"

"너무 잘난 체하더라."

"잡지에 난 인터뷰 봤니? 사람들이 자길 얄미워하는 걸 자기도 알더라구. 그런데 그 원인 분석이 정말 기가 막히더라. 자기는 사람들이 자길 얄미워하는 이유가 단지 인상이 차가워서 그런 줄 알았는데 얼마 전에 알게 됐다는 거야. 아는 사람이 그러더래. 사람들이 자기를 보고, 예쁘면 공부라도 못해야지, 뭐 그런다고들 말야."

그 말을 신호탄으로 그 여자 아나운서는 도마 위에 올랐고,

본격적으로 난도질이 시작되었다.

"그런데 그 여자가 예뻐봤자 뭐 영화배우만큼 예쁜 거니? 사실 그저 못나지 않은 정도 아니니? 사람들이 예쁘다, 예쁘다 하니까 자기가 정말 예쁜 줄 아나봐."

"그 여자 얼굴이 너무 크지 않니? 그렇게 얼굴이 큰데 어떻게 아나운서가 됐나 몰라."

"얼굴이 크니까 아나운서를 하는 거지. 뉴스 진행할 땐 다른 사람이랑 같은 화면에 안 잡히니까 얼굴 큰 거 별로 표 안 나잖아."

"그 말도 일리는 있다."

"여기 모인 우리 중에 그 여자를 괜찮아하는 사람이 아무도 없는데 방송에서는 왜 그렇게 띄우는 거지?"

"그게 바로 수상하다는 거지. 도대체 누가 뒤를 봐주고 있을까?"

저런 이야기를 듣고 있으면 음모이론이라는 게 정말 있구나, 하는 생각이 든다. 잘나가는 여자 뒤에는 뭔가가 있다, 라는 음모이론 말이다.

"나영아, 너 어디 안 좋니?"

한마디도 안 하고 있는 나에게 지현이 물었다.

"그래, 네가 조용하니까, 그 여자가 일방적으로 코너에 몰리잖아."

사실 이럴 때의 내 특기는, '그래도 그 여자에게는 이러이러한 장점이 있다'고 말해서 신나던 칼질을 멈추게 하는 것이다. 그런데 어쩌다보니 오늘은 그 잘난 여자 아나운서를 두둔할 타이밍을 놓치고 만 것이다.

"그러고 보니 너, 살도 좀 빠진 것 같다."

갑자기 시선이 나에게 쏠렸다. 다들 좀 안돼 보인다는 표정으로. 나의 실연을 떠올리고 있는 건가.

"나영이 너, 그 다이어트 효과 있었나보다."

당사자인 나조차도 놀랄 그 말을 한 건 지현이었다.

"정말 다이어트 하는 거야? 네가 뺄 살이 어딨다고."

"난 나영이 쟤, 정말 신기하더라. 그렇게 많이 먹으면서 왜 살이 안 찌는 거니?"

"그것도 그거지만, 난 나영이 쟤가 뭐 먹고 있는 거 보면 나도 먹고 싶어지더라. 어찌나 맛있게 먹는지 말이야. 어쩐지 오늘은 먹는 게 전 같지 않더라니."

"그런데 그 효과만점인 다이어트, 어떻게 하는 거니?"

나는 지현을 쳐다보았다. 지현은 웃기만 했다.

"좀 덜 먹고, 더 많이 움직여야지."

내가 기껏 생각해낸 말은 겨우 그거였다.

"그런 상식적인 얘기 말고."

"상식적인 게 진짜로 잘 통하는 거야. 몇 년을 차곡차곡 찌운 그 살을 한꺼번에 쫙 빼겠다는 건 하늘에서 돈벼락 떨어지길 기다리는 거랑 똑같은 거지. 안 그래?"

지현이 또 나를 도왔다.

"난 스트레스 쌓이면 막 먹게 되던데."

"난 그 반대야. 마음에 안 드는 일 생기면 아무것도 먹고 싶지가 않아."

화제가 다이어트로 옮겨갔다. 다행이다.


모임이 끝나고 지현이 잠깐 보자고 해서 따라갔다.

"너 정말 다이어트 하는 건 아니지? 정말 살이 좀 빠지긴 빠졌다. 자, 이거."

지현은 포장된 직사각형의 상자를 내밀었다.

"뭐야?"

"칼. 아는 사람이 나한테 선물한 건데, 우리집에 이거랑 똑같은 거 있잖아. 너도 알지? 저번에 네가 그 칼 쓰면서 좋다고 감탄했잖아."

"아, 이게 그 칼이야?"

"똑같은 거야. 요리한다 하는 사람들은 다 좋은 칼 갖고 싶어하잖아. 사실 칼이 좋아야 요리가 멋도 있고 맛도 난다."

"고마워."

"고맙긴. 어차피 나는 내 칼 있는데 뭐."

"네가 새거 갖고 너 쓰던 거 나한테 줘도 되는데."

"무조건 새거라고 좋은 게 아니잖아. 그 칼, 나 결혼할 때 우리 엄마가 사준 거거든. 게다가 길이 쫙 들었어. 너도 잘 길들여봐. 그리고 너, 우리집에 좀 놀러 와라. 예지가 나영이 이모 보고 싶어 죽으려고 그런다."

"그래, 갈게."

집에 돌아와서는 지현이 준 상자의 포장부터 풀었다. 반짝반짝 날이 선 새 칼이었다. 아무 요리도 만들어낸 적 없는 새 칼. 나는 그 칼로 우선 무를 채썰어보았다. 쓱싹쓱싹 획획. 너무 잘 나갔다. 그 동안 내가 꽤 무딘 칼을 사용해왔다는 게 느껴졌다. 지현은 좋은 칼이 요리의 맛과 멋을 결정한다고 했다. 글쎄, 같은 재료로 같은 사람이 요리를 하는데 칼이 다르다고 맛이 달라지기야 할까. 아니다. 그럴지도 모른다. 좋은 칼 때문에 요리하는 사람의 기분이 달라지고, 요리하는 사람이 편안해져서 맛이 달라질지도 모른다. 이제 나에게 새로운 칼이 생겼다. 손에 쫙쫙 들러붙도록 길을 들이는 일만 남았다.

# 테이블 세팅

아침에 자고 있는데 언니에게서 전화가 왔다.

"자고 있었구나."

"일어나려고 하던 참이었어."

"너, 성우랑은 어떻게 된 거니?"

난 그냥 나도 잘 모르겠다고 얼버무리다가, 아주 끝난 건 아니라고 말하고 말았다. 언니는 나와는 전혀 다른 인간이다. 우리 두 사람을 보면 알 수 있다. 유전자 배열이 얼마나 우연히도 한 인간을 결정하는가를. 언니는 우성에, 나는 열성에 쏠려 있다. 언니는 어머니를 닮아서, 좋게 말하면 이지적으로 생겼고 나쁘게 말하면 찔러도 피 한 방울 안 나올 정도로 차갑게 생겼다.

언니가 나보다 머리가 좋다든가, 키가 크다든가 하는 건 다 양보할 수 있다. 하지만 욕심을 내자면 얼굴이 언니처럼 좀 갸

름했으면 좋겠다. 내가 그렇게 말하면 언니는 내 볼살이 젖살이라며 나이가 들면 저절로 빠지는 거라고 위로를 하는데, 그럴 때는 정말 웃긴다. 도대체 지금 내 나이가 몇살인지 언니는 가끔 잊어버리는 것 같다.

언니는 이제 그만 실랑이하고 성우랑 결혼할 때가 되지 않았냐고 했다.

"결혼은 무슨……"

"넌 불안하지도 않니?"

다행히도 나는 매우 낙천적인 성격을 갖고 있다. 불평불만이 없는 건 아니지만 다른 사람들에 비하면 매우 낙관적이다. 그렇지만 나라고 무조건 뭐든 잘될 거라고 생각하지는 않는다. 삼 년을 사귄 애인과 헤어진 후부터는 점점 그렇게 되고 있다. 하지만 나는 언니에게 사실을 말하지 않는다.

"난 불안한 거 없어. 전혀."

나는 언니에게 불안해서 결혼한 거냐고, 도대체 뭐가, 왜 불안했냐고 묻고 싶은 걸 참았다. 우리 부모님은 언니의 결혼을 서두르지 않았다. 그건 부모님의 결혼이 그다지 행복하지 않았다는 증거였을지도 모른다. 아버지와 어머니의 결혼처럼 언니의 결혼도 내게는 실망만 안겨주었다.

아버지 어머니의 별거가 시작되면서 언니는 어머니를 따라 미국으로 갔고, 나는 아버지와 함께 여기에 남았다. 아버지는 퇴직하기 전까지 대학의 서무과 직원이셨다. 나는 그 대학을 나왔다.

교직원 자녀는 학비가 면제되기 때문이다. 일학년 이학기 때 첫 번째 실연이 묘하게 기말고사와 겹치는 바람에 방황하다가 평점 2.0을 넘지 못해 학비를 낸 적이 딱 한 번 있다. 언니는 미국에서 고등학교를 다니다가 이학년 때 한국으로 와 여기서 대학을 나왔다.

나는 언니가 눈이 새파랗고 금발이 휘날리는 레오나르도 디카프리오 같은 백인 남자나 윌 스미스처럼 날렵한 흑인 남자와 결혼할지도 모른다는 상상을 종종 했었다. 나는 언니의 연인들을 많이 알고 있었다. 고등학교 때 같은 학교에 다니던 인종이 다른 남자아이들, 대학교 때 언니가 사랑하던 그 혁명가 기질의 남자나 예술가 기질의 괴짜들. 나는 언니의 연인들이 좋았고 그런 연인을 가질 수 있는 언니가 좋았다. 적어도 언니는 세상 눈치 안 보며 사랑할 수 있고, 결혼할 수 있고, 어쩌면 결혼을 안 할지도 모른다는 생각도 했었다. 그런데 언니는 내 상상과는 달리 파격과는 아무 상관 없는 그런 결혼을 했다. 형부는 다른 인종도, 혁명가도 예술가도 아닌 모범시민에다가 좋은 집안의 자랑스러운 아들이었다. 바로 그 사실이 나를 실망시켰다.

"성우랑 같이 언제 한번 보자. 알겠지?"

"알았어."

나는 전화를 끊었다. 조만간 언니에게 성우와 헤어졌다는 사실을 털어놓아야 할 것이다. 그러면 언니는 꼭 자기 일처럼 불안해할 것이다. 언니의 문제는 그거다. 다 자기 입장에서 생각하는 것. 난 언니랑 다르고, 그래서 정말로 불안하지 않다는 걸 언니는 절대 이해 못 한다. 어쩌면 그건 나도 마찬가지일지도 모른다. 내게 만약 형부 같은 남자가 있었다면 어땠을까? 나의 꿈이랄 것을 그렇게 간단히 포기했을까? 이건 또다른 문제일지도 모른다. 어떤 여자의 꿈은 어떤 남자를 만나는가와 관계없이 자기 자신에게 달린 것이지만, 또다른 어떤 여자의 꿈은 전적으로 만나는 남자에게 달려 있는 것인지도 모르겠다.

언니의 전화를 끊고 늦은 아침을 준비했다. 간단하게 토스트와 스크램블드에그로. 언니가 아침에 전화를 하는 날이면 나는 꼭 늦잠을 자고 있다. 그래서 언니는 내가 아주 잠이 많고 게으른 줄 안다. 어느 정도는 사실이지만 꼭 그런 것만도 아닌데, 언니는 또 그래서 걱정이 많다.

"넌 말이야, 아침 일찍 일어나서 부지런 떠는 신랑 만나면 큰일이겠다. 일찍 일어나서 아침 챙겨주고, 아니, 아침은 그 사람이 알아서 먹고 간다 치더라도 생활리듬이 안 맞으면 그것처럼 불편한 게 어딨니?"

언니의 말을 듣고 나는 생각했었다. 언니는 그런 게 잘 맞아서 형부랑 결혼했을까. 결혼하는 남자와 여자 사이에는 내가 모르는 비밀이 있을지도 모른다.

결혼은 사랑하는 사람과 해야 하는 것이다. 이건 결혼에 대해 내가 처음으로 가졌던 원칙이다. 아버지와 어머니는 내가 초등학교 사학년 때부터 별거를 하고 있다. 두 분이 이혼하지 않은 것은 언니와 나의 결혼 때문이었다. 부모의 이혼경력이 자식들의 장래에 별로 좋을 게 없다는 것이다. 나까지 결혼을 하면 아버지와 어머니는 이혼장에 도장을 찍고 깨끗이 끝장을 낼 것이다.

나는 아버지와 어머니가 사랑해서 결혼한 부부였다고 생각하지 않았다. 조선시대처럼 부모들이 결정해서 어쩔 수 없이 부부연을 맺었고, 사랑하는 편이 나으니까 어쩌면 노력해서 조금쯤은 사랑하게 되었을지도 모른다고 생각했었다. 하지만 내 생각은 사실과는 달랐다. 언니는 내게 아버지와 어머니가 열렬히 사랑했다고 얘기해주었다. 할아버지, 할머니는 몹시 반대했지만 어머니가 언니를 낳는 바람에 아버지와 결혼시킬 수밖에 없었다고 말이다. 하지만 나는 지금도 언니의 이야기를 전적으로 믿지는 않는다.

언니와 나의 결정적 차이는 이런 데서 비롯된 것인지도 모르겠다. 언니를 이 세상에 있게 한 것이 아버지와 어머니의 그 열정적인 사랑이었다면, 나를 있게 한 것은 더이상 존재하지 않는 사랑을 지속시키기 위한 방편은 아니었을까. 어머니는 왜 중절수술을 하지 않았을까. 언니 때는 아버지를 사랑했으니까, 증오하게 될지 몰랐으니까, 결혼하지 않고 아이를 낳는 것조차 문제가 되지 않았을 것이다. 그런데 이미 아버지를 증오하게 되었으면서 나는 왜 낳았을까. 어머니의 발목을 잡은 건 나일까, 언니일까.

언니는 아버지를 그다지 좋아하지 않는다. 그래서 여기 와서 지낸 적이 거의 없다. 하지만 나는 종종 미국의 어머니 집에서 방학을 보내왔고, 그래서인지 어머니와의 관계가 아버지와 언니의 관계처럼 소원하지는 않다. 어머니는 세상을 살면서 부족한 것은 돈으로 얼마든지 채울 수 있고, 웬만한 건 돈으로 다 해결된다고 믿는 분이시다. 어머니는 내가 언니와 달라서 어떻게 살지 걱정이라고, 그래서 더 많은 돈이 필요할 거라고 늘 얘기한다. 나한테 부족한 것은 돈이 아닌 다른 것이라는 것을 어머니는 이해하지 못한다.

아버지는 어머니와는 확실히 다른 분이다. 어머니와 언니가 아버지를 싫어하는 바로 그 이유가 내가 아버지를 좋아하는 이유이기도 했다. 욕심이라곤 없다는 것. 아버지는 살아 있는 유령 같으신 분이다. 늘 그림자처럼 살아가신다. 지금 아버지 명의로 되어 있는 건물도 친구분이 어려워지자 빚으로 넘어갈 그의 건물을 산 것이다. 아마 친구분이 건물을 인수하라고 권하지 않았다면 아버지의 돈은 은행에서 지금껏 조용히 잠자고 있을 것이다.

아버지에게는 어느 면에서건 자신이 남보다 탁월하다는 자부심도, 남들을 누르고 싶은 저열한 욕망도 없다. 그리고 아버지는 미래에 대해 성의도 없는 사람이다. 나는 아버지를 사랑하지만 아버지 같은 남자와 결혼할 마음은 없다. 아버지는 남편으로서 바람직한 인간형이 아니다. 무엇이든 함께할 수 있는 친구 같은 남편도, 진두지휘하는 우두머리 같은 남편도, 든든한 울타리 같은 남편도 아니었다. 어머니를 만나지 않았더라면 아버지의 인생에 결혼은 없었을 것이다.

아버지와 어머니는 어쩌다가 사랑하게 되었을까. 아버지는 고독했고, 고독을 감출 줄 모르는 사람이었다. 그런 남자를 한때 사랑했다는 기억은 아름다울지 몰라도 그런 남자와 살아야 하는 건 고통일 것이다. 그 사랑이 아무리 커다란 것이었더라도 말이다. 나는 어머니를 이해한다.

어머니는 좀더 일찍 아버지와 헤어졌어야 했다. 그랬다면 어머니는 자기 본래의 모습을 지금보다는 더 보존했을지도 모른다. 처녀 때의 어머니는 지금과는 달랐다고 한다. 모든 걸 돈으로 계산하는 영악한 여자가 아니었을 것이며, 일일이 간섭하고 참견하고, 사람들이 자기 손아귀에 휘어잡히지 않는다고 조바심치는 타입은 더더욱 아니었을 것이다.

다시, 결혼은 사랑하는 사람과 해야 하는 것이다. 그리고 결혼은 사랑하겠다는 약속을 지킬 수 있는 사람과 해야 하는 것이다. 부모님에게서 나는 그것을 배웠다.


아침 식탁을 치우면서 알았다. 아직도 겨울 식탁보가 그대로 깔려 있다는 걸. 그 동안 대체 어디다가 정신을 쏟고 있었던 걸까.

당장 테이블 세팅을 새로 해야겠다. 한창 무르익어가는 봄에 어울리게, 컬러풀하게 테이블을 꾸미자. 알록달록 꽃무늬 매트에 컬러풀한 그릇들을 매치시키면 어떨까. 우선 유리병에는 원색의

꽃들을 담고, 그 동안 예뻐서 하나둘 사모아두었던 노랗고 파란 그릇들을 꺼내 써야겠다. 마음까지 가볍고 경쾌해질 것이다.

행복은 어쩌면 지극히 사소한 것일지도 모른다. 한 번도 제대로 행복한 집, 큰소리 나지 않는 평화로운 가정에서 편안하고 안온한 마음으로 살았던 적이 없었던 것 같다. 적당히 포기한 채 스스로도 어쩔 수 없는 곳에서 그렇게 가까스로 살아가게 되는 것, 그게 타협이라는 거라면, 나에게는 절대 타협할 수 없는 것이 있다. 사랑하는 사람과 결혼하고 그 약속을 평생 지키며 살아가는 것. 어쩌면 그것은 운명에 속하는 일일지도 모른다. 뭐 그렇다고 너무 심각하게 생각할 필요는 없다. 인생에 단 한 번이므로 기다릴 수 있는 한 기다릴 것이고, 찾을 수 있는 한 찾아볼 것이다. 나는 운명을 거역하지는 않을 것이며, 필요하면 내 의지로 최선도 다할 것이다.

# 주문형 호텔 식단

모레가 언니 생일이라고 형부가 전화를 했다. 평소에는 좀처럼 전화하지 않는 형부이다. 하지만 어색하게 굴지는 않는다.

"처제, 모레가 언니 생일인 거 알지? 내가 내일부터 출장이라 언니하고 같이 못 있어. 처제가 집에 와주면 좋겠는데."

옆에 언니가 있는 모양이었다. 그럴 필요가 없다고 말하는 것 같다. 정말 그럴 필요는 없다. 형부는 언니를 모른다. 본래 언니는 옆에 누구 없이도 혼자서 얼마든지 잘 살아갈 수 있는, 그런 여자이다.

"예, 그럴게요."

"내일 차 보낼게. 몇시쯤이면 좋을까?"

누군가 이런 대화를 상냥한 목소리로 주고받는 형부와 나를 본다면 아주 사이가 좋은 줄 알 것이다. 사실 사이가 나쁘지는 않다. 서로에게 그다지 관심이 없을 뿐. 형부는 정상 중의 정상, 완벽한 규격품, 게다가 최상품이다. 그리고 무엇보다 평범하기 이를 데 없는 그 특징 없는 외모는 정말…… 형부를 처음 보았을 때 다시 어딘가에서 저 사람을 만나면 기억할 수 있을까, 하는 의문이 들 정도였다. 잘생긴 것도 아니고 못생긴 것도 아니고, 키가 큰 것도 아니고 작은 것도 아니고, 성격이 차가운 것도 아니고 따뜻한 것도 아니고. 나는 확실히 형부를 껄끄러워하고 있다.

형부는 나와는 너무 다른 사람이고, 내가 잘 알고 지내는 사람들과도 다른 종류의 사람이다. 무엇보다 형부는 나에게서 언니를 뺏어갔다. 이건 너무 유치한가. 그러니까, 형부는 언니의 본질을 희석시킨 사람이다. 그렇지만 형부를 미워할 수는 없다. 형부는 언니를 사랑하고, 언니를 편안하게 해주고, 언니가 바라던 생을 고난 없이 갖게 도와줄 사람이니까. 아마도 나는 형부에게 감사해야 할 것이다. 언니가 무슨 전사라도 될 줄 알았을 때의 내 마음이 그리 편했던 것은 아니었으니까.

지금 솔직히 나는 언니에 대해 아무 신경도 쓰지 않게 되었다. 언니의 삶은 지극히 안전하다. 언니가 돈 많고 집안 좋은 유능한 남자와 결혼을 해서 평생 아무 걱정 없이 살아가든, 남편의 도움으로 성공을 하든 그건 언니의 인생이고, 어쨌든 나는 언니의 인생을 인정해야만 할 것이다. 그래도 나는 내가 아는 언니를 완전히 포기하고 싶지는 않지만, 더이상 내가 아는 언니가

166

바로 언니의 정수라고 세상 사람들에게 말하지는 못할 것이다.

형부와 약속한 시간은 오후 다섯시였다. 그런데 열두시쯤 언
니에게서 전화가 왔다. 지금 우리집 앞으로 올 거라고. 나는 그
때까지 자고 있었다. 부스스 일어나서 겨우 씻고 멍하니 앉아
있는데 초인종이 울렸다. 언니였다. 정말 빨리도 왔다.

"너, 아직도 자고 있었어?"

"일어났잖아."

"아침은 먹었어?"

나는 고개를 저었다.

"빨리 준비해. 나가자."

"씻었어. 그러니까 나가면 돼."

"너, 그러고 나갈 거야?"

"이게 어때서?"

"화장은 안 하니?"

"귀찮아."

"그래도 옷은 갈아입어야지."

"응, 그래야지."

언니는 기가 막히다는 듯 웃었다. 그리고 내가 옷을 갈아입는
동안 또 잔소리를 하기 시작했다.

"너, 밥은 해먹고 사는 거니? 매일 굶는 거 아냐? 정말 큰일
이다."

"요리하는 애가 밥 안 해먹겠어? 나가자, 나가."

나는 언니를 끌고 집 밖으로 향했다. 밖으로 나가자 언니는 주위를 두리번거렸다.

"안 갈 거야? 도대체 뭐 하는 거야, 언니."

"이 근처에 식당 없니? 어디서 본 것도 같은데."

"식당은 또 왜?"

"배 안 고프니? 밥은 먹어야 움직일 거 아니야."

그렇게 말하는 언니를 보면서 나는 '이렇게 꼬박꼬박 끼니를 챙기는 사람이 왜 이렇게 마른 거야' 하고 생각한다. 언니는 아주 날씬한 편이다. 서른이 훨씬 넘은 여자가 아직도 이런 몸매를 유지하고 있으려면 아마 남모르게 피눈물 나는 노력을 해야 할 것이다. 그러지 않고도 저런 몸매를 가지고 있다면, 그야말로 하늘이 불공평한 거겠지.

"알았어. 뭐 먹을 건데?"

"난 배 안 고파. 너 먹고 싶은 걸로 먹으면 돼."

"나도 배 안 고파."

"어떻게 배가 안 고파? 지금이 몇신데. 아침이 아니고 점심때야. 아, 거기로 가면 되겠다."

"어디?"

"안 타고 뭐 해?"


언니는 나를 고기전문점으로 끌고 가서 국수전골을 시켰다.

뜨거운 육수에 생고기와 면을 넣어 익혀 먹는 국수전골은 팽이버섯, 양송이버섯, 쑥갓, 깻잎 등 각종 채소가 고기와 어우러져 독특한 맛이 났다. 언니는 내가 말릴 사이도 없이 물냉면까지 시켰다. 식당에서 직접 메밀을 빻아 만들어서인지 면발이 쫄깃하고 국물 맛이 진했다. 잔뜩 먹여놓고는 쉴 틈도 안 주고 일어나자고 언니는 또 성화였다.

나는 언니를 따라나섰다. 오늘 일정이 피곤할 것 같은 예감. 다음 코스는 백화점이었다. 언니는 층마다 끌고 다니며 구두, 화장품, 가방, 속옷, 정장, 캐주얼…… 마구 샀다. 그건 모두 언니의 것이 아닌 내 것이었다. 마다해도 소용없다는 걸 나는 오랜 경험을 통해 알고 있다.

"내일이 언니 생일이야, 내 생일이야! 참, 언니 생일선물로 뭐 해줄까?"

나는 속으로는 뭐 아쉬운 게 있어야 선물을 해줄 거 아냐, 라고 생각하면서 물었다.

"선물은 무슨, 너랑 같이 있는 걸로 됐어. 네가 내 생일 아니면 우리집에 올 애니?"

백화점에서 언니가 마지막으로 나를 끌고 간 곳은 커피숍이었다.

"좀 쉬었다가 가자. 뭐 마실래? 생과일주스로 해라. 딸기 어때?"

"알아서 해."

종업원이 오자 언니는 생딸기주스와 블루마운틴 커피를 시켰다.

"왜 언니는 커피야?"

"아침에 너희 형부 일찍 나가고 너한테 오고 하는 바람에 정신이 없어서 커피를 못 마셨어. 그래서인지 머리가 좀 아프네."

　언니 말을 듣고 나서 생각해보니 언니가 아침마다, 그리고 시시때때로 커피를 마셨던 것 같다.

"언니, 나 할말 있어."

"뭐? 해."

　나는 성우와 헤어졌다는 얘기를 했다. 언니는 가만히 듣고 있더니 좋은 남자를 소개시켜줄 테니까 아무 걱정 하지 말라고 했다. 마치 그런 건 너무 사소하고 간단한 문제니까, 그런 문제로 골머리 썩지 말고 정말로 중요한 다른 일을 하라는 듯이.

"나영아, 너 참 좋을 때야. 그러니까 포기하면 안 돼. 아무 걱정 하지 말고, 너 하고 싶은 대로 천천히 하나씩 다 하면 돼."

　도대체 언니는 지금 무슨 말을 하는 건가. 하고 싶은 거 다 하라고? 내가 하고 싶은 건 바로 결혼이야. 그래도 모처럼 충고를 해주는데 이런 말을 해서 김을 뺄 것까지야 없지. 언니는 늘 나에게 인생 선배로서 충고하길 좋아했다. 참고서 선택이며 대학 입학시험의 출제경향, 올 여름의 유행스타일까지. 인생의 요령을 언니는 잘도 알고 있었다. 그러나 나는 언니의 충고를 따르지 않았다. 그건 반발심도 반항심도 아니었다. 나는 언니처럼 애써 잘하고 싶은 생각이 없었다. 멍하게 그런 생각을 하고 있는데, 언니가 자리에서 서둘러 일어나며 말했다.

"우리, 저녁은 집에 가서 먹자. 아줌마한테 맛있는 거 해놓으라고 했거든."

아줌마가 해놓은 저녁 메뉴는 부대찌개였다. 햄, 프랑크소시지, 콩나물, 두부, 양파, 대파, 베이크드 빈, 쑥갓에 고추장과 고춧가루, 마늘 등으로 양념한. 아무리 봐도 이건 부대찌개가 틀림없었다.

"언니, 이거 부대찌개 맞아?"

"너도 아는구나. 나는 이게 얼마나 먹고 싶었는지 몰라. 너희 형부도 아주 좋아해."

"형부가?"

"같이 살다보니까 식성도 닮나봐."

언니의 결혼식 날, 나는 이제부터 언니와 나의 생이 전혀 다르게 진행될 거라고 생각했다. 그런데 가끔 언니가 사는 걸 들여다보면 별반 다를 것이 없다는 생각도 든다. 의외의 소박함이 신선하다.


언니의 생일 아침. 언니는 아직 일어나지 않았고, 일하는 아줌마는 오늘 늦을 것이다. 어제 돌아가는 아줌마를 붙들고 내일 아침 준비는 괜찮으니 점심때쯤 와달라고 했다.

나는 미역국을 끓이고, 어묵완자조림에다가, 생선전과 호박전을 했다. 그리고 비장의 요리인 떡잡채. 언니는 쫄깃쫄깃한 떡을 좋아한다. 떡잡채는 준비한 재료를 썰고 볶아 한꺼번에 버무리면 되는, 비교적 만들기 쉬운 음식이다. 양념한 가래떡, 쇠고기, 표고버섯, 양파, 당근, 미나리를 양념장으로 버무린 뒤 그릇에 담고, 달걀을 흰자와 노른자로 나누어 부친 뒤 채썬 지단을 살짝 올리면 된다.

"거기서 뭐 해?"

잠옷을 입은 채로 언니가 부엌 입구에 서 있었다.

"아줌마는? 아직 안 왔어?"

"늦게 오라고 했어. 내가 언니 생일상 차려주려고. 상이랄 것도 없지만. 그러고 있지 말고 씻어. 참, 이거 먼저 마시고."

나는 언니에게 잔을 건넸다.

"이건 또 뭐야?"

"사과요구르트."

"어디서 났어?"

"냉장고에 사과랑 레몬이랑 요구르트랑 꿀, 다 있데. 녹즙기도 있고."

"이거 향긋하고 맛있다."

언니는 한 모금 마시더니 그렇게 말했다.

"아침에 커피 마시지 말고 이런 거 먹어. 식욕 없을 때 좋아."

나는 언니가 비운 잔을 뺏어 싱크대에 넣었다.

"얼른 씻고 와, 언니."

잠시 후에 언니가 와서 내가 차려놓은 식탁 앞에 앉았다. 세수만 한 맨얼굴의 언니를 보니 기분이 이상했다. 언니와 나는 같은 집에 살지 않아서 사실은 맨얼굴을 볼 기회가 별로 없었다. 정말 오랜만에 본 언니의 맨얼굴은 느낌이 좀 달랐다. 언니는 아버지를 닮긴 닮았다. 다행히 별것도 아닌 음식들을 언니는 맛있게, 그것도 감탄을 하며 먹어주었다.

"이것도 맛있는데. 넌 정말 나랑 다르구나. 나는 요리 못하잖아."

"언니가 못하는 게 있어?"

나는 언니가 요리할 필요가 없어서 안 하는 줄 알았지, 못하는 줄은 몰랐다.

"내가 하면 맛이 없어. 왜 그럴까?"

"그런 건 언니가 엄마 닮았나봐. 엄마가 음식을 못하잖아."

"엄마가 음식을 못해? 아니야. 엄마 음식솜씨가 얼마나 좋은데. 음식만 하고 있을 여유가 없어서 그랬던 거지."

엄마가 음식을 잘한다고 언니는 주장하고 있다. 나는 언니의 말을 전적으로 믿지는 않는다. 나도 아버지가 유능한 사람이라고 언니 앞에서 주장할 때가 있으니까. 가족끼리 가끔 이렇게 편가르기를 한다.

늦은 아침을 먹고 난 후 장미꽃이 배달되어왔다. 언니 나이만큼의 장미꽃이 상자에 담겨 왔고 카드도 있었다. 물론 형부가 보낸 거였다.

"다른 건 없어?"

"미리 받았어. 저기 있잖아."

블루 박스에 하얀 리본 포장. 보석인 것 같았다. 형부는 언니에게 프러포즈할 때도 다이아몬드 반지를 준비했었다. 언니의 결혼반지를 보면서 나는 언니가 반지에 넘어간 게 아닌가 의심했었다. 그 다이아몬드 반지는 형부의 할머니가 어머니에게 그리고 또 그 며느리에게 물려줄, 사랑의 역사를 가진 반지라고 했다. 그리고 그 반지가 언니의 손가락에 처음부터 맞춘 듯이 꼭 맞아서, 형부는 언니가 자신의 운명이라고 한층 더 확신했다는 유치한 로맨스도 전해지고 있다. 그런 이야기를 떠올리면 언니와 형부가 꽤 재밌는 사람들이란 생각도 든다. 겉으로 보기에는 이성적이고 뭔가 계산에 척척 들어맞는 것 같은 이 커플은 묘하게도 운명론자들이다.

어쨌든 안심이 된다. 적어도 형부는 결혼한 뒤 안면을 바꾸는 남자는 아닌 것 같아서. 형부는 여전히 최선을 다하고 있고, 최상의 것을 언니에게 해주려고 노력하고 있다. 남자에게 언제나 최선을 다하게 만드는 언니가 부럽다. 나도 그런 남자를 가지고 싶다. 확실하고 분명한 내 남자, 생각만 해도 든든해지는 그런 남자. 그게 성우였으면 하는 희망을 가졌던 적도 있었지만 성우가 아니라면 다른 누구도 의미 없다는 정도는 아니었다.

언니 시부모님의 생일축하 전화도 있었다.

"예, 그럴게요. ……예, 괜찮아요. ……예, 힘들지 않아요.

174

……예, 그래야지요."

　저쪽에서 뭐라고 그러는지 언니는 계속 예예, 하면서 단답형 대답만 한다. 언니는 결혼한 지 꽤 되었는데 아직 아이는 없다. 대학원에서 예술사 같은 걸 공부하는데, 그걸 마칠 때까지 아이 갖는 걸 미루는 모양이다.


　저녁에는 형부가 미리 예약해둔 호텔의 레스토랑으로 갔다. 형부는 메뉴까지 미리 주문해놓았다. 아보카도와 참기름 드레싱을 얹은 참치와 알래스카 스파이더크랩 샐러드, 구운 새끼오리와 부드러운 그물버섯이 들어간 수프, 소안심과 왕새우요리, 모과와 꿀이 가미된 셔벗, 초콜릿무스와 모듬 베리, 망고 코코넛무스까지. 다른 요리들도 너무 대단하고 훌륭했지만 디저트 메뉴인 망고 코코넛 무스는 내 입맛에 꼭 맞았다. 코코넛비스킷에 망고무스와 코코넛무스를 층층이 겹쳐 만든 것으로 동시에 세 가지 맛을 느낄 수 있었다.

　"맛있어?"

　언니가 물었다.

　"응, 너무 맛있어."

　"다행이다. 난 아침에 네가 해준 것보다 맛없다."

　"말은 고마운데……"

　"아니, 진짜야. 너도 내가 이태리 요리, 프랑스 요리, 이런 거 좋아할 것 같니? 나, 이런 음식 별로야. 일이나 만나는 사람들 때문에 이런 데 오고 그러긴 했어도, 솔직히 말하면 무슨 맛인지 잘 모르겠어. 그런데 너희 형부는 특별한 날이면 오늘은 당신 좋아하는 이태리 요리로 하지, 프랑스 요리로 할까, 그런다. 재밌지 않니? 내가 외국에서 오래 살고 쭉 외국 사람들이랑 일했으니까 이런 요리를 좋아할 거라고 생각하는 건가."

언니가 무슨 말을 하는 건지 잘 모르겠다. 언니는 당연히 이런 고급요리를 맛있게 먹고 즐길 줄 아는 사람이어야 한다. 많은 사람들이 죽을 때까지 구경조차 해보지 못할 그런 요리를 원하기만 하면 아무 때고 먹을 수 있으면서 무슨 맛인지도 잘 모르겠다고? 언니가 집착하는 것들은 나를 불편하게 했지만, 그래도 나는 진심으로 언니가 자신이 원하는 걸 갖기를 바랐다. 그런데 자신이 원하는 걸 갖고도 그걸 즐기지 못하고 있다니. 이걸 가졌다고 말해도 좋은 것인가. 언니는 자신이 무엇을 원했는지, 그리고 지금 가진 것이 무엇인지 제대로 알지 못하고 있는 건지도 모른다. 그렇다면 나는? 지금 나는 무엇을 원하고 있는 걸까?

# 표준식단 vs 퓨전요리

　사람을 만날 때면 나는 음식을 떠올린다. 음식의 이름은 재료와 요리법으로 구성된다. 이름과 모양만 알면 그 음식의 거의 모든 것을 알 수 있게 된다. 사람도 비슷하다. 누군가를 알게 될 때 가족, 친구, 학교, 직업, 사는 곳 등등으로 미리 짐작할 수 있고 이해할 수 있는 것들이 있다. 하지만 그것들이 전부는 아니다. 같은 재료, 같은 이름, 비슷한 생김새의 요리도 사실은 저마다 맛이 다른 것처럼.

　사전정보 없이 누군가를 만나는 건 이름도 모르는 요리를 먹는 것과 비슷하다. 생전 처음 보는, 이름 없는 요리는 먹어보기 전까지는 맛도 요리법도 알 수 없다. 심지어는 어떻게 먹어야 되는지, 방법조차 알 수 없을 때도 있다. 그런 면에서 처음 만나는 사람은 나를 들뜨게 한다.

나는 형부의 소개를 가볍게 받아들이기로 했다. 거창하게, 결혼할 사람으로 이 남자는 어떨까, 하는 식의 잣대 말고, 이 사람은 얼마나 흥미로운 인간일까, 단순하게 생각하기로 했다.

형부의 소개로 만난 남자. 직업은 회계사. 좋아하는 음식은…… 아침엔 늘 시리얼과 우유를 먹는다. 시리얼은 곡물의 영양, 다양한 비타민과 무기질이 풍부하고 여기에 우유가 곁들여지면 영양 면에서 완벽하게 조화를 이룬다. 칠십 일 동안 매일 다른 시리얼로 아침식사를 할 수 있을 만큼 그 종류가 다양하고, 끓이거나 가공할 필요가 없어 바쁠 때는 그만이란다. 대신 점심은 늘 든든히 먹어둔다고 한다. 데이터 검색시간 한 시간 삼십 분. 결론은 영양사가 차린 모범식단 같은 남자.

집까지 데려다주겠다는 그 남자에게 나는 백화점에 볼일이 있다고 말했고, 그래서 거기까지만 태워다주는 걸로 합의를 보았다. 오늘같이 시간 들이고 정성 들여 화장까지 한 날은 집으로 곧장 들어가면 손해본 것 같은 기분이 든다. 집에 들어가면 전화하라던 언니의 당부가 생각나서 전화를 걸었다.

"그 사람 어때? 마음에 드니? 솔직히 말해도 괜찮아."

"좋은 사람 같았어."

"나영아, 이제 뭐 할 거니?"

"좀 돌아다니다가 슬슬 집에 들어가야지."

"그래? 그럼 전에 나하고 갔었던 카페 기억나지? 거기로 가 있어."

"알았어."

"그런데 나영아, 너 지금 뭐 입고 있니? 지금 입고 있는 옷 모양이랑 색깔 같은 거 말해봐."

"나 못 찾을까봐서 그래? 언니가 저번에 사준 그 옷 입었어."

"알았어. 가서 기다리고 있어."

나는 언니랑 만나기로 약속한 카페에 가서 혼자 앉아 있는다. 언니는 언제 올지 모른다. 먼저 레모네이드를 시키고 잡지를 보면서 카페에서 나오는 노래를 따라서 흥얼거렸다. ……왜 그렇게 쉬운 이별을 힘들게 돌려서 말하니. 예상하고 있었어. 이쯤일 거라고. 날 사랑하지 않는다면 당연한 거야. 널 보내줄게. 이제는 잊을게. 이제는 모두 잊을게. 눈물겨운 오늘의 이별까지 지워줄게. 노래를 따라 흥얼거리면서 마음놓고 있던 나는 낯선 목소리에 놀랐다.

"혹시 서나영씨?"

이건 또 뭐야? 기다리던 언니는 나타나지 않고 내 앞에는 또 다른 남자가 서 있다. 남자는 자기가 언니 친구라며 만나게 되어 반갑다고 했다. 나는 잠깐 실례하겠다고 말한 후, 언니에게 전화를 걸었다. 언니는 아직도 집에 있었다.

"어떻게 된 거야?"

"만났구나. 미국에 있을 때 알고 지내던 친구거든. 재밌는 애야."

"그래서?"

"만나보라고."

"언니 친구를 내가 왜 만나?"

"유부녀한테 남자 친구는 좀 그렇지."

"그거 농담이지?"

"응, 농담이야. 걔, 좋은 애야. 부담 안 가져도 돼. 너, 재밌는 애 좋아하잖아. 나영아, 걔 멀리서 온 애니까, 그냥 들여보내지 마. 부탁한다."

언니는 전화를 끊었다. 이거 도대체 뭐야? 하루에 두 번씩이나. 갑자기 남자 복이 터졌나. 하나를 만나는 것보다는 둘을 만나는 게 나을지도 모르지. 선택의 여지가 있으니까. 비교분석도 되고, 대안도 있고.

미국에서 온 언니 친구. 혈통이 좀 복잡한 아시아계 미국인. 말을 하기 전에 음음, 하는 소리를 내고 손동작을 많이 쓰지만 한국어는 비교적 정확히 구사하는 편. 직업은 아티스트. 그림도 그리고, 음악도 하고, 글도 쓰고, 무슨 종합예술인쯤 되는가보다. 확실히 형부가 소개시켜준 사람과 있을 때보다는 시간이 잘 갔다. 언니 말대로 재밌긴 재밌었다. 검색시간 세 시간. 결론은 요리실험가가 차린 퓨전요리 같은 남자.


집으로 돌아오니 몸이 천근 같다. 새로운 사람을 만나는 일은 피곤하다. 새로운 남자를 만나는 일은 두 배쯤 더 피곤하다. 새로운 남자를 둘씩이나 만나는 일은 그러니까, 네 배쯤 피곤하다.

실연을 극복하는 방법은 역시 그 빈자리를 흔적도 없이 재빠르게 메우는 것이 최고다. 미련을 떨면서 지나가버린 순간들을 후회하는 건 낭비이며 감정의 사치일 뿐이다. 시간이 해결해줄 수 있는 것들은 시간에 맡겨야 한다. 내일부터 또다른 날이 시작될지도 모른다는 예감이 든다.

중대한 결정을 내리기 전에 충분히 경험하고 깊고 넓게 생각해보아야 한다. 비유하자면 세상에 있는 온갖 요리를 가능한 한 많이 먹어보고 충분히 비교해보아야 실패를 줄일 수 있는 것이다.


그 남자, 그러니까 형부가 소개해준 회계사 '표준식단'에게서 전화가 걸려온 것은 그 다음주 토요일 오후 한시였다.

"서나영씨 되십니까?"

"네, 제가 서나영인데요."

'표준식단'을 만나서 일요일 점심식사를 하기로 했다. 장소는 패밀리 레스토랑으로 내가 정했다. 서로의 식성도 모르는 상태의 식사 약속 장소로는 이런 곳이 부담이 없다.

나는 두 종류의 치즈로 샌드위치를 만들어 튀김옷을 입힌 후 노릇노릇하게 튀겨 먹는 샌드위치튀김을 시켰다. 여기에 프렌치 프라이와 달콤한 라즈베리잼, 새콤한 피클이 곁들여 나오는데 고소하면서 달콤하고, 부드럽다. 그에게는 그릴드 슈림프를 권

했다. 딱 보니까 '표준식단'은 아무래도 양식을 싫어하는 것 같았다. 담백하고 고소한 새우를 구워 볶음밥 위에 얹어 나오는 그릴드 슈림프는 부드러운 볶음밥과 담백한 새우살이 어우러져, 양식을 싫어하는 사람도 부담 없이 즐길 수 있다. 음료는 나는 레모네이드를, 그는 아이스티를 주문했다.

"참 특이하시네요. 언니랑 많이 달라요."

"우리 언니도 아세요?"

"모르셨어요? 대학 때 같은 동아리 선배였어요."

"무슨 동아리요?"

"일종의 문학 동아리였죠."

"정말이에요?"

언니가 문학 동아리였다니, 세상에나. 게다가 그럼, 이 남자도 문학동아리? 정말 안 어울린다.

"제가 그런 거랑 좀 거리가 있어 보이긴 하죠. 영어회화 동아리, 이런 거면 몰라도."

자기 자신을 잘 아는 남자. 자신에 대한 남들의 오해까지 이해하는 남자. 나쁘진 않다.

"한 가지 질문 있는데요. 우리 언니, 그 일종의 문학 동아리라는 데서 뭐 했어요? 거기도 뭔가 분야가 있지 않나요? 강령이나 선언서, 이런 거 썼죠? 그렇죠?"

내 농담에 그는 그저 웃기만 하더니 '시'라고 했다. 언니는 시를 썼다고 한다. 상상도 못한 일이다. '표준식단'은 대학 시절 언니의 모습에 대해 이야기해주었다. 언니를 제법 안다고 생각했는데 그게 아니었을지도 모른다는 생각이 슬슬 들기 시작한다.

'표준식단'의 선배인 언니, 형부가 사랑하는 여자인 언니, 그리고 나의 언니가 조금씩 다 다르다. 나는 늘 내가 맞고 형부가 틀렸다고 생각했었다. 아니, 정확하게는 언니가 형부에게 자신의 본질을 숨기거나 속였다고 생각했었다. 그런데 또 한 명의 증인인 '표준식단'의 증언을 들으니 형부의 한없이 사랑스러운 보석 같은 언니도 진짜 언니고, 내가 알고 있던 용감무쌍한 전사 같은 언니도 진짜 언니였다. 나는 왜 언니의 다른 면을 아예 보지 못했을까? 가족이나, 같은 여자의 위치에서는 그런 면이 잘 보이지 않는 걸까? 그러니까 그건 단지 보는 각도의 문제였을 뿐일까?

세상에는 '이런 음식은 절대로 못 먹는다'고 말하는 사람들이 있다. 그런 사람들 중의 일부는 정말 그런 음식을 단 한 번도 먹어본 적이 없을 것이다. 그런데 먹어보지도 않고 먹지 못하는 건 어떻게 아는 것일까. 음식은 상상하는 것과 같기도 하고 다르기도 하다. 사랑이나 인생도 비슷할지 모른다. 만나보지도 않고 아니라고 말하는 건 인간에 대한 예의가 아니다. 해보지 않고 못 한다고 말하는 것은 반칙이다.

'표준식단'과 헤어져 집으로 와서는 씻고 한숨 잤다. 잠이 충분하지 않아서인지 꿈을 많이 꾸어서인지 여전히 피곤했다. 전화벨이 울렸다.

"여보세요."

나는 수화기를 들었다.

"너 요즘 만나는 남자 있다면서? 수진이한테 들었어. 형부 후배라면서. 너희 형부 후배면 창창하겠다."

오랜만에 전화를 해놓고 유리는 대뜸 그렇게 말했다.

"그런데 그 사람은 재미가 좀 없어."

"재미? 넌 언제까지 그런 얘기 할 거니? 수진이는 의미만 찾고, 넌 재미만 찾고."

그러면 유리, 네가 찾는 건 뭐니? 그 말이 속에서 쑥 하고 올라왔지만 애써 눌렀다.

"나영아, 그런 기회 흔치 않으니까, 잘 해봐. 성우랑 끝낸 거 오히려 잘된 일인지도 몰라."

"너 정말 그렇게 생각하니? 너한테 그런 남자가 생기면 지훈이랑 갈라설 거야?"

유리가 이제 겨우 내 인생에서 사라질 기미를 보이는 성우의 얘기를 다시 들추는 바람에 나는 가시 돋친 말을 뱉고 말았다. 유리는 다른 사람 이야기라면 너무 쉽게 해버린다. 자기의 경우는 언제든 특별취급이고, 남의 경우는 언제나 일반론이다. 그리고 도대체 무슨 기준으로, 만나본 적도 없으면서 그 '표준식단'이 성우보다 낫다는 건가.

"나, 올라가면 보여줘야 해."

유리는 약간 당황하더니 이내 냉정을 찾았다.

"그래, 그래야지. 언제 올 건데?"

"여름휴가 때는 가야지."

"그래. 그런데 그때까지 가려나 모르겠다."

나는 유리가 엄청 기대를 하며 '표준식단'과 나의 관계를 부풀리자 그렇게 말하고 말았다. 그때까지 갈지 모르겠다니, 도대체 뭐야. 사람을 만나면서 이런 생각을 하고 있다니, 겨우 이렇게 생각하면서 만나긴 왜 만나. 본의 아니게 '표준식단'에게 약간 미안한 마음이 들었다.

기분이 좋지 않다. 유리에게 신경질적인 반응을 보인 것도 후회되고, 성우가 다시 생각나서 조금 괴롭기도 하다. 그리고 은연중에 내가 지금 만나는 그 남자들보다 성우 편을 들고 있다는 사실이 흥미롭다. 그리고, 그렇다고 해도 이제는 성우와 내가 아무 상관 없는 사람이라는 사실이 우울하다.

나는 티포트에 타임을 담고 끓인 물을 부은 후 뚜껑을 덮어 우려내어, 하얀 찻잔에 붓고 꿀을 탔다. 허브의 한 종류인 타임은 피로회복과 불면증이나 두통, 우울증 같은 신경성 질환에 좋고 소화도 돕는다고 알려져 있다.

평생 우울증 같은 것에 걸린 일 없는 낙천적인 나지만 요즘은 자주 우울해지고 가끔은 늦게까지 잠들지 못하기도 한다. 지겹다. 이 어울리지도 않는 우울의 그림자로부터 나는 언제쯤 완전히 벗어날 수 있을까. 그러기 위해선 다른 남자를 상상하고 다른 연애를 계획하고 다른 사랑을 다짐하는 수밖에 없다. 파이팅을 외치며 나를 격려하고 또 격려한다.

# 요리하지 않는 요리

수진이 외출하기 귀찮다며 집으로 오라고 했다. 수진은 과수원집 막내딸이다. 어쨌거나 나는 대학 졸업할 때까지 수진이 정말 과수원집 딸인 줄 알았다. 그게 농담이라는 건 나만 모르고 있었다.

수진의 아버지는 대학 총장까지 지내셨고 어머니는 화가이다. 과수원은 수진의 아버지가 은퇴하면 지내려고 오래 전부터 준비해둔 곳이다. 이런 이야기는 모두 유리에게서 들었다. 그런데 유리는 도대체 그런 이야기를 어디서 다 들었을까. 어쨌든 내가 수진을 처음 알게 되었을 때에는 수진의 아버지는 이미 은퇴한 후였고 부모님 두 분 다 그곳으로 옮겨갔으니, 자신이 과수원집 딸이라는 수진의 얘기가 틀린 것은 아닌 셈이다.

"유리한테서 전화 오지 않았어?"

집으로 들어서자마자 수진이 내게 물었다.

"왔었어."

"하도 신경 긁길래, 너 만나는 남자 있다는 얘기 했어. 그런데 너, 유리한테 왜 그 얘기 안 했니?"

"제대로 말할 기회가 없었어. 얼핏 하기는 했는데. 그런데 너, 왜 형부가 소개시켜준 사람 얘기만 했어?"

"네가 남자를 둘씩이나 만난다고 해봐라, 그건 거의 아무것도 아니라는 얘기가 되잖아. 그리고 그 남자가 유리 취향이잖아. 그래야 유리가 안심을 하지."

"유리가 안심하다니? 그건 또 무슨 소리야?"

"그런 게 있어. 알려고 하지 마. 모르고 넘어가는 게 이로운 것도 있는 법이야. 내가 너한테 나쁜 일 하겠니?"

"그래, 그건 그렇지. 사실 골치 아파서 알고 싶지도 않아. 유리는 가면 갈수록 점점 더 모르겠어. 그냥 넘어가야지, 쟤가 왜 저러나, 생각하면 머리만 아프다니까."

"하긴 유리는 머리를 너무 써. 그래서 걱정 근심이 많은 거고."

"유리한테 걱정거리가 있는 거니? 그게 뭔데? 걔는 왜 나한테는 그런 말 안 하는 거야."

"알면 네가 해결해줄 거니?"

"그럴 수 있으면 그래야지. 도대체 뭐가 문제야?"

"금방은 알고 싶지 않다더니, 너도 참. 영악한 유리가 너 이런 줄은 왜 모르나 몰라. 하긴 네가 이러니까 유리랑 계속 그러고 지내는 거지, 네가 조금만 유리랑 비슷했어도 절대 그렇게는 못 지낼 거야."

"너까지 왜 이렇게 나를 머리 아프게 하니? 도대체 무슨 말을 하는 거야. 좀 알아듣기 쉽게 얘기해줘."

"아니야. 넌 계속 그렇게 가면 돼. 뭐 좀 먹자. 오랜만에 술이나 마실까? 괜찮은 와인 한 병 있는데."

"시골집에 갔다가 또 엄마 거 훔쳐왔어?"

"걱정 마. 이번에는 그렇게 비싼 거 아닐 거야."

언젠가 수진의 어머니가 와인 한 병 들고 가도 된다고 했는데 하필 수진이 들고 온 게 어마어마하게 비싸고 게다가 어머니가 엄청나게 아끼는 와인이었다. 어머니가 그 사실을 알고 수진에게 연락했을 때, 이미 그 와인은 우리 둘의 뱃속에서 완전히 소화된 후였다. 수진은 자기가 고르면 다 비싼 거라서 앞으로 살기 힘들겠다는 색다른 견해를 내놓았다. 나는 어쩐지 맛이 다르더라고 때늦은 의견을 피력했으나, 수진은 다른 음식은 몰라도 술맛에 대해서는 아직 내가 갈 길이 멀었다는 결론을 내놓았다.

"아빠 책은 안 훔쳐왔냐?"

"물론 훔쳐왔지. 무거워서 죽는 줄 알았다."

이제 나는 수진의 말을 단어 그대로 받아들이지 않는다. 수진의 '훔쳐왔다'는 '빌려왔다', 그러니까 '손상 없이 되돌려놓을 거다' 내지는 '배로 갚을 거다'라는 뜻이다. 어머니의 그 비싸고 귀한 와인을 같이 나눠 마신 나는 일말의 책임을 느끼고 어머니

생신에 수진의 파트너로 참석했다. 오빠들이 다 외국에 있어 쓸쓸한 생일이 될 거라며 수진은 나를 데리고 갔다. 나는 비싼 와인값 한다고 손수 만든 음식과 케이크와 꽃다발을 준비해갔다. 그리하여 수진이 부모님께 며느리 삼고 싶다는 칭찬까지 들었지만, 아쉽게도 수진의 오빠들은 모두 이미 결혼했다.

"안주는 있어?"

"조금만 기다려."

수진은 순식간에 두부, 무, 오이, 숙주 등을 높이 쌓은 다음 간장 소스와 마요네즈 소스로 버무려 먹는 두부 피라미드 샐러드를 만들어가지고 왔다. 수진은 연애도 공부도 속전속결이지만 요리도 진짜 빨리 한다. 나는 와인 마개를 땄다.

"그런데 넌 연애 안 하니?"

"논문 때문에 바빠. 끝나고 나면 해야지."

"연애가 시간 나면 하고 시간 없으면 안 하는 취미생활이니?"

"그래. 생각해보니까 취미생활이랑 아주 비슷한 거 같다. 어떤 사람한테는 취미가 특기도 되고 생계를 해결해주기도 하고 말이야."

"너, 진짜……"

"사실 나도 언제까지나 취미생활만 하고 있을 수는 없잖아. 나도 특기 하나 정도는 계발하고 싶거든. 그런데 문제가 있어. 사람들은 나 같은 여자는 연하에 꽃미남을 좋아하는 줄 아는데 말이야, 내 취향은 귀여운 아저씨 쪽이거든. 그런데 문제는 그런

190

귀여운 아저씨들은 꽃미남들보다 결혼을 빨리 한단 말이야. 이
유가 뭔 거 같니?"

"아저씨잖아."

"그 사람들이 태어날 때부터 아저씨였겠냐? 사람들은 꽃미남
스타일이 경쟁률이 세다고 생각하겠지만 사실은 귀여운 아저씨
스타일이 오히려 구하기 힘들단 말이야. 그런 귀여운 아저씨 스
타일에 결혼 안 한 남자를 어디서 만나면 나한테 바로 연락해
줘. 바로 연락해야 돼, 알겠지? 그런데 너, 데이트는 어땠어?"

"그럭저럭. 형부가 소개시켜준 회계사는 주말에 몇 번 더 만
났고, 언니가 소개시켜준 사람은 언니랑 셋이서도 만나고 둘이
서도 만났어. 은근히 미식가라서 서로 좋은 음식점 소개시켜주
는 정도. 참, 내가 얘기했었니? 형부가 소개해준 그 사람, 우리
언니랑도 아는 사이야. 동아리 후배래."

"그래? 혹시 그 사람, 너희 언니 짝사랑했던 거 아냐?"

"네 말 듣고 보니 그런 것도 같다. 우리 언니 얘기를 아주 많
이 하긴 해."

"그건 할말이 없어서일 수도 있지. 공통적인 화제가 부족하니
까."

"그런가?"

"혹시 그 사람이 네 언니를 좋아했다고 해도 그런 건 다 지나
간 일이고, 누구는 그런 일 없냐? 너는 누가 더 마음에 드니? 결
정했어? 그리고 둘 다 계속 만날 수는 없잖아."

"둘 다 만나면 안 되는 거니?"

"그걸 지금 말이라고 하니?"

"둘 다한테 벌써 얘기 다 했는데."

"정말이니? 그래, 그러니까 그 사람들은 뭐라 그래?"

"둘 다 별말 없던데."

수진은 대책 없다는 표정으로 나를 쳐다보았다. 그리고 그래, 참 잘했어, 라고 위로인지 핀잔인지 알 수 없는 말을 했다. 그러는 사이 오랜 시간을 함께 나눈 연인들처럼 숙성되고 깊은 맛을 간직한 레드와인 한 병이 모두 비워졌다.


"여보세요."

누구 목소리인지 단번에 구분해낼 수가 없다. 남자들의 목소리는 대개 다 비슷하게 들린다. 특히 잠결에는. 게다가 어제 모처럼 열심히 마신 술도 덜 깼다.

"안녕하셨어요."

이렇게 짧게 말하면 도무지 누구인지 알 수가 없다. 둘 다 아직 내게는 익숙하지가 않다. '퓨전요리'인가, '표준식단'인가 판단이 서질 않는다. 나는 적당히 대답한다.

"그럼 그때 봅시다."

약속장소와 시간을 정하는 걸로 통화는 싱겁게 끝났다. 나는 묻어 있는 잠을 털어내려 창문부터 열었다. 사랑은 내 것으로 하고 싶은 욕심. 결혼은 서로 내 것 하고픈 사람끼리, 다른 건 필요 없다고 생각되면 하는 것. 하지만 두 남자 다 그런 생각이 들진 않았다. 특이한 요리나 최고로 잘 만든 요리라는 건 그저 한번 먹어보는 걸로 충분한 거 아닌가. 그런 요리를 매일 먹으면서 살아가야 한다고 생각하면, 좀 망설여진다.

약속을 한 사람은 미국에서 온 언니 친구, '퓨전요리'였다. 알고 보니 그는 내가 나온 대학에서 동양철학을 공부하고 있었다.

"혹시 일본요리 좋아해요?"

"일본요리면, 스시, 덴푸라, 스키야키, 그런 거요? 글쎄요, 먹어볼 기회가 별로 없었어요. 뭐, 오늘 한번 먹어보죠. 안내하세요."

그가 안내한 식당은 호화스럽지 않은, 깔끔하고 단정한 일본 전통의 분위기가 나는 일본음식전문점이었다.

"뭘로 할까요?"

그가 물었다.

"제일 맛있는 걸로 해요."

"스시, 생선초밥 괜찮겠어요?"

"좋아요."

스시의 백미라는 생선초밥. 밥 위에 살짝 얹어진 갖가지 생선을 보니 일본요리는 눈으로 먹는 요리라는 생각이 절로 들었다. 그리고 한 가지 의문점이 생겼다.

"그런데 이런 걸 요리라고 할 수 있을까요?"

내 질문에, 말 잘하고 아는 것 많은 '퓨전요리'는 어리둥절해

했다. 나는 계속 얘기했다.

"뭉친 밥 위에 와사비를 살짝 바르고 사시미를 얹어놓은 것에 불과하잖아요. 저는 요리라고 하면 끓이고 지지고 볶고 해서 원래는 없던 새로운 맛을 만들어내는 거라고 생각하거든요."

"일본인들은 나영씨와는 정반대로 생각했던 거 같아요. 그러니까 전통적으로 식품에 될 수 있는 대로 기술을 가하지 않고 자연에 가까운 상태로 먹는 것을 최상으로 생각한 거죠. 가장 신선할 때 날로 먹고, 날로 먹을 정도가 되지 못할 때 굽고, 그것도 안 되면 끓이고 조리고 뭐 그러는 거죠."

지지고 볶는 과정 없이 너무 단순하게 이루어지기 때문에 어떻게 잘라서 예쁘게 담아내는가에 승부를 걸 수밖에 없는 듯한 생선초밥의 맛을 음미하면서 나는 생각했다. 사랑을, 이를테면 요리라고 생각한다면 처음부터 성급하게 요리할 필요는 없다. 있는 그대로 본래의 그 맛을 느끼고 아는 게 먼저다. 이건 무슨 맛일 거야, 라고 기대하고 그 방향으로 끌고 간다면 재료의 참맛을 충분히 살릴 수 없다.

요리에 신경을 써야 할 때는 본격적으로 연애가 시작되는 시점부터이다. 처음 데이트 약속을 정하는 순간부터 상대방의 말에 귀를 기울이고, 배려도 하면서 서로를 조절해나가야 한다. 거기까지는 아무 문제 없었다. 분명히 그랬다. 그런데 마지막으로 맛을 보고 간을 맞추는 그 시점에, 상만 차려서 내면 되는 바로 그때, 나는 다 된 요리를 망쳐버린 건 아니었을까. 혼자 끓어서 넘치도록 멍하니 있었거나, 다 끓지도 않았는데 속은 안 익고 겉만 익었는데 성급히 불에서 내려놓은 건 아니었을까. 결정적으로 요리솜씨를 발휘해야 하는 그 순간에 내가 멍하니 있었다는 생각이 이제야 든다. 나는 너무 늦되다.

# 흔한 재료, 색다른 메뉴

"전에 말하던 회사 사람은 요즘 어때?"

오랜만에 유리에게 전화를 걸어서 나는 그렇게 물었다.

"그 사람, 회사 옮겼어. 그리고 MBA 때문에 유학갈 계획이래."

"그럼, 못 보겠네."

"아니, 요즘도 가끔 만나긴 해."

"너, 그 사람이랑 정말 연애라도 하는 거니?"

지훈이라는 애인을 두고도 새로운 남자를 쉽사리 받아들이는 유리의 마음을 나는 한편으로는 이해하고 싶어하면서도 어떨 때는 몹시 딱하다는 생각이 든다. 그리고 나와는 정말 다르구나, 하고 느낀다. 만약 내게 지훈 같은 애인이 있다면 다른 남자는 그 누구라도 눈에 안 들어올 것 같다. 그런데 유리는 지훈에게서 돌아설 생각이라곤 조금도 없으면서 끊임없이 마음 한 구석에 다른 남자를 들여놓는다. 수진은 유리가 그러는 데는 다 이유가 있다고 했다. 수진의 말에 따르면 그건 유리가 갖고 있는 고유한 성격에서 비롯된 문제만은 아니며 절반의 책임은 지훈에게 있다는 것이다.

"그러다가 그 사람이랑 너무 가까워져서 너, 지훈이 차버리는 거 아냐?"

"아냐. 얼마 전에 그 사람 결혼했어. 혼자 유학가는 것보다는 여자가 있는 게 나을 것 같아서 결혼했대. 그냥 자포자기해서 결혼해버린 것 같아."

"그러면 회사도 그만두고 결혼도 하고, 그런데 넌 왜 만나?"

똑같은 경우 수진이었다면 나는 그 남자를 만날 수도 있다고 여겼을 것이다. 수진에게는 남자들 대부분이 친구일 뿐이다. 그러나 유리는 아니다. 이성으로서의 가능성이 아예 없는 남자만이 친구가 될 뿐이다. 그리고 내가 아는 한 유리에게는 그런 남자는 있으나마나 해서 아예 만날 필요가 없어진다.

유리는 그에 대해 더이상 아무 말도 하지 않았다. 회사의 그 남자의 경우는 유리가 완전히 헛물켠 건지도 모른다. 유리를 결혼 상대자로 고려했다면, 어쨌건 연락이 닿는 상황에서 아무런 시도도 해보지 않은 채 그런 식으로 포기하고 단지 필요에 의해 결혼해버릴 수는 없는 거다. 처음부터 그는 유리와의 미래 따위는 안중에도 없었고, 그저 만나서 놀 상대가 필요했던 건지도 모른다. 어쩌면 그 점에서는 유리도 마찬가지였을지도 모르지만.

"나영아, 나 요즘 지훈이랑 사이가 안 좋아. 지훈이가 뭘 오해한 거 같아. 지훈이가 너한테 아무 말 안 해?"

"나, 지훈이 만난 지 꽤 됐어."

남자 친구는 아무리 친해도 여자 친구와는 좀 다른 것 같다. 성우와 헤어진 후 나는 수진이나 은주와는 더 자주 만나고 유리와도 훨씬 자주 통화하게 되었지만 지훈과는 아니었다. 전처럼 지훈이 마냥 편하게 만나지지가 않는데 이유는 잘 모르겠다. 유리와 지훈 사이에 무슨 일이 있는 걸까. 유리는 지훈이 자꾸 피하는 것 같다는 말을 참 어렵게 돌려서 했다.

"그럼 내가 지훈이를 한번 만나볼게."

사실 나는 둘 사이에 개입하고 싶지 않다. 내가 나서지 않아도 유리는 이미 혼자서 해볼 만큼 해봤을 것이다. 그런데 나는 또 유리를 도와주겠다고 약속해버렸다.

이런 얘기를 수진에게 해야 하나 말아야 하나 고민했지만 내 능력만으로는 아무래도 해결이 어려울 것 같아서 수진에게 의논을 했다. 지훈이 유리에 대해서 뭔가 오해하고 있는 것 같은데 어쩌면 좋을지 모르겠다고. 수진은 냉정하게 말했다.

"모른 척해."

며칠 후 마침 지훈에게서 그런저런 안부전화가 걸려왔고, 우리집 근처에 있는 포장마차에서 잠깐 만나기로 했다. 수진의 충고대로 모른 척할 수가 없었다. 내가 나서서 해결될 일인지 아닌지는 모르겠지만 뭐가 문제인지 제대로 알지도 못하고 둘 사이가 멀어지는 걸 가만히 보고만 있을 수는 없다는 게 내 결론이었다.

"너, 유리랑 무슨 일 있니?"

지훈이 부어주는 소주를 잔에 받으며 내가 물었다. 지훈은 아무 말도 없이, 자신의 잔에 소주를 부어 단숨에 마셨다.

"야, 안 뺏어먹을 테니까 좀 천천히 마셔."

나는 지훈의 빈 잔에 술을 채워주었다.

"유리를 도무지 이해할 수가 없다. 넌 유리 친구니까, 아니, 여자니까 알겠지. 유리가 어떤 여자인지."

지훈은 내가 부어준 소주를 또 단숨에 마신 후 그렇게 이야기를 시작했다. 지훈은 유리가 자신과 만나면서 얼마나 많은 거짓을 보였는지 얘기했다. 그리고 유리를 아는 사람들이 지훈에게 어쩌다가 저런 애를 만나게 됐냐며 안됐다는 눈초리로 쳐다볼 때의 기분에 대해서도. 그리고 정확하게 얘기하지는 않았지만 유리의 최근 회사 남자에 대해서도 아는 눈치였다.

"그래서 넌 잘 알지도 못하고 하는 그 사람들 말 때문에 지금 이러는 거야?"

나는 우선 그 사람들이 유리를 오해하고 있다고 말했다. 그리고 유리가 지훈이, 너를 좋아하는 게 맞다고, 그래서 잘 보이고 싶어서 말을 꾸미게 되는 거라고. 그랬더니 지훈은 되물었다. 걔가 날 좋아하는 게 맞을까, 내가 가진 걸 좋아하는 게 아니고…… 뭔가 단단히 틀어진 것 같았다.

"너, 이것밖에 안 되니? 사람들이 유리를 잘 알지도 못하고 하는 얘기 때문에 네가 이러고 있는 거 우습지 않아? 말도 안 되는 얘기는 이제 그만 하자. 유리는 이 세상 누구보다 내가 제일 잘 알아."

지훈이랑 언쟁을 하다보니 자꾸 술병만 늘어갔다. 그리고 술기운에 말이 점점 더 심해지고 있었다.

"정말 그럴까? 네가 잘 아는 유리의 모습이 유리의 전부가 아닐지도 모른다는 생각은 안 해봤니?"

"그런 게 어딨어?"

"그럼, 난 어때? 네가 잘 아는 내가 나의 전부여야 하는 거니? 언제까지 너한테 나는 그래야 하는 거니?"

지훈이 무슨 말을 하고 있는 건지 잘 모르겠다. 유리 얘기를 하다가 갑자기…… 내가 지훈이한테 뭘 잘못했나. 내가 너무 유리 편만 들어서 얘가 삐쳤나.

"네가 모르는 나를 알게 된다면 넌 어떻게 할 거니? 그러면 그 새로운 나를 넌 받아들일 수 있겠니?"

"무슨 얘기인지 잘 모르겠어. 하지만 어쨌든 새로운 너든 내가 몰랐던 너든 간에 그게 너라면 받아들여야겠지. 넌 내 친구니까."

"친구? 만약에 네가 몰랐던 내가 우리 사이, 친구라는 그 사이를 위태롭게 한다면, 그렇다면……"

"야, 네가 어디서 무슨 잘못을 어떻게 저질렀는지 모르지만, 그렇다고 널 배신하진 않을 테니까 걱정하지 마."

"넌 날 배신하진 않는다? 그래, 좋아!"

나는 지훈에게 다 털어놓아보라고 다그쳤지만 지훈은 더이상 나아가지 않았다. 화제가 편치 않아서인지 오늘따라 지훈이 이상하게 굴었다. 지훈은 집까지 나를 데려다주겠다고 했다. 정신은 말짱한데, 정말정말 말짱한데 아스팔트가 자꾸만 치솟아올라서 제대로 걸을 수가 없다.

일어나자마자 냉장고에 든 시원한 물부터 마셨다. 그리고 해장국을 끓였다. 전날 남은 밥도 있고 하니 콩나물국밥이 간단할 것 같았다. 간밤에 그렇게 술을 많이 마시게 될 줄 알았으면 숙취해소음료라도 미리 먹어두는 건데. 예상대로 되는 게 아무것도 없다.

포장마차를 나와, 혼자 갈 수 있다고 우기는데도 지훈이 집까지 데려다주겠다고 해서 같이 걸었던 것까지는 기억이 나는데, 집까지 어떻게 왔는지는 기억이 나지 않는다. 정말 오랜만에 필름이 끊겼다.

예전에 나는 술을 좋아했다. 술이 맛있다는 주당까지는 아니지만, 술자리 분위기가 좋았다. 술을 마실수록 점점 더 솔직해지고 대담해지는 그 분위기. 하지만 요즘 나에게는 술을 마시면서까지 솔직해질 마음도, 술의 힘을 빌려서까지 대담해질 만한 사건도 없다.

아침부터 지훈에게서 전화가 왔다.

"잘 잤니? 밥 먹었어? 잘 챙겨먹어."

그 일상적인 말들에 기분이 이상해졌다. 어제 우리 사이에 무슨 일이 있었나? 입이 근질근질했다. 전화를 끊고 지훈이 했던 말들을 기억 속에서 끄집어내 편집하고 다시 생각해보았다. 뭔가 있는 것도 같았다. 아니, 분명 뭔가 있었다. 아, 그래, 그랬었지. 어제 술을 너무 많이 마신 탓에 감정이 갑자기 복받쳐서 아무 이유도 없이 내가 울었던 것 같다. 그게 전부다. 그런데 정말 그게 전부인가?

어제 나는 지훈과 유리를 다시 연결시켜주려고 만났다. 그런데, 결과적으로 나는 그들 관계에 아무런 도움도 안 됐다. 술 취해서 지훈에게 추한 모습만 보이고. 잘하려고 했는데 왜 일이 이렇게 되는 것인지. 아무튼 그건 그렇고. 어제 내가 그렇게 불쌍해 보였나. 지훈이 얘는 왜 안 하던 짓을 하는 거지? 하룻밤 사이에 얘가 뭘 잘못 먹었나? 아니면, 나처럼 술이 덜 깼는지도 모른다. 아, 속 쓰려.

술은 '불타는 듯한 화끈한 물'이라는 뜻의 '수불'이 어원이라고 한다. 도무지 합해질 수 없는 불과 물이 함께 있는 것이 술이다. 어떤 사람은 술의 힘을 빌려 꺼져가는 것에 불을 지피고, 어

202

떤 사람은 술 때문에 타오르는 것에 물을 끼얹는다. 어젯밤 나는 술로 무엇을 했을까. 선명히 기억나는 것, 조금씩 기억이 돌아오는 것, 아예 기억나지 않는 것 가운데 핵심은 어디에 있는 것일까.

"아무래도 아닌 것 같아."

나는 유리에게, 사실은 소개로 두 남자를 동시에 만났고, 둘 다 아닌 것 같다고, 그래서 편하게 친구로 지내기로 합의를 봤다고 말했다.

"그런 게 어딨어?"

유리는 대뜸 그렇게 말했다. 그러고는, 도대체 너까지 왜 그래, 하더니 일방적으로 전화를 끊어버렸다. 왜 유리가 나한테 화를 내는지 모르겠다. 기분 나쁜 일이 있었는지도 모른다. 그렇지만 내일이면, 아니 모레나 글피쯤이면 아무 일 없었던 것처럼 분명 다시 전화할 것이다. 우리는 그런 사이다. 한 몇 달 못 만나도 똑같은 그런 친구 사이.

유리가 뭐든 다 말하는 건 아니라는 걸 나도 알고 있다. 그게 중요하지 않아서건 혹은 자신에게 이롭지 않아서건. 아무리 친해도 자신의 자리를 나에게 내어주면서까지는 아닌 것도 알고 있다. 하지만 그건 유리만 그런 것도 아니다. 세상이 원래 그런 거고, 친구도 그래서 그런 거다. 그러니까 두 자리쯤은 넉넉히 차지할 수 있는 인생이어야 여유롭게 친구랑도 다 좋게좋게 지낼 수 있는 거다.

다시 전화벨이 울렸다. 유리였다.

"나영아, 미안해."

나는 아무 말도 하지 않았다. 화가 나서가 아니다. 무슨 말을 해야 할지 알 수가 없었다.

다음날 수진이 집으로 찾아왔다. 전화가 왔는데 피곤해서 좀 낑낑댔더니 아픈 줄 알고 학교 갔다 오면서 우리집에 들렀다. 내가 생각보다 멀쩡해 보였는지 수진은 또 머리 아픈 얘기를 꺼낸다.

"지훈이는 도대체 정체가 뭐니?"

무슨 이유인지 모르겠지만 흥분한 수진이 목소리를 높이며 계속 말했다.

"유리에 대해 화만 낼 일은 아니라는 생각이 들어. 정말로 지훈이가 유리에게 속해 있다는 자신만 있다면 유리가 널 경계할 이유도 다른 남자를 기웃댈 이유도 없을 테니까."

이제야 수진이 그 동안 무슨 생각으로 내게 묘한 말들을 했는지 알 것 같다. 그러니까, 유리는 지훈을 뺏길까봐 나를 경계한 거였다. 그게 유리의 진실이든 아니든 수진에게 더이상 유리 편을 들어줘봤자 소용이 없을 것 같다. 특히 이렇게 수진이 도저히 못 참겠다는 표정으로 할말은 해야겠다고 나섰을 때는.

"그런데 유리는 왜 지훈이가 좋을까?"

나는 수진에게 물었다.

"너는 도대체 지훈이에 대해 뭘 아는 거니? 지훈이가 지금 하고 있는 일은 뭐니?"

"걔가 말한다고 내가 아니?"

"그거 해서 지훈이 도대체 얼마나 버니? 더 단도직입적으로 지훈이, 돈 많니?"

"그런 게 나랑 무슨 상관이 있어?"

"너랑은 상관없지만, 아니 넌 관심도 없지만 유리는 관심이 많을 거다. 너, 유리네 집 사정이 어떤 줄은 아니?"

"넌 알아?"

"우연히 알게 됐어. 나는 유리가 사는 거 걱정 없는 집 애인 줄 알았어. 걔, 하고 다니는 것도 그렇고 말하는 것도 그렇잖아. 지금은 좀 나아졌겠지만, 아버지 회사 부도나서 망하고 한동안 친척집에 얹혀지낼 정도로 아주 어려웠었나봐. 조교가 나더러 장학금을 양보하면 어떻겠냐고 하면서 그 얘기를 꺼내더라. 조교는 내가 유리 형편을 당연히 알고 있을 거라고 생각했겠지."

"왜 나한테 말 안 했니?"

"넌 거짓말 못 하잖아. 연기도 못 하고. 알았으면 절대로 태연하게 넘어가지 못했을걸. 유리는 우리한테 그렇게 보이고 싶어 하질 않아. 그런 걸 아는 우리랑 계속 이렇게 지내고 싶지 않을지도 몰라. 처음에는 유리가 한 번도 우리한테 솔직했던 적이 없었던 것 같다는 생각까지 들었어. 이젠 잊어도 될 일인데 그게 잘 안 된다."

"왜 사람들은 잊어도 되는 건 안 잊고, 잊지 말아야 할 건 곧 잘 잊어버리는 걸까?"

"나영아, 너는 뭐 잊은 거 없니?"

나도 잠시 잊고 있었다. 내가 지훈을 사랑했었다는 거. 유리 때문에 잊고 있었다. 하지만…… 결국…… 잊혀지는 건 잊어야 한다고…… 잊어도 된다. 나는 그렇게 생각한다.

# 메뉴판에는 없는 메뉴

해결하고 싶은 일이 있다. 꼭 내가 해결할 필요까진 없을지도 모르지만, 그리고 내가 해결할 수 있을지 없을지도 모르지만, 모른 척하며 지나갈 수가 없다. 그건 그들을 위해서가 아니라 나를 위해서다. 내가 의도했든 아니든 나 때문에 다른 사람이 상처입는 게 싫다. 그것도 나와 가장 가깝다고 생각했던 사람들이.

언젠가는 시간이 해결해줄 일이라는 걸 알고는 있지만 지금 당장 말끔하게 정리하고 싶다. 나는 단순하고, 그리고 단순한 게 좋다.

"지훈이 일은 말이야……"

유리에게 전화를 걸어 어렵게 말을 꺼냈다.

"나영이 너한테 부담줘서 미안해. 괜찮아. 지훈이가 만나서 얘기할 게 있대. 중요한 일이래. 청혼이라도 하려나봐."

"그래, 결혼할 때도 됐지 뭐."

"이번주, 아니면 다음주 주말이면 갈 거야. 오라니까, 할말이 있다니까, 힘없는 내가 가야지."

청혼이라도 하려나봐, 그 말이 이상한 느낌으로 다가왔다. 그리고 유리의 말 한마디한마디가 어딘가 비틀린 것도 같았다. 그러나 이번에도 나는 무슨 일인지 감을 잡을 수가 없다.

유리는 내가 전화를 건 이 주 후에 올라왔다. 여름휴가를 앞당겨 낸 모양이었다. 올라왔다는 전화를 받고도 한참 소식이 없었다. 나는 걱정이 되었지만 꾹 참고 있었다. 어쩌면 정말로 좋은 일일지도 모른다. 지훈을 만나느라 정신이 없는 건지도.

수진은 내가 연애를 제대로 못 하는 결정적인 이유가 집중력이 없기 때문이라고 했다. 한 가지에 집중하면 다른 건 잊어야 하는데 그러질 못하고 이것저것 신경을 쓴다는 것이다. 내게는 늘 그 한 가지가 문제다. 뭐가 제일 중요하고 소중한지 도무지 골라내질 못하겠다.


초인종이 울렸다. 밤늦은 시간에 찾아올 사람이 얼른 떠오르지 않았다.

"나, 유리야."

문을 여니까, 정말 유리가 서 있었다. 못 본 지 몇 달 만이다.

"어떻게 된 거야? 들어와."

"나, 여기서 자고 가도 되지?"

"그래. 그런데 어디서 오는 길이야?"

"지훈이 만났어. 김지훈이라고 너도 알지?"

유리를 자세히 보았다. 술을 마신 것 같았다.

"야, 너 취했니?"

"아니, 말짱해."

"아니, 너 취했어."

나는 꿀물을 타서 유리에게 주었다.

"도대체 얼마나 마신 거니? 지훈이랑 이렇게 마신 거야? 지훈이는 집에 갔어?"

"갔겠지."

"얘가 지금 무슨 소리 하는 거야."

"나, 안 취했어. 지훈이 보기 싫어서 혼자 놔두고 몰래 여기로 온 거야."

"야, 그러면 어떡해. 지훈이 걱정하겠다."

"괜찮아."

그러더니 유리는 침대에 웅크리고 누웠다. 화장도 안 지우고 옷도 안 갈아입고, 이대로 자면 불편할 텐데, 하는 생각도 들었지만 가만히 놔두기로 했다. 내 경험에 의하면, 술에 취하면 목이 마르고 그래서 꼭 자다가 깨게 된다. 물론 그것도 인사불성이 되도록 취하지 않은 경우에 한해서겠지만. 나는 조용히 일어났다. 그때, 자는 줄 알았던 유리가 눈을 감은 채로 말하기 시작했다.

"나영아, 너처럼 태평스런 애는 처음이야. 넌 이 세상이 어떻게 돌아가는지, 사람들이 무슨 걱정을 하는지, 속으로 무슨 계산을 하는지 모르지? 아니, 너는 사람들이 겉으로는 웃으면서 속으로는 울지도 모른다, 그런 생각 안 해봤지?"

"나도 내가 한심하다는 거 알아."

사실 나는 유리가 말하는 그런 세상의 계산에는 정말로 무지했다. 물론 나도 걱정을 하긴 한다. 하지만 그런 문제는 나와는 대개 상관없는 세계의 일이다. 계산하기 좋아하는 사람은 계산하고, 계산 없이 사는 사람은 또 그렇게 사는 것이다. 세상 사람들 모두가 계산과 계략과 음모의 세계에서 살 이유도, 그럴 필요도 없는 것이다. 쉽게 말해서 성격대로 사는 거다. 치밀한 인간은 치밀하게, 단순한 인간은 단순하게.

"그런 뜻으로 한 말 아니야. 처음에 난 너 같은 애는 세상을 잘 못 살 줄 알았어. 모르는 게 너무 많으니까."

"그래, 그래서 나 이렇게 엉망이잖아."

"넌 그렇게 생각하니? 네가 엉망이라고? 아니야. 넌 잘살고 있어. 네가 사람에 대해 세상에 대해 따지지 않는 만큼 세상도 너한테는 너그러웠어. 네가 알지 못하는 나쁜 일이나 복잡한 일은 세상에서 일어나지 않거나 없어도 되는 일처럼 생각될 정도야."

그럴지도 모른다. 하지만 모르고 지나가는 나는 괜찮지만 다 알고 있는 내 주위의 사람들은 조금쯤은 괴롭고 번거로울지도 모른다.

"너도 알다시피 난 따지기 좋아해. 사랑만 해도 그렇지. 누가 날 좋아하면 저 사람은 날 왜 좋아할까부터 시작해서 뭘 바라는 걸까, 어떻게 하면 잘될까, 결국 어떻게 될까, 생각에 생각이 꼬리를 물어. 사랑도 내 작전대로, 계획대로 움직이지 않으면 화가 나. 그래서 그 사람이 내가 생각하는 대로 움직이게 만들려다보면 어느새 그 사람을 내가 사랑하는지 안 하는지는 잊게 돼. 하지만 넌 달라. 그냥 좋아하고, 그냥 사랑해. 따지지 않아. 난 네가 뭐 어째서 좋고 또 싫다고 말하는 걸 본 적이 없어."

"네가 대신 해주잖아."

"그래서 그게 너의 그 사랑에 영향을 줬니?"

"……"

익숙하다는 것이, 늘 함께였다는 사실이 아무 의미 없이 느껴질 때가 있다. 친하다는 말이 포함하고 있을지 모를 그 수많은 모순들. 사랑한다는 것은 그만큼의 기대치를 포함하고 있기 마련이니까. 아무것도 원하지 않는 사랑은 존재하지 않는 건지도 모른다. 무언가를 기대해도 된다고 생각했는데, 그냥 그런 건 없는 모양이다. 언제나 당연하게 함께 자연스러울 수 있는 관계란 어디에도 존재하지 않는 걸까. 유리를 보면서 나는 쓸쓸해진다. 준 만큼 받을 수 없는 사랑은 쓸쓸하다. 준 만큼 받기를 원하면 쓸쓸해진다.

"나는 어릴 때부터 잘하는 게 하나도 없었어."

"너, 예쁘잖아."

"요즘 나 정도 예쁜 건 예쁜 것도 아니잖아. 돈만 있으면 얼마든지 고칠 수 있는 게 얼굴이잖아. 언제부터 나는 돈이면 불가능한 게 없다고 생각하는 사람이 됐을까? 잘난 남자와 보란 듯이 결혼해서 그 인간들을 싹 무시해주고 싶었어. 치사하게 말도 안 되는 일 시키는데 꾹 참지도 않을 거고, 버티는 이유가 뭐냐고 눈치도 안 받을 거야. 내가 부양가족이 왜 없어? 나는, 나는 누가 책임져."

유리는 확실하게 취했다. 술이 억눌렸던 것을 풀려나오게 하는 마법의 약이라도 되는 걸까. 술에 취하지 않았다면 유리는 절대 이런 말을 나한테 하지 않았을 거다. 술이 깨고 이런 말을 한 걸 알면 후회할지도 모른다. 그래서 갑자기 날 멀리할지도 모른다. 그렇다고 그것 때문에 지금 유리의 말을 막을 수는 없지만.

"나영아, 언젠가 네가 그랬지. 요리는 맛, 영양, 모양이 중요하다고. 나는 영양가 있는 결혼이 하고 싶었어. 더 솔직히 말하면 최대한 남는 장사를 하고 싶었다는 얘기지."

"그렇게 말하지 마. 진심도 아니면서. 결혼은 사랑하는 사람과 해야 하는 거잖아."

"사랑? 가능하면 나도 그러려고 했지. 언젠가는 그렇게 될 줄 알았고. 그런데 문제가 생겼어. 지훈이가 헤어지재. 자기가 좋아하는 사람은 내가 아니래. 그것도 처음부터. 늦게 말해서 미안하대. 그래도 더 늦기 전에 말하는 게 좋을 것 같았대."

"……"

"나영아, 너 왜 나한테 아무 말도 안 했어?"

"나, 아무것도 몰랐어. 지훈이가 그런 말 안 했단 말이야."

지훈이 나한테 새로운 여자에 대해 말해야 할 의무 같은 건 없다. 하지만 그래도 이건 뭔가 이상하고 섭섭했다. 나는 지훈에게 성우와 헤어진 것도 이야기했고, 아직도 성우의 그림자에서 못 벗어나고 있는 나에 대해서도 제법 솔직하게 얘기했었다. 그리고 새로운 남자 둘에 대한 솔직한 심정과 적나라한 평가도 얘기했었다. 내가 그런 이야기를 하는 동안 저는 꾹 입 다물고 있다가 내 뒤통수를 때린단 말이지. 나는 지훈에게 배신감을 느꼈다. 그리고 궁금했다.

"지훈이가 좋아한다는 새로운 여자가 누군지 물어봤어?"

"안 물어봤어. 알고 싶지 않다고 딱 잘라 말했어. 이제 어쩔 거냐면 말이야, 난 지훈이 포기 못 해. 어떻게 날 싫어할 수 있어? 어떻게 날 마다할 수 있냐구."

나는 내 친구를 슬프게 한, 지훈의 새로운 여자에게 분노를 느꼈다. 그렇지만 이건 공평하지 않다. 내가 화를 내야 하는 상대가 있다면, 그건 내가 모르는 그 여자가 아니라 결국 일을 이렇게 만든, 내가 잘 아는 지훈일 것이다. 그러나 실연이 함께 있던 두 사람 중 한 사람은 떠나고 한 사람이 남는 일이라면, 어차피 공평할 수도 없고 공정할 수도 없다. 실연은 어떤 이유로, 어떤 식으로 헤어지든 간에 한 사람이 더 오래 상대방이 떠나버린 자리에 남아 견뎌야 하는 것이니까.

하지만 떠난 사람이라고 마음이 좋고 홀가분하기만 할까. 함께한 시간들을 모조리 머릿속에서 삭제시킬 수 없는 한 떠난 사람에게도 상처는 남을 것이다. 누가 잘하고 잘못했든 누가 먼저 떠나고 누가 더 오래 남았든, 실연도 일종의 실패이고 좌절이니까. 떠난 사람도 남은 사람도 내가 잘 알고 좋아하는 사람이기 때문에 혼란스럽다. 나는 어쩌면 두 사람을 다 위로해주어야 할지도 모르겠다. 하지만 어떻게? 내 문제도 해결 못 하는 내가 어떻게?

나의 실연을 돌이켜보자면 실연에는 단계가 있다. 처음에는, 냉정히 보면 분명한 실연의 징후들을 인정하지 않는다. 그는 전화를 하지 않고 이런저런 이유들을 대며 만남을 피하고 미래에 대해 말하기를 주저하지만, 나는 계속해서 그럴듯한 변명들을 만들어내고 실연이 아닐 수 있는 근거들을 수집하여 자신을 설득하고 안심하려고 애쓴다. 실연의 조짐이 점점 명백해지는데도 인정하기는 쉽지 않다. 결국 그가 헤어짐을 이야기하고 끝을 향한 줄다리기가 시작되어 실연이 본격화되면 화를 내기 시작한다. 처음에는 그에게, 그리고 끝내는 나에게. 멍청한 자식, 어디 가서 잘사나 두고 보자. 나쁜 놈. 그의 나쁜 점들을 열거하며 헤어지길 잘했다고 생각하게 된다. 그리고 복수를 결심한다. 죽여버리겠어. 끝장내버리겠어. 이를 갈다가 결국 눈물을 흘린다. 그리고 나를 학대하기 시작한다. 정신을 잃을 때까지 술을 마시고 재떨이가 넘치도록 담배를 피우고, 음식물들을 닥치는 대로 먹어치우기 시작하다가 식음을 전폐하기를 반복하면서 불면과 죽음 같은 잠이 불규칙적으로 이어진다. 그러다가 얼마간 시간이 흐르면 그래, 잘됐어. 이렇게 되고 말 일이었어. 내가 그렇지 뭐. 그러고는 결국 툭툭 털고 일어나 다른 사람을 만나고 처음부터 다시 시작하게 된다.

나는 실연한 지 꽤 되었지만 아직 그 모든 단계를 통과하지 못했다. 나보다 현명한 유리는 빨리 벗어날 수 있을 것이다. 그러기를 바랄 뿐이다.

전화벨이 울렸다. 유리의 말에 너무 긴장하고 있었던 탓인지 순간적으로 심장이 멈추는 줄 알았다.

"나영아."

지훈이었다.

"야, 너……"

"유리 거기 있니?"

"응."

"그럼, 내 말 듣기만 해. 유리 때문에 또 오해가 생길까봐 전화한 거야. 이제부터 넌 네가 알아왔던 나와는 다른 나를 받아들여야 할 거야. 내가 사랑하는 건 바로 너야. 처음부터 너였어. 너만 그 사실을 모르고 있었어. ……유리는 괜찮을 거야. 그애는 강하니까."

지훈은 내게 지금 무슨 말을 하고 있는 건가. 나를 사랑한다고 말하고 있는 것 같은데. 내 기분이 왜 이런 걸까.

잠이 덜 깬 상태로 멍해 있을 때는 내가 꿈을 꾼 것이라고 생각했다. 그런데 식탁 위에 유리가 남긴 메모가 놓여 있었다.

'깊이 잠든 것 같아서 안 깨우고 그냥 간다. 오늘 가야 해. 내일부터 또 출근이거든. 가서 전화할게.'

유리는 날이 밝자마자 서둘러 간 모양이다. 한숨 푹 자고 나니 기분이 좀 가벼워지긴 했다. 그러나 어젯밤 일이 꿈이 아니라면 해결된 건 아무것도 없다. 수진을 만나 의논을 해야 할 것 같다. 이건 내 힘만으로는 도저히 어쩔 수 없을 것 같다. 너무 막연하고 너무 모호하고 구조가 복잡했다. 앞으로 더욱더 복잡해질지도 모른다.

그런데 어디서부터 어떻게 이야기를 해야 할까. 유리와 지훈이 헤어지게 될지도 모르겠다. 아니, 지훈이 유리에게 헤어지자고 했다. 그런데 그게 나 때문이란다.

수진은 세미나 준비를 하고 있었다. 책상 위에 책이며 복사물들을 잔뜩 쌓거나 펴놓고는, 말끔한 식탁 위에 노트북컴퓨터를 놓고 뭔가를 하고 있었다.

"왜 거기서 그러고 있어?"

"책상이 너무 복잡해서."

"치우면 되잖아. 식탁 위에서 어떻게 그러고 있냐."

"장소가 어디면 어때? 공부를 꼭 책상에서만 하라는 법이 어딨어?"

이런 면 때문에 나는 수진을 신기하게 생각한다. 나는 공부를 하려면 책상을 정리하고 공부를 할 만한 분위기를 만드는 데에, 실제로 책상 앞에 앉아서 공부하는 데보다 더 시간을 많이 쓰는 타입이다. 그런데 수진은 때와 장소를 가리지 않는다. 마음만 먹으면 어디서든 책을 읽고 공부를 한다. 나는 집중력이 떨어지고 산만해서 수진처럼 힐 수 없다고 생각했었는데 꼭 그런 것도 아니다. 요리를 할 때면 나도 놀랄 정도로 몰입하니까. 시작한 요리가 완성될 때까지 다른 생각은 아무것도 나지 않는다. 어쩌면 나는 공부가 하기 싫어서, 어찌되었든 그걸 피하고만 싶어서 책상이나 치우고 있었던 것인지도 모른다.

"그런데 이게 다 뭐냐?"

"다 쓸데없는 거야. 진짜 중요한 건 다 여기 있거든."

그러면서 수진은 자신의 머리를 가리켰다.

"그럼 이거 좀 치워줄까?"

"치우긴 뭘 치워. 놔둬. 괜찮아. 이거 끝나면 한꺼번에 쫙 치우면 돼. 그런데 무슨 일 있어?"

"지훈이랑 유리가……"

"헤어지기라도 했대?"

"그러니까,"

"그러니까 헤어진 거니? 그렇다면 잘됐구."

"……"

진짜 상담 상대를 잘못 찾은 모양이다. 지훈이랑 유리가 언젠가는 헤어질 거라고 악담에 가까운 예언을 호언장담하던 수진에게 그애들의 이별을 어떻게 막으면 될지 의논하려고 했다니, 생각해보면 나도 참 어이가 없다. 하지만 수진도 유리가 불행해지기를 바라지는 않을 것이라는 믿음은 있다.

"혹시 진짜로 헤어진 거니?"

"응."

"잘됐네. 이제 네가 지훈이랑 본격적으로 사귀면 되겠다. 안그래?"

"되긴 뭐가 돼?"

"친구의 전 애인이라서 안 된다, 뭐 그딴 얘긴 나한테 하지도 마. 그리고 원래 순서대로 따지면, 연애가 뭐 선착순이 아니긴 하지만, 어쨌든 네가 먼저야. 너한테 우선권이 있었다고. 그걸 무시한 건 유리야. 내가 몇 번이나 말했지만 유리는 페어플레이를 하지 않았어. 뭐, 연애하면서 페어플레이를 따지는 것도 좀 웃기긴 하지. 어쨌든 개들은 언제고 헤어질 사이였어. 게다가 너 때문에 헤어진 것도 아니잖아."

"나 때문에 헤어지는 건지도 몰라."

"진짜?"

"응."

218

"그래도 넌 아무 짓도 안 했잖아. 그리고 세상 사람들이 뭐랄 것도 없지만, 뭐라고 해도 나는 네 편이야."

"지금 편가르기 할 때니? 그리고 언제부터 유리하고 내가 적이었어?"

"몰랐니? 유리는 너를 적으로 생각한 지 오래된 거 같은데. 내가 좀 심했나? 하지만 어차피 세상은 편가르기와 줄서기야. 결혼도 마찬가지야. 강한 사람과 한편이 되려고 다들 눈이 시퍼렇잖아."

"그래서 나도 지금 그래야 한다는 거니?"

"아니. 넌 안 그러려면 지훈이를 만나면 돼. 내 결론은 그거야."

수진의 이론은 언제나 명쾌하다. 내가 지훈과의 연애를 꿈꾼 건 아주 오래 전이었고, 너무 오래 꿈만 꾼 탓에 그것은 진짜 꿈이 되고 말았다. 꿈은 꿈이다. 꿈이 현실이 될 수는 없다. 꿈이 현실이 되면 반드시 상처를 받게 되어 있다. 어쨌든 나는 이번에는 수진의 처방을 따를 수 없다.

"나영아, 조금만 기다려주라. 이거 조금 있으면 끝나거든. 이거 끝나면 편하고 길게, 지훈이랑 너의 미래를 진지하게 얘기해보자."

"지훈이랑 나의 미래는 그만 신경쓰시고 공부나 하셔. 나는 여기서 혼자 놀고 있을 테니까."

그럴 리는 없겠지만 혹시 요리책 같은 건 없나 해서 나는 수진의 책들을 뒤적거리다가 잠이 들어버렸다. 고민을 하느라고 잠을 설친 탓이다. 요란하고 끈질긴 전화벨 소리에 잠을 깼다. 수진은 공부에 집중하느라 전화벨 소리를 못 들었는지 노트북 컴퓨터만 뚫어져라 쳐다보고 있었다.

"수진아, 전화 왔어."

그제야 수진은 자리에서 일어났다. 전화를 받는 내내 별말 없이 듣고만 있던 수진이 꽤 긴 통화를 끝냈다.

"너, 무슨 전화를 그렇게 받아? 남자구나."

"내가 누굴 좋아하게 될 것 같다는 얘기, 했었잖아."

"언제?"

"하여튼 했어."

얼핏 기억이 났다. 사랑하는 사람이 있는데 결혼까지는 생각하고 싶지 않다고 했었다. 하지만 새삼스러울 것도 없는 일이라 새겨두지 않았다. 다른 사람 눈에는 어떻게 보일지 모르지만 수진은 누굴 만나는 동안만은 늘 사랑한다고 생각했고, 그럼에도 결혼하고 싶다는 말은 한 번도 하지 않았었다. 표현만 다를 뿐 그 이야기가 그 이야기 아닌가. 그리고 그 말을 들은 내가 사랑하는데 결혼을 못 할 이유가 있냐고 물었던 기억도 난다. 그때 수진의 대답은 간단했었다. 사랑이 일상적이 되어버리는 게 제일 끔찍하다는 것이다. 하지만 나는 수진과는 반대로, 사랑이 일상적이 되기를 바란다. 사랑해서 불편해지는 건 딱 질색이다. 그러니까 그때 수진과 나는 완전히 동문서답을 한 꼴이었다.

"무슨 문제라도 있는 거니?"

"약간 곤란한 문제가 있어. 여자가 있어."

"싫다는 남자한테 매달리는 여자가 요즘도 있냐? 뭐, 있을 수도 있겠지만 일방적인 건 어차피 끝나게 되어 있는 거잖아. 그 여자랑 끝나면 너랑 사귀면 되는 거잖아."

나도 참, 모르는 여자라고 말을 함부로 한다. 하지만 어디까지나 나는 내 친구 편이고, 그래서 내 친구가 사랑하는 남자랑 이루어지길 바란다. 내가 모르는 여자는 어찌되든 상관없다는 건 아니지만, 일단은 사랑하는 두 사람이 함께할 수 있어야 하는 거 아닌가.

"싫다는 남자한테 매달리는 여자, 요즘도 있어. 너도 최소한 한 명은 알고 있을걸. 그래서 생각중이야. 왜 하필 그 남자여야 하는가. 그 여자한테 꼭 필요한 그 남자가 나한테도 꼭 필요한가."

"정말 신기하다. 그게 그런 식으로 생각이 되는 거니?"

"이게 바로 내 문제지. 생각 안 하고 뛰어들 수 있으면 간단한 건데 말이야. 머리로 생각을 하면 할수록 마음에서 멀어져. 이번에도 혹시 그럴까 해서, 자꾸 생각을 해보는 거야."

"그런데 그 싫다는 남자한테 매달린다는 여자는 어떤 여자야?"

"예쁘고 착하고, 한마디로 좋은 아내지 뭐."

"뭐? 아내? 그럼, 그 여자 유부녀야? 세상에. 그럼 결혼까지

한 여자가 다른 남자를 만났던 거야?"

"다른 남자? 아니야. 그 여자가 그 남자 부인이야."

나는 멍해졌다. 세상에 사랑하지 않아야 할 사람이 정해져 있는 건 아니지만 내 친구가 이미 결혼한 남자를 사랑하다니. 그것도 냉철하디 냉철한 수진이가. 도저히 믿어지지 않았다.

"처음부터 알고 시작한 거였니?"

"아니, 몰랐어. 결혼했다고 얼굴에 써놓고 다니는 것도 아니고, 명함에 '아내 있음'이라고 박아놓고 다니는 것도 아니잖아. 알고 나서도 멈추기가 어려웠던 것뿐이야. 그 남자랑 나, 잘될 것 같니? 너의 느낌을 말해줘."

아니, 안 될 거야. 되면 안 돼. 그러다가도 된다고 말해주고 싶고. 나 아니면 누가 이 말도 안 되는 사랑에 빠진 수진에게 된다는 말을 해줄 수 있을까. 누구나 최고로 사랑하는 그 사람과 이루어지는 것은 아니라는 걸 안다. 누구나 자신이 좋아하는 음식만 먹으면서 살 수는 없는 것처럼. 경제적 형편이 여의치 않을 수도 있고, 사회문화적 관습상 금지되는 음식들도 있는 것이다.

"오래된 사이니?"

"좀 됐어."

"그런데 왜 여태 나한테 아무런 내색 안 했어?"

"너도 그 동안 편안했던 거 아니잖아. 성우 문제, 넌 아무렇지 않은 척했지만 난 네가 참 잘 견디고 있다고 생각했어. 은주랑 석호 일 때문에 네가 마음 아파하는 거 보고, 너 자신의 일에는

222

저것보다 더 마음 아플 텐데 하는 생각도 했고. 나까지 그러면 네가 너무 힘들어할 것 같아서. 그리고 너, 은근히 보수적이잖아. 내가 말했으면 너 말렸을 거잖아. 지금도 말리고 싶잖아. 너, 나 걱정되지?"

그러니까 수진은 내가 이해를 못 하고, 그래서 방해를 할 거고, 그러다가 안 되면 화낼 거고, 마침내는 괜한 걱정만 할 거라고 생각했다는 거 아닌가. 그래, 분명 나는 그랬을 거다. 하지만 그렇다고 해서 말하지 않다니. 나에 관한 거라면 뭐든지 시시콜콜 다 털어놓는 내가 좀 바보 같다는 생각에다가, 그렇게 내가 믿을 수 없는 인간이었나 하는 한심함까지 더해져 좀 심란했다.

수진은 그 동안 있었던 일을 일목요연하게 설명하기 시작했다. 나는 듣고만 있었다. 수진 말로는 그 남자의 결혼생활이 처음부터 원만하지 못했다고 한다. 그러니까 그 부부 사이가 나빠진 건 꼭 자기가 끼어들어서가 아니라는 것이다. 이미 틈이 벌어질 대로 벌어진 부부인데 수진이 나타나서 그 틈이 아주 확실해졌을 뿐이라는 것이다. 하지만 나는 그 말이 곧이곧대로 믿어지지 않았다. 수진은 정말 그렇게 생각하는 것 같지만 그건 그렇게 생각하고 싶어서 합리화한 면이 없지 않을 것이다.

"사실 결심이 서지 않았었는데 너랑 얘기하면서 그 남자랑 헤어지기로 마음을 굳혔어."

나는 수진의 이야기가 어떻게 돌아가는지 파악이 되지 않아서 가만있었다. 수진은 잘될 것 같으냐고 물어본 지 십 분도 지나지 않아 헤어져야겠다고 말한다. 어쩌면 잘될 수 없다는 것을 알고 있고, 헤어져야 한다는 것을 이해하고 있으면서도 수진은 계속 그를 만나왔을 것이다. 머리로는 되는데 마음으로는 안 되는 것이 사랑이라는 걸 나도 모르지 않는다.

"그 남자의 아내를 만났어. 나한테 원하는 게 뭐냐고 묻더군. 그 여자가 그렇게 물으니까 비로소 내가 그 남자에게 원하는 게 과연 뭔가, 그런 생각이 들었어. 아내와 이혼하고 나와 결혼하는 것? 아니면 이런 식으로 비정상적인 연애만 하는 것? 둘 다 아닌 것 같기도 하고, 둘 다인 것 같기도 했지. 나는 내가 원하는 걸 모르지만 그 여자는 알지도 모른다는 생각이 들었어. 그래서 내가 그 여자에게 물었어. 당신은 원하는 게 뭐냐고. 그 남자를 모르던 시절로 돌아가고 싶다더군. 나도 가만히 생각해보니 그랬어."

"너, 많이 힘들었구나."

"결혼한 남자를 사랑한다는 건 타인에게 비난받는 불륜이라서보다, 그 남자의 두번째 여자라는 사실 때문에 불행해지는 것 같아. 아무리 나를 가장 사랑한다고 말해도 나는 언제나 두번째지. 첫번째가 아니어도 견딜 수 있는 사람만이 그런 사랑을 계속할 수 있는지도 모르겠다."

"그 부인은 계속 그러고 살겠대?"

"어떤 남자에게 다시 첫번째 여자가 될 자신이 없다더라. 자기도 처음부터 남편 불륜 상대나 찾아다니면서 나는 이혼 못 하

224

니 이대로 연애만 하면서 살든지 말든지 마음대로 하라는 말 하고 다니는 시시한 여자는 아니었다고, 나한테 자신처럼 되지 말라더군. 그 남자가 얼마나 나쁜 놈인지 알겠더라. 그 남자는 자기 아내뿐만 아니라 결국 나한테도 나쁜 놈이 될 거야. 그는 이미 내 인생을 방해하고 있으면서도 그걸 잘못이라고 생각하지도 않아. 그런데 내가 그를 계속 사랑할 수 있을까. 아마 결국은 후회하게 되고 말 거야. 그리고 그때는 이미 많은 것이 지나간 후겠지. 그러고 싶지 않아. 사랑은 내게 아무것도 아니야. 왜냐하면 나에게 아무것도 해줄 수 없으니까."

나는 할말이 없었다. 우리는 저마다의 이유로 침묵한다. 상처 주고 싶지 않아서, 걱정시키고 싶지 않아서, 달라질 게 없어서, 결국 아무것도 아니어서 말할 수 없는, 말하지 않는 사랑이 있다. 수진은 혼자 시작하고 혼자 끝냈다. 친구라고 해서 내가 이러고저러고 할 여지는 조금도 없었다. 그것이 설사 상처로 남을 일이라고 하더라도 숨기거나 하지 않는다는 게 그나마 위로가 된다.

"나영아, 다 끝나고 말해서 섭섭하니?"

"아니. ……응, 조금. 섭섭해."

"나라도 그럴 거야. 넌 나한테 그러지 마라. 나도 다시는 안 그럴 거야."


수진의 고백과 결심을 듣고 나니 맥이 빠져서 걸을 힘이 나지 않았다. 택시를 잡아타고 집에 거의 도착할 즈음부터 비가 내리기 시작했다. 잠시 내리다 그칠 줄 알았던 비가 계속해서 줄기차게 내리고 있다.

예상 못 한 비를 맞아서 그런지 좀 춥다. 따뜻한 음식이 먹고 싶다. 칼국수나 수제비, 김치부침개 같은 거. 추운 마음까지 훈훈하게 해주는 그런 음식.

비 때문인지 성우 생각이 난다. 도서관 앞에서 우산을 씌워주던 성우. 그날 우리는 처음으로 같이 무언가를 먹었다. 국물이 시원한 해물칼국수였다. 그 집이 아직도 거기에 있을까. 비가 오는 날에는 외출하기 싫으니까, 집에서 직접 밀가루 반죽을 해서 수제비나 칼국수를 끓여먹어도 좋은데. 성우는 밀가루 반죽을 아주 잘한다. 비 오는 날 우리집에서 둘이서 칼국수를 해 먹은 적도 있었다. 거기다가 김치부침개를 곁들이고 또 소주까지 있으면 뭘 더 바랄까.

우리는 누군가와 같은 집에 살면서 오순도순 지내는 꿈을 꾸었는지도 모른다. 그래, 그렇게 살고 싶었던 것 같다. 그러나 바라던 대로 되지 않았다. 연애는 실패했고 무수한 기억만 남았다. 기꺼이 나는 다시 연애를 하고 싶지만 이제 바라는 것이 있다면 앞으로 내 인생에 연애는 한두 번, 아니, 마지막이었으면 싶다. 그래, 이제 꿈꾸어야 할 것은 마지막 연애다.

# 꿈의 요리

언니와 만나서 점심을 같이 먹기로 했다. 며칠 전부터 칼국수가 먹고 싶었는데, 언니도 마침 그런 밀가루 음식이 먹고 싶다고 했다. 나는 성우랑 전에 갔던 그 해물칼국숫집으로 언니를 데리고 갔다. 해물과 야채를 듬뿍 넣은 칼국수를 아주 푸짐하게 담아주는 집이다.

"언니, 우리 만두도 먹자."

언니와 나는 이마에 땀까지 흘리면서 맛있게 먹었다. 언니가 잘 먹어서 안심이 되었다. 맛있는 식당이 있다고 일부러 데리고 왔는데 상대방이 영 시큰둥하면 그것처럼 무안한 일이 없다.

"얼굴이 까칠해 보인다. 잠 못 잤니?"

언니가 물었다.

"잠을 너무 많이 자서 그런가?"

"잠을 많이 잔다고 잘 자는 건 아니겠지."

"그건 그래. 꿈을 많이 꿔."

"넌 아직 애인가보다. 난 꿈 같은 거 꿔본 지 오래된 것 같은데. 도대체 무슨 꿈을 꾸는데?"

"대부분 자고 일어나면 기억이 안 나거든. 그런데 오늘 새벽에 꾼 건 기억나. 신선처럼 생긴, 머리카락이 새하얀 할아버지가 반짝반짝 빛나는 구슬을 줬어."

"그거 좋은 꿈인 것 같은데."

"정말? 그럼, 그 꿈, 언니가 사라. 좋은 꿈이라면서. 그러니까 언니가 사."

"그래, 그러자. 얼마 주고 살까?"

나는 꿈을 많이 꾸는 편이다. 그렇지만 암시나 예언에 속하는 꿈은 아닌 것 같다. 꿈이 현실로 그대로 나타나는 경우도 있지만 그건 어디까지나 내가 너무 간절히 바랐기 때문이다. 그러니까 칼국수가 먹고 싶으면 꿈에 칼국수를 먹고 있다거나 하는 것, 그리고 결국 이렇게 칼국수를 먹게 되는 것. 그리고 누군가가 보고 싶으면 꿈에 나타나기도 한다. 그래서 예전에는 꿈에 지훈이 자주 나왔다. 물론 내가 기억하고 있는 초등학교 시절의 지훈이었다.


혼자서 드라마를 보고 있다. 정말 오랜만이다. 한동안 나를 비롯한 주변 사람들의 실연에 정신이 팔려 가상의 인물들의 연애에 정신을 쏟을 여유가 없었던가보다. 시작하는 두 주 동안 보고 쭉 못 봤는데, 후반부로 가는 지금까지도 얘기는 조금도 진전되지 않았다.

내가 제일 싫어하는 드라마는 착한 사람과 나쁜 사람으로 확연히 구분해놓고, 착한 사람은 너무 착하고 둔해서 나쁜 사람이 나쁜 줄도 모르고 바보같이 속아넘어가는 그런 유의 드라마이다. 저게 뭐야, 도대체 왜 저러는 건데, 짜증내면서도 계속 보게 만드는 드라마 말이다. 그리고 결과도 뻔하다. 착한 사람은 결국 행복해지고, 나쁜 사람은 모든 것이 들통나서 끝장나버린다. 싫다고는 했지만 사실 그런 해피엔드가 아닌 다른 결말을 나는 상상해본 적도 없고 또 생각하고 싶지도 않다.

전에는 텔레비전을 보면서 한없이 집중하고 있는 나 때문에 불안해지곤 했었다. 그런데 요즘은 아무것에도 집중 못 하고 있는 내가 불안하다. 이 사람, 저 사람, 미친 듯이 좋아서 정신이 없었는데 이제는 이 사람이다, 싶어서 들여다보고 있으면 이내 아니라는 생각이 든다. 누구도 예전처럼 좋아지지가 않는다. 그리고 누군가를 좋아하는 내 마음을 이제는 내가 도저히 믿어줄 수가 없다.

세상이 뜻대로 되어주는 것이라면 얼마나 좋을까. 누구도 상처입지 않고, 그래서 누구도 미워하지 않고 한세상 살다 갈 수 있다면 얼마나 좋을까.

유리가 우리집에 왔던 그날에 대해 우린 셋 다 더이상 얘기하지 않았다. 유리는 자기가 어떻게 해서 우리집에서 자게 되었는지 기억나지 않는다고 했고, 지훈도 어쩌면 유리만큼 취해서 그날 내게 했던 말을 기억조차 못할지도 모른다. 그러니까 어쩌면 나만 잊으면 되는 일일지도 모른다. 제발 그게 아니라고 말하지 마라.

지훈을 직접 만나기 전까지 나는 우리의 상황에 대해, 아니 관계에 대해 다 이해했다고 여겼는데 그렇게 쉽게 넘어갈 수 있는 일이 아니었던 모양이다. 모든 것들이 다시 엉클어지고 말았다. 아직 입으로 내뱉어 관계가 확정되거나 돌이킬 수 없는 치명적인 사건이 벌어진 것은 아니지만, 분명 우리에게 미묘한 어떤 일이 이미 일어나버린 것 같다.

지훈을 만나고 있다. 이건 새삼스러울 게 없는 일이지만, 그런데 그게, 그러니까, 연애가 시작되는 그 비슷한 느낌으로 만나고 있다. 아니, 솔직히 말하면 뭐가 뭔지도 모른 채 만나고 있다. 하지만 만나지 않을 수 없다. 만나지 않는 게 더 이상하다. 그리고 이런 식으로 해서 우리가 만나지 않게 된다면 정말 우스울 것 같다.

유리가 내 친구만 아니라면, 문제가 될 건 아무것도 없다. 이 세상에 오직 하나여야 하는 그 사랑을 찾을 때까지 가능한 한 여러 사람을 사귀어봐야 한다는 게 평소의 내 생각이었으니까. 지금 내가 만나고 있는 남자가 전에 다른 여자를 사귀었던 건 아무 문제도 안 된다. 오히려 반가운 일이다. 바보가 아니라면 적어도 그 여자에게 했던 실수나 잘못을 나에게 똑같이 하지는 않을 거고, 그 여자보다는 나라는 확신이 있어서 나를 선택한 것일 테니까.

그리고 이건 내가 오래 전에 아주 간절하게 꿈꾸었던 일이다. 내가 가장 사랑하는 바로 그 사람이 나를 사랑하게 되는 것. 지나간 일이지만 내가 가장 사랑했던 그 한 사람이 바로 지훈이었고, 그런 그가 이제 나를 사랑하려고 한다. 그리고 지금 나에게는 사랑해야 할 사람이 없다. 최적의 타이밍은 아니지만 나쁘지는 않다.

문제는 이 하나를 얻고 내가 잃을 수 있는 또다른 하나이다. 전에는 둘 다 가지고 있었는데, 이제는 둘 다 가질 수는 없게 될지도 모른다. 나는 아무것도 잃어버리고 싶지 않다. 더이상은 아무것도 잃고 싶지가 않다. 그런데 어떻게 하면 그럴 수 있는지 그 방법을 알 수가 없다.

수진은 도대체 뭐가 문제냐고 한다. 내가 '유리는?' 하고 물으면, 냉정하게 '유리는 그때 네가 어떻게 될지 생각했을 거 같아?' 하고 되물었다. 정말 중요한 건 그게 아닐지도 모른다. 사실은 어색해서 견딜 수가 없다. 전에는 아무렇지도 않던 것들이 이제는 모조리 신경쓰인다. 싫은 건 분명 아닌데 도저히 좋다고 말할 수도 없다.

이런 내가 매일 아침 지훈의 옆에서 당연한 듯 눈을 뜰 수 있을까. 휴일에 둘이서 신나게 늦잠을 자고 깨어났다가 몇 번이나 권태로운 사랑을 하고 그대로 잠들어버렸다가, 다시 눈을 뜨면 둘 다 배가 고파 어쩔 줄 몰라하다가 냉장고에 남은 재료로 무엇이든 음식을 만들어 먹는 재미 같은 걸 느낄 수 있을까. 내가 골라준 그의 화장품이 조금씩조금씩 줄어들고 언젠가는 완전히 사라지는 것을 몇번이나 지켜볼 수 있을까. 그런 것들이 너무나 당연하게 여겨지는 여유와, 그런 하루하루가 언제까지든 반복되리라 믿어지는 평화를 과연 내가 지훈에게서 느낄 수 있을까.

아마 나는 서둘러서 어떤 결론에 도달하고 싶은 건지도 모른다. 그래서 순간순간 '나에게 꼭 너여야만 하는지? 그리고 너에게 꼭 나여야만 하는지?'를 탐색하고 있는 건지도 모른다. 이건 느긋하고 여유만만한 나와는 어울리지 않는 짓이다. 세상에 반드시 이 사람이어야만 하는 건 없다고? 그렇다면 우리가 누군가에게 상처를 주면서, 그리고 어색해하고 불편해하면서까지 이래야 할 필요는 없다. 하지만 돌이킬 수도 없다. 이미 일어난 일은 없었던 일이 되지 않는다. 그리고 일어난 일에는 그럴 수밖에 없는 이유가 있을 것이다. 그래, 나는 그 이유를 알고 싶은 것이다.

여행에서 돌아온 은주를 만났다. 은주는 햇볕에 타서 그런지 건강해 보였고, 그사이 머리를 짧게 잘랐다. 내가 은주를 보아온 이래로 저렇게 머리가 짧았던 적이 없었다.

"머리는 언제 잘랐니?"

"얼마 안 됐어. 괜찮아 보여?"

"예뻐. 아주 예뻐."

은주는 나처럼 변덕스러운 애가 아니었고 언제나 한결같아서 긴 머리도 십 년 가까이 유지해오고 있었다. 한 번도 다른 머리 모양을 한 은주를 본 적도 없으면서 나는 내 마음대로 은주에게 는 긴 머리가 제일 잘 어울린다고 생각해왔던 것 같다. 어쩌면 은주조차도 그렇게 생각했을지 모른다. 그런데 이제 보니 그건 그냥 익숙했기 때문이었던 것 같다.

"나 없는 동안 아무 일 없었니? 너, 연애하지?"

은주가 눈을 반짝이며 물었다.

"그래 보이니?"

"아닌가. 아닌 것도 같고. 하긴 넌 연애하면 이렇게 마르지 않지. 너 무슨 일 있어? 몸이 안 좋기라도 한 거야?"

"아니야. 다이어트를 좀 했어."

나는 은주가 걱정할까봐 거짓말을 했다.

"네가 다이어트를? 안 어울리게 무슨 짓이니? 당장 그만둬."

"알았어."

"나는 좋아졌지? 내가 이 세상에 태어나 처음으로 실연이란 걸 해봤잖니. 내가 당하고 보니까, 그 동안 내가 상처주었을지도 모를 사람들 생각이 나더라. 좀더 잘, 좋게좋게, 나는 아니라는 걸 보여줄 수도 있었는데, 너무 못되게 굴었던 것 같아."

"그런 생각 할 여유까지 생겼어? 정말 좋아졌나봐."

"생각을 바꿨으니까. 살 이유가 없어진 것 같아서 잠깐은 아주 힘들었어. 십 년 세월을 석호와 나는 하나라고 생각했었으니까. 하지만 그 추억 때문에 내 미래를 버릴 순 없는 거잖아. 석호는 나를 떠났지만 그런 석호를 내가 과연 떠날 수 있을지 자신이 없었어. 원인을 알아야 해결책도 있는 거잖아. 처음부터 다시 생각해봤지. 내가 왜 석호를 좋아했을까부터."

나도 사실은 그게 참 궁금했었다. 석호는 특별히 매력이 있는 애가 아니다. 이제 와서 하는 얘기지만 허풍이 심하고, 농구를 좀 하는 것 외에는 그저 평범한 남자아이였다. 은주가 좋아하지 않았다면 난 한 번도 석호를 자세히 보지 않았을지도 모른다. 그런데 참으로 묘한 것이, 인간은 누구나 자세히 들여다보면 한두 군데쯤은 매력이 있다는 것이다. 좋게 보기 시작하면, 나쁜 아흔여덟 가지가 좋은 한두 가지에 묻혀버리기도 한다. 어쩌면 사람들이 정이라 부르는 것 때문인지도 모르겠다.

그렇다면 정과 사랑은 어떻게 다르고 어떻게 같은 것일까. 사랑은 짧고 정은 길다? 연애는 짧고 결혼은 긴 것처럼? 생각해보면 누군가에게 내가 첫눈에 반한 건 지훈이 유일했고 세월을 오래 두고 정이 들 대로 든 건 성우가 유일했다. 그렇다고 지훈에게 정이 들지 않은 것도 아니고 성우를 사랑하지 않은 것도 아니다. 십 년 가까이 줄기차게 연애를 해왔는데 제대로 된 답은 하나도 나오지 않는다.

그런 십 년을 꼬박 은주는 한 남자만 사랑하고 정이 들었다.

은주에게는 나와는 다른 해답이 있을까.

"석호가 날 좋아해줘서 그게 좋고 고맙고 기쁘고 그랬던 것 같아. 그거였어. 석호가 나를 선택해서 내가 그 선택에 따른 게 시작이었어. 특별한 게 있다면 그게 내 인생에 처음이었다는 것 뿐이었어. 그래도 농구할 때 골 넣고는 나를 향해 손 흔들던 그 모습까지 다 잊으려면 시간이 걸리겠지. 그런 생각을 하면 난감 했었지. 그런데 생각을 바꿨어. 꼭 잊어야 하는 건 아니라고. 석호와 보낸 그 시간을 다 지우고 나면 내 인생에 지워버려야 할 게 너무 많아. 그래서 이제는 안 잊혀져도 그만이다, 아니, 잊을 필요 없다, 그렇게 생각하기로 했어."

"그게 맞는 것 같다. 다 잊을 필요는 없어."

"나는 정말정말 최선을 다했으니까, 후회도 없어. 나영아, 너 는 어때? 성우와의 관계에 최선을 다했니? 아쉬운 거, 후회되는 거 없어?"

"모르겠어. 처음에는 우리가 헤어진 이유가 너무너무 분명하 다고 생각했었는데 이제는 점점 더 그게 아닌 것 같고, 아무튼 모르겠어. 하지만 생각하기 싫어. 생각해서 뭐 하겠니?"

이럴 때 생각은 아무 도움도 안 된다. 그 생각은 과거의 것이 고 미래와는 아무런 연관도 없을 것이기 때문이다. 나는 더이상 어쩔 수 없는 그 시간에 머물고 싶지 않다. 지금까지도 충분히 어리석었다. 그러니 이제는 그저 처음부터 있지도 않았던 사람 처럼, 아무 일 없었던 것처럼 담담해져야 한다. 내 모든 지난 실패한 연애처럼. 그리고 다시 시작해야 한다.

"나, 요즘 지훈이 만나."

"……"

내 고백에도 은주는 멀뚱멀뚱 쳐다볼 뿐이다. 그래서 나는 다시 한번 고백한다.

"나, 지훈이랑 연애한다니까."

"아, 그 얘기였어? 지훈이랑 만난다니, 난 또 무슨 말인가 했네. 잘됐다."

"이게 정말 잘된 걸까?"

"너, 지훈이 좋아하잖아."

"내가? 아니야!"

나는 내 진심을 들킨 것처럼 화들짝 놀라서 부인했다.

"그럼 지훈이를 좋아하지도 않으면서 그렇게 자주 만났단 말이야?"

"친구잖아."

"그 동안 둘 다 너무 친구인 채로 지내려고 노력했던 거 아니니? 너랑 지훈이 정말 이상했거든. 어찌 보면 애인 같기도 하고, 또 어찌 보면 남매 같기도 하고."

"넌 지훈이 어떻게 생각해?"

"내 생각이 뭐가 중요해? 굳이 말해야 한다면, 나도 지훈이 마음에 들어. 한결같고 편안하고, 잘생겼고. 생각해보니까 정말 괜찮은데. 나도 연애하고 싶다."

"하면 되지."

"하면 될까?"

"안 될 게 뭐 있어."

"그럼, 이번에는 내가 선택할 거야. 그리고 내가 선택한 그 사람이 내 선택에 답하도록 할 거야."

은주는 아주 씩씩해졌다. 내가 당황스러울 정도로. 실연은 어쩌면 일상적인 일일 수도 있다. 실연을 있어서는 안 될 불행으로 만드는 것은, 괴로워하면서 그 시점으로부터 한 걸음도 벗어나지 못하는 사람들이다. 은주와 헤어져 집으로 돌아오면서 나는 사랑이 더이상 우리를 불행하게 만들지 못했으면 좋겠다는 생각을 했다.

새로 맡게 될 요리강습 때문에 지현의 조언을 받았다. 이전에 내가 주로 강의했던 건 베이커리였는데 이번 강의는 간단한 상차림이었다. 어떤 식사가 간단한 것인지 일단 감이 오지 않는데다가 강의 대상이 초보 주부들인 것도 고민스러웠다. 실질적인 도움을 주고 싶은데 뭐가 필요한지 몰랐다.

지현은, 일단 보통 여자들은 간단하게 김밥이나 잡채를 해 먹자고 하면 짜증부터 낼 거라고 했다. 김밥? 잡채? 나한테는 쉬운 요리에 속하지만 초보자에게도 그럴까? 먹기에 간단해서 그렇지 만들기는 간단하지 않다. 지현은 특별히 많은 과정이 필요하지 않은 요리, 시간이 오래 걸리지 않는 요리, 직장에 다니는 주부라면 주말에 한꺼번에 준비해서 일주일 내내 먹을 수 있는 음식들 같은 아이템은 어떻겠냐고 했다. 그리고 그 전화 끝에 심심하다면서 집으로 한번 놀러 오라고 했다.

지현의 집에 무얼 좀 만들어 갈 생각으로 일찍부터 서둘렀다. 지현의 딸 예지가 무얼 좋아할까. 건강에도 좋고, 맛도 끝내주는 걸로. 내가 만들 수 있는 아이들 간식을 모두 생각해보고는 바삭한 크러스트와 호두가 어우러져 고소한 맛을 내는 호두파이로 결정했다.

예지는 벌써 내가 들고 온 꾸러미에 눈이 가 있다. 제 엄마를 꼭 빼닮은 예지의 땡그란 눈이 반짝거렸다. 나는 이 반짝이는 천사의 눈 때문에 이 집에 올 때마다 특별히 음식을 만들어 온다.

"이모야, 이거 뭐야?"

"우리 예지 먹을 거."

"또 뭘 해가지고 온 거야?"

나는 지현에게 음식꾸러미를 건넸다.

"예지야, 잠깐 기다려. 엄마가, 이모가 가지고 온 거 예지 그릇에 딱 담아서 줄 테니까. 호두파이네. 맛있겠다. 나영아, 뭐 마실래? 식혜 한 거 있는데 그거 줄까?"

지현은 식혜와 딸기와 호두파이를 내왔다. 식혜는 너무 달지도 않고 싱겁지도 않고 시원하고 맛있었다. 그런데 식혜가 두 그릇뿐이었다. 한 그릇은 이미 예지가 먹고 있는 중이었다.

"넌 안 먹니?"

"예지 먹을 때마다 같이 먹으니까 자꾸 살이 찌는 것 같아. 신경 좀 써야 해. 우리 점심은 뭐 해 먹을까?"

"됐어."

"되긴 뭐가 돼? 점심 같이 먹자고 부른 건데. 먹고 싶은 거 없어? 먹고 싶은 거 해 먹으면 더 좋잖아."

"네가 해주면 다 맛있어."

"너 우리 그이랑 똑같은 소리 한다. 참, 은주는 어때? 괜찮니?"

"왜 나는 괜찮냐고 안 물어보냐?"

"너? 네가 왜?"

"정말 너무한다."

"너야, 괜찮지. 이런 음식 만들어낼 정신이 있는 애야, 당연히 괜찮은 거지. 삶의 의지가 불타고 있잖아. 야, 얘기하다보니 늦었다. 점심 먹어야지."

"대충 먹자. 밥이랑 있는 반찬 해서."

"그럼 우리 비빔밥 해먹을까?"

지현은 찬밥에 나물, 시금치, 쇠고기를 넣고 비빈 후 소금, 참기름, 깨소금을 넣은 후에 달걀 한 개씩을 넣어 전자레인지에서 살짝 익힌 뒤 잘게 자른 김과 실고추를 얹어 조갯국과 함께 내왔다. 새로 담근 김치가 아주 맛있었다.

"은주가 새로 누굴 만나면 좋을 텐데. 너 아는 남자 중에 괜찮은 사람 없냐? 남는 남자 있으면 친구랑 나눠 쓰고 그래라. 남주기는 아깝고 내가 가지려니까 좀 그렇고. 왜, 그런 남자 있잖아. 아주아주 괜찮은데 흠이라면 단지 나랑 사이클이 안 맞는 것뿐인 그런 남자."

"글쎄다. 그래도 되려나 모르겠다. 꼭 먹기 싫어서 주는 것 같잖아."

"너한테 찬밥이라고 은주한테까지 찬밥 신세란 법은 없지. 찬밥도 잘만 하면 이렇게 괜찮은 별식이 되잖아."

아주아주 괜찮은데 흠이라면 단지 나랑 사이클이 안 맞는 것뿐인 그런 남자라면…… '표준식단'을 은주에게 소개시켜주면 어떨까. 한번 자리를 만들어봐야겠다. 아주 자연스럽게.

점심 먹은 걸 치우면서 지현이 말했다.

"나, 다음달부터 정식으로 요리 배우기로 했어."

"네가 배울 게 뭐가 있어?"

"그러는 너는? 아직도 요리 스크랩하고 새로운 식당 찾아다니고 먹어보고 만들어보면서 너만의 레시피를 만들고 있잖아. 요리에 끝이 어디 있겠니? 내가 정말 잘하는 건 요리밖에 없다는 생각이 뒤늦게 들었는데, 욕심을 내기 시작하니까 부족하고 아쉽고 모자라는 것들이 눈에 띄어. 나중에 내 식당을 차릴 수도 있고. 뭐 다른 걸 할 수도 있지만 기회가 있을 때 배우고 싶어."

음식솜씨 좋은 지현이 엄마는 한식당을 했었다. 지현이가 가끔 식당 일을 도왔었는데 그게 지겨워서 절대 식당 같은 건 하고 싶지 않다는 말을 누누이 했었다. 어쩌다 마음이 달라졌을까.

절대로 안 하겠다는 말은 어찌해도 그걸 하게 될 것 같아서 뻗대어보는 말이었을까.

"그런데 우리 예지 때문에 걱정이다. 시어머니한테 맡기려니 눈치 보이고 어린이집 같은 데 보내기엔 아직 너무 어리고. 적당한 사람 알아보는 중인데 쉽질 않네."

"나한테 맡겨."

"안 돼, 애. 그리고 너도 일하잖아."

"아직 안 바빠. 우리 둘이 시간 맞추면 되잖아. 내가 얼마나 애를 좋아하고 잘 보는데. 난 정말 예지처럼 예쁜 딸 하나 있었으면 좋겠다."

"결혼해."

"누군 안 하고 싶어서 안 하는 거니? 그런데 너는 예지로 끝이니? 승희처럼 둘째 소식 없어?"

"지금은 좀 그렇다. 나중에 여유가 생기면 우리 신랑 꼭 닮은 아들 하나 더 낳고 싶은 마음은 있지. 사실 우리 예지가 너무 나만 쏙 빼닮아서 남편한테 좀 미안하거든."

"별게 다 미안하다."

"우리 예지 보면 우리 엄마 생각이 나. 나도 우리 엄마랑 꼭 닮았다는 말 많이 들었거든. 엄마 돌아가시고 나니까 너무너무 후회되는 일이 많아. 잘해드리지 못한 것도 그렇고 음식 배우라는데 싫다고 짜증부린 것도 그렇고."

지현의 음식솜씨는 거의가 다 자기 엄마한테 물려받은 거다.

차근차근 하나하나 손수 일러주신 것들이다. 그리고 지현이 엄마의 음식솜씨는 종갓집 며느리였다는 지현이 외할머니로부터 물려받은 것이다.

"너, 장 가지고 가라. 이번에는 내가 담갔더니 맛이 좀 그렇긴 하지만. 엄마 하던 거 기억해서 하려니까 말이야. 시어머니한테 전화해서 물어보고 그랬는데, 좀 다르더라. 그래서 집집마다 장맛이 다른가. 우리 엄마가 한 거랑 비슷하긴 한데 딱 그 맛은 아니야. 나도 요즘 너처럼 생각날 때마다 레시피를 기록해둬. 우리 예지한테 물려주려고. 남편도 자기 말로는 그래. 우리집에 와서 내가 만든 음식 한 번이라도 먹어본 사람들은 정말로 결혼 잘했다고 난리들이라서 절로 어깨가 으쓱해진대."

어떤 남자들은 음식솜씨 같은 건 여자라면 누구나 타고나는 줄 아는데, 그건 결코 그렇지 않다. 내가 아는 많은 여자들이 음식을 할 줄 모르고 또 그 때문에 스트레스를 받는다. 지현의 남편은 자기가 얼마나 복 받은 사람인지를 알고 있고, 그래서 그 특별한 재능을 오직 자신과 아이를 위해서만 쓰는 지현에게 고마워했다. 지현이 그 재능을 제대로 발휘해보고 싶어한다면 분명 아낌없이 도와줄 사람이었다.

"그럼, 진짜 결혼 잘했지. 일단 다른 건 다 제쳐두고 어디 가서 너처럼 음식 잘하는 여자를 만나겠냐?"

"왜 여기 또 있잖아."

지현이 나를 가리키면서 말했다. 지현은 예지를 데리고 차 타

242

는 데까지 따라나와서 나를 배웅해주었다.

"꼭꼭 쌌는데 냄새 안 나려나 몰라. 조심해."

지현이 처음으로 자기 손으로 직접 담근 된장과 간장, 고추장에 김치까지 얻었다. 갑자기 부자가 된 기분이다. 언제 기회가 되면 장 담그는 것도 배워둬야겠다.

# 식재료 바로 알기

집에 돌아와서 지현이 준 음식들을 챙겨넣고 한숨 돌리고 보니 휴대폰에 부재중 전화기록과 문자메시지가 남아 있었다. 형부였다.

— 처제, 전화해줘.

시계를 보았다. 형부는 아직 집에 들어가지 않았을 것이다. 형부의 휴대폰으로 전화를 했다.

"처제, 우리집에 좀 와줘."

침착하지 못한 들뜬 목소리로 형부는 대뜸 그렇게 말했다.

"언니한테 무슨 일 있어요?"

도대체 무슨 일인지 짐작이 가지 않아서 내가 물었다.

"언니가 임신을 했어. 오늘 같이 병원 갔었다니까. 어떻게 축하를 하면 좋을까? 너무 요란떨면 부담될 것 같아서. 아무튼 오늘 저녁식사 같이 해, 처제."

형부가 이렇게 횡설수설하는 건 처음이다. 언니와 형부는 계획이 있어서 아이 갖는 걸 미루었던 게 아니었던 건가. 2세를 갖는 일이 물론 중차대한 일이니 백일이나 돌잔치에 초대받는 일은 가끔 있지만 임신 축하 자리에 초대받기는 처음이다. 잠시 상상해보건대 이런 날은 둘이 보내는 게 더 좋을 것 같다.

"두 분이서 하시죠. 나는 다음에 해도 되는데."

"아니야. 처제 덕분이야."

"예?"

"처제가 우리 아기 태몽을 꿨잖아."

"무슨? ……아!"

언니에게 꿈을 판 것이 생각났다. 형부가 그런 이야기를 믿다니, 참. 그런데 그게 정말 태몽이었나. 이 대책없는 운명주의자들에게 더이상의 거절은 예의가 아닐 거 같다.

"형부, 축하해요. 언니 집에 있어요? 제가 지금 갈게요."


나른한 초여름날의 오후. 올해는 여름이 일찍 시작되는 것 같다. 이런 날에는 시원한 냉면이 먹고 싶어진다. 더 더워지기 전에 아버지한테 다녀와야겠다. 거기는 에어컨도 없고 선풍기도 고장나 있기 일쑤다.

아버지랑 둘이 살았지만 우리 부녀는 서로 마주 보고 전전긍긍하는 타입은 아니었다. 아버지는 없으면 안 된다, 싶을 때 겨우 얼굴 내미는, 그런 사람이었다. 초등학교 육학년 때였던가. 내가 생리를 시작할지도 모른다고 생각했는지, 아버지는 어디서 구해왔는지 생리대 뭉치를 내놓으셨다. 나는 그때 그게 뭔지도 몰랐고, 아버지도 필요하게 될 거라는 말만 했었다. 나는 아버지의 침실에서 가끔 여자들의 누드사진이 실린 잡지를 보거나 아버지의 책장 위에서 야한 영화 테이프를 발견할 수 있었다. 아버지와 나는 서로 알면서도 모르는 체 지나갔다. 우리 부녀의 모든 일은 그렇게 지나갔다.

아버지는 해물을 좋아한다. 그래서 나는 아버지 집으로 가는 길에 시장에 들러서 싱싱한 해물이랑 생선을 샀다. 손질한 생선을 냉동실에 차곡차곡 넣었다.

"아버지, 소금간 다 되어 있으니까 그냥 하나씩 꺼내서 구워 드시면 돼요. 아셨죠?"

"어릴 때는 안 그렇더니 왜 점점 네 엄마를 닮아가냐? 내가 애냐? 뭘 그렇게 꼬박꼬박 챙겨?"

"남자는 다 애라면서요."

"그 남자에 나는 안 들어간다."

"엄마는 아버지도 애라던데요."

남자와 여자가 어린애 같아지는 게 부부라는 말이 있다. 그렇다면 내 눈에 아이처럼 보이는 남자가 남편감일까. 아니면, 어떤 남자 앞에서 내가 애처럼 굴 수 있다면 그 남자와 결혼해도 된다는 것일까. 끝없이 해주고 싶고, 내가 없으면 안 될 것 같고,

같이 있는 것이 순수하게 즐겁고, 바라보고만 있어도 흐뭇한 어린애를 만날 수 있을까. 그리고 누군가에게 내가 그렇게 될 수 있을까.

나는 다시마를 끓인 맛국물에 된장을 체에 걸러 풀어서 해물된장찌개를 끓였다. 된장은 지현이 집에서 가져온 걸 덜어서 가져왔다. 아버지는 '맛있구나'를 연발하시며 밥 한 그릇을 다 드셨다. 덕분에 나도 잘 먹었다. 식사는 혼자보다는 둘이 하는 게 같은 음식이라도 웬지 더 맛있게 느껴진다.

식사를 마치고 내가 설거지를 하는 동안 아버지는 내내 그냥 식탁에 앉아서 나를 바라보고 계셨다.

"아버지는 내가 결혼하게 되면 엄마에게서 더 자유로워질 테니까 좋겠지만 아직 그럴 수 없어요."

"그렇게 생각했냐? 내가 네 엄마에게서 자유로워지고 싶어한다고?"

"아니셨어요?"

"네 엄마란 사람이 날 사랑한다는 걸 알았을 때 나는 세상을 다 얻은 것 같았다. 이제부터 뭐든 열심히 해서 이 여자한테 자랑스러워지자, 그런 생각을 했지. 하지만 세상이 그렇게 만만한 것이더냐? 상처받기 싫어서 사실은 그런 것들에 무관심한 척한 거지."

아버지는 어쩌면 어머니를 더이상 사랑하지 않게 되었던 것이 아니라, 어머니와 함께 사랑하면서 처하게 된 현실을 사랑할 수 없었던 건지도 모른다. 고독을 두려워하지 않을 정도로 용감하고 이기적이었던 아버지는 허상이었는지도 모른다.

"이거 가지고 갈 수 있겠냐?"

아버지가 아이스박스를 들고 나오셨다.

"그게 뭐예요?"

"내가 오늘 잉어를 잡았잖니. 웬 건가 했더니만 새로 태어날 아기 건가보다. 아기 가진 여자는 특히 잘 먹어야 한다. 네 엄마는 젖이 안 나와서 많이 힘들어했다. 내가 그때 고생을 많이 시켰거든. 그런데 이거 가지고 갈 수 있겠냐?"

"예, 가지고 갈 수 있어요."

"고아서 먹여야 하는데, 네 언니가 할 수 있으려나 모르겠다."

이런 유의 일로 사람을 걱정시키는 여자들이 있다. 예전 같으면 여자들이 당연히 해야만 하고 잘하지 않으면 커다란 흠이 있는 것처럼 여겨지던 일. 언니는 언제나 그런 일 때문에 사람을 은근히 걱정하게 만든다. 설거지를 하다가 그릇을 깨뜨리지 않을까, 찌개를 끓이다가 데지 않을까, 음식재료를 썰다가 손가락을 베이지 않을까, 하는 걱정. 하지만 이런 유의 일 말고는 다른 어떤 걸 맡겨도 언니는 걱정이 되지 않는다.

"제가 다 알아서 할게요."

"그래, 어서 가거라."

다음에는 언니와 같이 와야겠다. 아버지가 할아버지가 된다는 생각을 하니 참 이상했는데, 언니 임신 소식에 상기된 아버지의 모습을 보니 하나도 이상하지 않다. 나도 곧 이모가 될 것이다. 내 조카는 어떤 아이일까, 벌써부터 궁금하고 기다려진다.

언니가 우리집에 왔다. 아직은 임신한 티가 그렇게 많이 나지는 않는다. 하지만 표정이 좀 달라졌다. 뭐랄까. 좀 풍만해졌다고 할까, 넉넉해졌다고 할까. 이 세상에서 인간이 만들어낼 수 있는 가장 멋지고 훌륭하고 완전한 것을 언니는 몇 달 후면 품에 안게 될 것이다. 원하는 아이를 가진 지금 언니는 아마도 미래를 다시 그리고 있을 것이다. 가장 원하던 것을 얻었으므로 이제 아마 다른 것도 얻으려고 할 것이다. 언니는 예전부터 그런 여자였고 앞으로도 쭈욱 그런 여자일 것이다.

나는 언니와 먹을 점심으로 감자칼국수를 만들었다. 그리고 지금 디저트로 수플레가 만들어지고 있다. 달걀 흰자에 포함된 공기가 오븐 속에서 열을 받아 부풀어오르게 하여 만드는 달콤한 과자인 수플레는 구운 직후 바로 먹어야 더 맛있기 때문에, 나는 언니를 앉혀두고 요리를 하고 있다.

수플레의 주재료는 달걀, 우유, 버터, 설탕, 박력분이다. 이중에서 가장 중요한 것은 달걀이다. 달걀이 신선해야 흰자 거품이 일정한 크기로 일어 잘 꺼지지 않고 고르게 잘 부푼다. 수플레가 부푸는 모양은 항상 일정해야 하지만, 반죽이 기운 정도나 주변 여건에 따라 부푸는 모양이 조금씩 달라진다. 어떤 모양이 되어 나올까 궁금해하는 것도 수플레 만들기의 즐거움이다.

나는 잘 부풀어오른 수플레를 언니가 앉아 있는 식탁에 가져갔다.

"맛있겠다."

언니가 말했다. 나는 언니를 위해 특별히 감자당근 수플레를 만들었다. 사람마다 계속 먹어도 질리지 않는 요리가 한두 가지는 있는 것 같은데, 언니에게는 감자가 그랬다. 최근에야 나는 언니의 식성을 제대로 파악했다.

"커피 마실 거야?"

"나, 이제 커피 안 마셔. 혹시라도 애기한테 안 좋을까봐."

"그래. 그럼 뭐 줄까? 주스 마실래? 딸기주스 해먹자."

나는 냉동실에 얼려두었던 딸기를 꺼내 믹서에 넣고 딸기주스를 만들기 시작했다. 언니에게 주려고 특별히 수진에게 물어 좋은 커피를 사두었는데 이건 수진에게 주어야겠다. 언니는 한동안 커피 마실 일이 없을 것 같다. 음식으로 연결되어 연상되는 사람들이 있는데, 커피는 내게 언니와 수진을 생각나게 했다. 둘은 내가 아는 사람들 중 커피를 제일 많이 마시고 좋아하는 사람들이었다.

전에 수진이 내게 이런 말을 한 적이 있었다. 대학원에 들어가 가까이서 보게 되니까, 교수님을 두 부류로 나눌 수 있다고. 여학생이 당연히 커피를 끓여야 한다고 생각하는 교수님과, 커피를 끓이는 일을 비롯한 잡무를 여자라고 무조건 제외시켜주는 교수님. 대학원에 들어간 수진을 신경쓰게 만들었던 첫번째 문제는 커피를 누가 끓이느냐 하는 것이고, 두번째 문제는 고기를 누가 굽느냐 하는 것이었다. 고깃집에 가면 수진은 남자선배들과 고기 굽는 것으로 신경전을 벌인다고 했다. 제대로 먹지도 못하고 고기가 익으면 알아서 뒤집고 있는 여자들을 보면 수진은 화가 난다고 했다. 그리고 여자들끼리 앉으면 꼭 따로 떨어뜨려서 남자들 사이사이에 끼워 앉히려는 건 또 무슨 속셈이냐고 흥분하기도 했다.

처음에 나는 수진의 불만이 이해가 되지 않았다. 나는 커피 끓이는 게 뭐 대수냐고, 하고 싶으면 하고 하기 싫으면 안 하면 되지 않느냐고 했다.

수진은 그긴 그렇게 간단한 문제가 아니라면서 말했다. 내가 못 하겠다고, 여자니까 내가 커피를 끓여야 한다는 사고방식은 잘못됐다고 말하면 그 다음은 어떻게 될까. 뻔하지. 건방지다느니, 속이 좁다느니 하면서 날 욕할걸. 그 불이익은 결국 나한테 돌아올 거야. 이건 단순히 커피를 누가 끓이는가의 문제가 아니라 권력의 문제라구.

수진이 너무 심각하게 나오길래 생각하고 또 생각하다가 내가 한 말은 겨우 이거였다. 맛있게 끓이는 사람이 하면 되잖아.

나는 수진이 하는 이야기를 다 이해하지는 못했다. 그래서 수진이 그런 일로 신경쓰더라는 얘기를 유리에게 했더니, 유리는 역시 수진은 어쩔 수 없다, 고 했다. 그리고 말했다. 나는 이렇게 생각해버려. 내가 제일 어리니까, 커피를 끓이는 거라고.

수진은 결혼을 하면 끊임없이 그런 갈등을 겪을 거라고 했다. 밥은 왜 내가 해야 하는가, 커피는 왜 내가 타야 하는가, 설거지는 왜 내가 해야 하는가, 빨래는 왜 내가 해야 하는가, 하는. 수진은 그런 자기 자신을 너무 잘 알기 때문에 결혼하기가 싫다고 했다. 밥도, 커피도, 설거지도, 빨래도 하는 남자를 만나면 될 것 같은데, 수진은 세상에 그런 남자는 없다고, 그러고도 행복해할 수 있는 남자는 더더구나 없을 거라고 잘라 말했다.

수진 생각을 하다보니 언니에게 물어볼 게 생각났다. 언니는 이미 결혼했으니까, 해보지도 않고 생각하는 우리랑은 다를지도 모른다.

"언니, 결혼은 꼭 해야 하는 거야? 나는 결혼을 하는 사람들은 정말 용감하다고 생각해. 아니, 무모하다고 생각해."

"어떤 점이?"

"결혼하고 나서도 사랑이 계속될지 어떻게 알아. 마음이 변할지도 모르잖아. 그리고 결혼하면 못 하게 되는 것도 많고. 언니도 결혼 안 했다면 다르게 살고 있을 거잖아."

"나는 외로워서 결혼했어."

언니의 생각이 아주 특별한 건 아니지만 그래도 답을 한 가지는 찾은 것 같다. 그런데 결혼을 하면 안 외로운 건 확실한가?

"그러면 결혼은 안 하고 아이만 가지면 안 될까? 외롭지 않을 수 있는 방법으로는 그게 더 확실한 것 같은데. 수진이가 그러던데, 앞으로는 세상이 점점 더 여자 쪽으로 기울 거래. 남자는 자신이 모르는 자기 아이가 세상 어딘가에 있을 수도 있지만, 여자는 자기가 모르는 아이가 세상에 있을 수 없잖아. 정말 조금씩 그렇게 되어가고 있는 것 같지 않아?"

"너희가 그런 생각을 하니까 결혼을 못 하는 거야. 정말 사랑을 해봐야 해. 그러면 그런 생각 눈 녹듯 사라질걸."

"사랑은 사랑이고 그건 그거지."

나는 씩씩하게 그렇게 말한다. 그런데 정말로 사랑은 사랑이고 그건 또다른 건가? 사람들은 사랑하면 다른 건 아무것도 필요 없다고들 쉽게 말하는데, 나도 일단은 사랑을 해야 그 다음을 생각할 수 있다고는 생각한다. 하지만 사랑하는데도 다른 걸 도저히 양보할 수가 없다면? 다시 생각해보니 문제가 될 게 없는 것 같다. 사랑은 주고받는 것이다. 내가 끊임없이 주는데 그쪽에서는 받으려고만 한다면 내 사랑이 계속 샘솟지는 않을 테니까. 상대방이 계속 그런 식이면 있던 사랑도 없어질 테니까. 그러니 어려울 게 없다. 간단한 거다. 사랑을 하기만 하면 되는 것이다.

"그래서 설마 너, 결혼을 안 하겠다는 건 아니지?"

언니가 걱정스런 얼굴로 말했다.

"아니야. 수진이가 그러는데, 나는 딱 결혼 체질이래. 수진이는 자기가 남자라면 나랑 결혼했을 거래. 요리 잘하고, 재밌고, 똑똑하면서도 내가 똑똑한 줄 모른다나."

"무슨 말인지 알겠다. 수진이 말대로 넌 머리가 좋은 편이야. 게다가 센스도 있고. 나도 남자라면 너랑 결혼하겠다. 넌 너무너무 사랑스런 아이니까. 그런데 넌 네가 남자라면 누구랑 결혼할 거니? 너도 수진이랑 할 거니?"

"나? 난 은주랑 하고 싶은데."

"왜?"

"은주가 제일 예쁘니까. 이건 농담이고. 그냥, 그런 생각이 들어."

"그런데 그건 별로 이로울 건 없겠다. 은주랑 너는 너무 비슷해서, 서로 보완적인 면이 없어. 이 세상이 얼마나 험한 곳인가를 생각하면 그건 좀 그렇다. 하지만 둘이 사랑하면 그런 건 다음이지."

나는 언니와 내가 참 다르다고 늘 생각해왔는데 그것도 아닌 모양이다. 나도 언니처럼 제대로 된 사랑을 만나고 싶다. 그래서 사랑하면 다른 건 다 그 다음이다, 라고 당당하게 말할 수 있게 되면 좋겠다.

"그럼 언니는 내가 어떤 남자랑 결혼했으면 좋겠어?"

"맛있는 걸 보면 널 제일 먼저 생각하는 사람이어야 하겠지. 너를 위해 밥상을 차려주고 싶어하는 남자면 되겠고. 내가 너희 형부한테 감동한 건, 내가 굉장히 힘들 때였는데 내 생일날 미역국을 끓여준 거야. 물론 내가 태어나서 먹어본 미역국 중에서 제일 맛이 없었지만. 설거지하고 청소하면서 널 도와준다고 생각하는 남자 말고, 집안일도 자기 일이라고 생각하는 남자여야 해. 물론 너는 요리는 당연히 잘하고 좋아하는 네가 해야 한다고 할 테지만. 그래도 그런 마음을 가질 수 있는 남자여야 해. 알겠니?"

언니는 나를 알면서도 또 모르는 게 있다. 나는 요리하는 걸 좋아하지만 혼자 하는 것보다 둘이 하는 게 더 좋다. 그러니까 혼자서도 충분히 요리할 수 있지만, 옆에서 도와주는 사람이 있으면 더 빨리 더 쉽게 더 잘할 수 있다는 얘기다. 그리고 나는 설거지하는 걸 싫어하니까 설거지를 좋아하는 남자면 더 좋겠지.

나는 언니에게 또 질문을 했다. 무인도에 가게 된다면 뭘 갖고 가고 싶으냐고, 세 가지만 고르라고. 언니는 망설임 없이 제일 먼저 형부라고 대답했다.

"그리고?"

"또? 너도 같이 갈래?"

"내가 거기 왜 같이 가? 형부랑 갈 거라면서. 눈칫밥 먹을 일 있어?"

"그러면…… 아, 있어. 아기용품들."

"하나 더 남았어."

"어…… 너희 형부가 갖고 가고 싶은 거. 그러면 세 가지 맞지?"

나는 언니에 대해 조금 더 알게 되었다. 언니는 아무 망설임 없이 형부라고 말했고, 나머지 둘은 아주 오래 생각해서 겨우 말했다. 내 생각보다 언니는 욕심이 없는 사람인 모양이다. 아니면 욕심이 없어진 걸까.

유리에게 그 질문을 했을 때, 유리는 맨 처음 옷이라고 대답했고, 그 다음은 사랑하는 남자, 그 다음은 전화라고 했다. 수진에게 그 질문을 했을 때 처음이 노트북이었고, 다음이 책이었고, 그 다음이 커피였다. 지금 나는 내게 똑같은 질문을 하려고 한다. 무인도에 가게 된다면 나는 무얼 가지고 갈 것인가? 그것도 세 가지가 아니라 오직 하나만 가지고 가야 한다면 나는 무엇을 선택할 것인가?


오랜만에 지훈을 만났다. 지훈이 어렵게 유리 이야기를 꺼냈다.
"유리를 만났어."

전 같으면 하지 않아도 될 말을 지훈이 한다. 아니, 새삼스러울 것도 없는 유리와 지훈의 만남이 갑자기 내 가슴을 철렁하게 만든다. 내가 아는 한, 그 사건 이후 그들은 만난 적이 없었다. 지훈은 나를 만났고, 나는 유리에게 전처럼 전화하지 못했다. 관계는 변했지만, 그 변화한 관계는 인정되거나 정착하지 못한 채 허공을 떠다니고 있었다.

"데이트를 했어."
"뭐?"

나는 기어이 과민반응을 보이고 만다. 왜냐하면 지훈과 유리가 연인이었던 시절에도, 적어도 지훈의 입을 통해서 데이트 운운하는 얘기는 들어본 적이 없기 때문이다. 나는 상상한다. 지금 지훈은 내게 그들의 관계가 다시 시작되었음을 선언하기 위해서 나타난 것인가. 그렇다면 잔인하다.

"마지막 데이트였어. 어쩌면 첫 데이트였는지도 모르겠어. 참 오래 유리를 만났는데 제대로 재밌게 놀아본 적이 없었다는 생각이 들었거든. 유리가 의외로 시원시원한 면이 있는 것 같아. 나도 처음에는 걱정했는데. 괜찮아. 너무 아무렇지도 않아서 오히려 이상할 정도야."

유리는 아주 자존심이 깅하다. 설사 지금 죽고 싶은 기분일지라도 그걸 내색하지는 않을 것이다. 자신을 그렇게 만든 장본인 앞에서는 더더욱. 유리는 자기가 보이고자 하는 대로 얼마든지 연기가 가능한 아이니까, 우리 셋이 어떻게 되든 적어도 제일 태연한 척할 수 있을 것이다. 그리고 솔직히 말하자면 이제 나는 유리 때문에 지훈을 포기하지는 않을 것이다. 연애는 뺏고 뺏기는 게임도 아니고, 사랑은 질투와 비교로 유효기간이 연장되는 것이 아니기 때문이다.

"유리랑 난 친구로 지내기로 했어. 어쩌면 우린 정말 좋은 친구가 될 수도 있을 거야."

나는 가만히 고개를 끄덕였다. 사랑했던 남자와 친구로 지내는 건 유리에게는 있을 수 없는 일이다. 게다가 연인이 친구가 되는 건 명백히 등급하락이다. 진짜 좋은 남자를 친구라는 이름으로 내버려둘 여자는 세상에 없다. 그건 단지 전략적인 타협에 지나지 않는 경우가 많다. 하지만 유리는 지훈을 포기한 것이다. 어쩌면 내가 유리를 잃고 싶지 않은 것처럼 유리도 나를 잃고 싶지 않은 건지도 모른다.

"나영아, 네 마음이 확실해질 때까지 나는 기다릴 수 있어. 당분간 시간을 갖자."

우리는 안 지 이십 년이 다 되어가는 사람들이다. 그런데 지훈은 지금부터 다시 또 시간을 갖자고 말하고 있다. 문제는 시간이 아니라는 걸 지훈도 알고 있을 것이다. 문제는 타이밍이고 결정적인 순간에 결단을 내릴 수 있는 용기이다. 그리고 과연 우리에게 그렇게 시간이 많이 남아 있을까. 유통기한이 얼마 남지 않은 재료를 냉장고에 넣어둔 것처럼 초조하다.

"미안해, 지훈아."

"뭐가 미안해?"

"글쎄, 잘 모르겠지만 아무튼."

"나는 얼마든지 기다릴 수 있어. 그리고 네가 어떤 결정을 내리든 우리는 앞으로도 잘 지낼 수 있을 거야."

지훈은 안심이 안 되는지 다짐을 받듯 그렇게 말했다.

"그럼, 당연하지."

나는 가볍게 대답했다. 그렇지만 그렇게 말하는 내 마음은 결코 가볍지 않았다. 내가 망설이는 진짜 이유가 뭘까? 평생 먹을 수 있는 음식을 단번에 집어삼키고는 질려하고 싶지 않아서? 아니, 어쩌면 지훈, 넌 내게 끼니 같은 사람이 아니라, 외로울 때

꺼내서 야금야금 마시는 술이거나, 비 오는 날 창가에 서서 마시는 커피거나, 어린 시절이 그리울 때 먹는 아이스크림콘 같은 사람이었을지도 몰라. 그러나 술이나 커피, 아이스크림만 평생 먹으면서 살면 안 되는 이유가 있다고는 생각하지 않아. 그런 걸 바로 중독이라고 하는 것일 테니까. 지금 내가 망설이는 건 확신이 없기 때문이다. 내 소중한 첫사랑을 마지막 사랑으로 온전히 지킬 수 있을지 자신이 없기 때문이다.

이런 순간에 내가 멈칫거리는 한, 지훈이 기다릴 수 있다고 말하는 한, 앞으로 이십 년이 더 가도 우리는 어떤 결론에도 도달하지 못할 수도 있다. 그렇다고 해도 섣불리 결정지을 수는 없는 일이다. 단 한 번이고 오직 한 사람이니까.

# 날마다 새로운 요리의 기준

유치원 교사인 민지가 결혼을 한다는 소식을 전해왔다. 민지의 신랑은 성우와 고등학교 동창으로 꽤 가까운 사이다. 성우랑 내가 한창 사이가 좋을 때 둘을 소개시킨 적이 있었는데 여태 만나왔던 모양이다.

"너희 여태 만났던 거야?"

"아니야. 세 달 전에 우연히 다시 만나게 됐어."

"그래서? 그때는 뜨악하던 남자가 갑자기 좋아진 거니?"

"글쎄다. 사람 마음이 참 그렇더라. 그때가 언제니? 한 삼 년 됐잖아. 그런데 내 눈이 변한 건지, 좋아 보이더라고. 나이가 드니까 사람 대하는 것도 편안해지고, 얘기도 잘 되고. 참, 성우는 네 소식 궁금한 모양이더라."

"성우를 만났어?"

"그래. 궁금하긴 한데 나한테 대놓고 묻지도 못하고, 하긴 나도 뭘 제대로 아는 게 있니? 그냥 결혼은 안 했다, 예정도 없는 것 같더라, 그랬지. 사실 제일 궁금한 건 그걸 거잖아. 내가 잘못한 거니?"

"아니야."

"그럼, 결혼식 날 보자."

"그래, 축하한다."

그런데 성우는 결혼을 한 건가, 안 한 건가. 나는 뭐 안 궁금한가. 성우가 결혼을 했다면 민지가 내게 그 이야기를 제일 먼저 해주었겠지. 아니면, 성우가 결혼을 한 게 너무 당연한 일이라서 얘길 안 한 건가. 민지에게 다시 전화해서 물어볼까. 아니다. 그러면 민지는 분명 자기 신랑에게 내 이야기를 할 거다. 그럼 민지 신랑은 또 성우한테 얘기를 할 거고. 내 꼴이 좀 우스워질지도 모른다. 결혼식 날 직접 얼굴을 보게 될지도 모르는데 그렇게 되면 곤란하지.

민지가 결혼 소식을 전해왔을 때, 그리고 상대가 성우 친구라는 걸 알았을 때, 제일 먼저 든 생각이 성우를 만나게 될지도 모른다는 거였다. 헤어지고 난 후 나는 성우에 대해 아무 소식도 듣지 못했다.

한동안 눈에 헛것이 보이는 것처럼 가끔 성우가 보일 때가 있었다. 내가 지나갔던 길을 성우가 걸어가고, 내가 길모퉁이를 도는 순간 성우가 맞은편 가게에서 나오는 상상들을 하곤 했다.

사람의 인연이란 멀어지기 시작하면 붙들어둘 수가 없어, 그가 늘 다니던 길목을 몇 날 며칠을 지켜도 만날 수 없게 되는 거라고 생각하면 참 허무했다. 그러다가 그가 이젠 이 세상에 없을지도 모른다는 생각이 들었다. 분명 그런 거라고, 그러니 우연히도 만나지지 않는 거라고 생각하기 시작했다. 그러자 그가 서서히 사라졌다. 그런데 아니었다. 그는 여전히 내가 사는 이 세상에 있었다. 다만 우린 만날 수 없었을 뿐이다.

갑자기 몰려드는 생각들로 피곤하다. 우리의 만남은 성우에게도 전혀 예상할 수 없는 것은 아닐 것이다. 내가 나타나지 않는다면 성우는 실망할까. 그리고 내가 간다면 성우는 반가워할까. 그렇다면 우리에게 또다른 가능성이 생기는 걸까. 나는 도대체 무얼 기대하고 있는 건가.

얼마 전에는 은주가 결혼을 했다. 내가 언니 소개로 만났던 '퓨전요리'랑. 내가 정작 은주 상대로 소개를 시켜준 건 '표준식단'이었는데 넷이 함께 어울리다보니 그렇게 됐다. 어쨌건 은주는 그를 나 때문에 만나게 되었다.

둘이 가까워지는 걸 지켜보면서 보수적이고 까다로운 은주 집안을 생각하면 한숨부터 나왔다. 은주가 프러포즈를 받았다는 소식을 내게 제일 먼저 전했는데, 그때 나는 은주 부모님께 맞아 죽을까봐 겁이 났다. 나 때문에 은주가 '퓨전요리'를 만나게 된 걸 알면 은주 부모님은 그러고도 남을 것 같았다. 나는 어른들 마음에 딱 드는 '표준식단'을 소개시켜줬는데, 어쩌다보니 일이 그렇게 되었다고 할 수도 없고. 정말 은주가 그럴 줄은 나도 몰랐다. 그래도 이 경우 자식 이기는 부모 없다는 말은 진리였다. 은주 부모님은 이방인 사위를 좋아하려고 애쓰고 있는 것이 역력해 보였다.

요즘 나는 거의 매일 은주네 집에 출근하다시피 한다. 새신부를 위한 속성 단기 요리강습을 하고 있다고나 할까. 은주의 신랑은 요리를 제법 하는 데 비해 은주는 할 줄 아는 음식이 라면 같은 인스턴트뿐이었다. 은주와 나는 함께 장을 보고 요리를 하고 그걸 먹으며 수다를 떨면서 지내고 있다.

오늘의 요리는 비빔밥이다. 나물의 특징은 아삭아삭한 조직감에 있다. 너무 푹 삶아서 아무것도 안 씹혀서도 안 되고, 덜 삶아서 푸들푸들 살아 있어도 안 된다. 그래서 나물을 삶을 때는 시간을 잘 조절해야 한다. 은주 신랑은 매운 음식을 잘 못 먹기 때문에 우리는 그의 입맛에 맞춘 비빔밥을 실험적으로 만들어보았다.

"내일 민지 결혼식에 가면 성우 보겠지?"

"그렇겠지."

"어떨 것 같아? 성우가 많이 변했을까?"

"변했겠지."

사람은 누구나 변하기 마련이라고 쉽게들 말한다. 지금 나도 그렇게 쉽게 성우가 변했을 거라고 말하고 있다. 하지만 성우가 변하기에 충분했을 거라고 여기는 그 시간 동안 나는 그다지 변한 것 같지 않다. 시간이 사람을 변하게 만들 수 있는 건 아닐지도 모른다.

"나, 너한테 그 이야기 안 했었지, 석호 만난 거. 마트에 갔다가 카트가 정면으로 딱 부딪친 거야."

"원수는 외나무다리에서 만난다더니."

"원수는 무슨 원수! 그냥 좀 놀라긴 하더라."

"혼자였어?"

"나는 우리 신랑이랑 같이 있었고, 그쪽도 부인인가 같이 있더라. 모르는 사람처럼 그냥 지나쳐왔어. 씁쓸하더라. 십 년을 사랑한 사람이 모르는 사람이 되어버렸다는 게 참 이상하지 않니?"

"은주야, 너, 괜찮니?"

"안 괜찮을 게 뭐 있어? 석호 옆의 여자를 보니까, 저 자리가 내 자리였었나 하는 생각이 들더라. 나는 단지 석호 옆이라고 해서 그렇게 행복한 얼굴을 하고 있을 것 같지는 않아. 석호 옆자리에서 나는 늘 고민이 많았거든. 그리고 그건 아주 어리석은 고민들이었어."

"어리석은 고민이라니?"

"석호하고 난 다른 게 너무 많았어. 제발 그러지 말았으면 싶은 거, 이렇게 하면 더 좋을 텐데 하는 게 있었다는 거지. 문제는 내가 석호한테 그러지 말았으면 좋겠다는 얘기를 할 수 없었다는 거고, 나중에는 내가 그런 말을 한다고 해서 그애가 바뀔

수 있을 거라는 생각도 하지 않게 되었다는 거지. 이를테면 나
는 석호의 어떤 부분에 대해서 체념한 상태였어. 그리고 그건
나를 포기하겠다는 것이기도 했고."

"그 정도였니?"

"그때는 사실 그런 생각도 못 했어. 그때 그걸 알았다면 감정
을 낭비할 일도 마음 아플 일도 없었겠지. 어떤 일들은 다 지나
가고 난 다음에야 보여. 그렇다고 후회한다거나 없었던 일이었
으면 좋겠다고 생각하는 건 아냐."

"정말이니?"

"그래, 정말이야. 석호와 만나고 사귀면서 부딪치고 결국 헤
어지고 죽도록 아파하는 일이 없었다면, 나는 내가 어떤 사람인
지 알지도 못했을 거고, 우리 신랑이 나한테 어떤 사람인지 알
아보지 못했을 거야."

솔직히 나는 은주가 '퓨전요리'와 너무 급속도로 가까워져 불
안했었다. 둘이 아주 잘 맞는 사람들이어서 그럴 거라고 생각하
면서도, 한편으로는 조금도 망설이거나 머뭇거리는 일 없는 은
주의 태도가 실연의 후유증이 아닌지 의심스러웠다. 그런데 이
제 그 이유를 알 것 같다. 그렇다면 내가 이토록 갈피를 못 잡는
건 아직도 내가 원하는 바를 정확히 알지 못하고 있기 때문인지
도 모른다.

"이제는 석호를 미워할 수 있는 애정조차 남아 있지 않은 것
같아. 단지 아는 사람을 모르는 척해야 하니까 조금 불편한 정

도? 겨우 그 정도였어. 이 년 만에. 십 년을 만난 우리가 겨우
이 년 만에 그렇게 됐어. 중요한 건 내 얘기가 아니고, 그런데
성우는 만나는 여자 있니?"

"모르겠어. 있겠지. 있을 것 같아."

"나영아, 너, 성우가 보게 될 텐데 괜찮겠니? 하긴 넌 나보다
씩씩하니까."

"그리고 난 너보다는 연기도 잘하지. 마음이 어떨지 지금은
모르겠는데, 괜찮을 거야. 자신 있어."

사실은 그냥 나도 은주처럼 우연히 만나게 되는 거면 좋겠다.
피하려면 피할 수 있는 자리에 내가 가는 것도 그렇고, 내 옆에
지금 확실한 누군가가 없는 것도 그렇고. 정말로 아무렇지 않은
건 아니다. 게다가 성우의 옆에 내가 아닌 다른 누군가가 있을
지도 모른다고 생각하니 기분이 이상하긴 하다.


성우는 아직 결혼하지 않았고 현재 여자가 없으며 그후로 그
다지 변하지 않았다. 그리고 내 소식을 궁금해하고 있었다. 성우
와 나는 예전처럼 둘이 딱 붙어 있지는 않았지만, 그래도 남들
보다는 친한 사이인 척하면서 예전의 우리 관계를 알던 사람들
이 우리 때문에 불편해하지 않도록 했다. 그러면서 나는 알게
되었다. 내가 정말로 좋았던 것은 하나도 잊지 않았다는 것. 그
리고 성우 역시도 지금 그렇다는 것.

"너랑 지내면서 보고 들은 요리법을 실전에 응용해보았더니

여자들이 좋아하더라. 요리 잘하는 남자가 인기인가? 나도 네가 하는 강좌에 등록할까?"

"내가 네 속셈을 모를 줄 알아? 여자가 많을 것 같아서 그러지?"

"뭐 그렇기도 하고."

"전 애인이 강의하는 곳에서 새로운 연애작업을 하시겠다?"

"옛정을 봐서 그 정도는 도와줄 수 있지 않니? 내가 누구 때문에 좋은 시절 다 보내고 지금 외로운 밤을 보내고 있는지 너도 알잖아."

"그런데 잘 될까? 요즘 아주 괜찮은 남자들이 내 강의에 몰려들고 있거든."

일을 시작한 이래로 나는 요즘 가장 분주하다. 언니 생일에 미역국을 끓여주고 싶어했던 형부에게서 아이디어를 얻어 '아내의 생일상 차리기'라는 강좌를 개설했는데 반응이 좋았고, '싱글들을 위한 요리교실'을 열었는데 미혼 남녀가 요리하면서 친해져서 연애를 하고 결혼을 하는 등 의도하지 않은 성과를 내고 있다.

"지훈이는 잘 지내지?"

"응?"

"나만 빠지면 둘이 잘될 줄 알았어."

"미안한데, 네가 말하는 게 연애라면 잘되고 있다고 자신 있게 말할 수는 없어."

"그건 나도 알아. 잘됐다면 지금쯤 넌 왼손 약지에 반지를 끼고 있겠지. 그럼, 나한테도 기회가 있는 건가?"

"기회?"

"예전 지훈이 자리, 애인 말고 남자 친구 자리에 나 좀 세워주라. 난 그 자리가 그때 내 자리보다 좋아 보이더라."

"지금 너, 나 약올리는 거지?"

이제는 애인도 아니고, 굳이 표현하자면 옛 애인에 불과한 성우가 전보다 더 편안하고 가깝게 느껴졌다. 마치 오래된 친구처럼.

"우리가 연애하면서 나는 너한테 참 잘했다고 생각했어. 늘 좋은 것만 해주고 싶었으니까. 그런데 지나고 보니까 그 좋은 것들이 어쩌면 네가 좋아하는 것들이 아니라 내가 좋아하는 것들이 아니었던가 하는 생각이 들더라. 내가 좋아서, 내가 좋아하는 방향으로 너를 끌고 가려고 했던 것 같아."

"내가 제대로 끌려갔다면 우린 지금쯤 다른 자리에 있겠지."

"그래, 결혼식 하객이 아니라 주인공이 되어 있겠지. 다시 생각해볼래?"

"싫어. 난 내 자리에서 움직이지 않을 거야."

"이번에는 자기 마음대로 요리하겠다, 이거군. 방법을 바꿔보는 것도 나쁘지 않겠지. 문제 있으면 의논해라. 나도 너 때문에 많이 고민하고 아파봐서 이제 잘할 수 있을 것 같거든. 맛있는 식당 목록도 꽉 챙겨놨어."

성우는 해석이 애매모호한 농담을 잊지 않았다. 성우는 그다지 변하지 않았고, 내가 좋아하던 그 점 역시 여전한 것처럼 내가 견딜 수 없던 부분 또한 어쩌면 조금도 달라지지 않았을 수도 있다. 하지만 그때부터 지금까지 나 역시도 실은 아무것도 달라지지 않았다.

무엇을 먹을 것인가를 선택해야 할 때 늘 먹던 익숙한 것을 항상 먹는 사람이 있는 반면 어떤 사람들은 늘 새로운 것, 안 먹어본 것을 찾아나선다. 전자에게는 확신에서 배어나오는 완전함이, 후자에게는 모험에 따라올 수밖에 없는 기대가 있다. 어떤 선택을 할 것인가는 성향의 문제이고, 때에 따라서 기분에 따라서 상대적일 것이다.

나는 성우에게 말했다.

"내 강좌에 등록해."

"정말이지?"

"그럼."

성우는 그곳에서 의외의 인물을 만나게 될 것이다. 지훈이다. 지훈은 성우처럼 뻔뻔스럽게 보고하지도 않고 몰래 등록을 했다. 아마도 강의실에 자기가 나타나면 내가 깜짝 놀랄 거라고 생각하고 있겠지만 이미 눈치챘다. 접수받은 직원이 매우 잘생긴 수강생이 등록했다며 신나서 보고했기 때문이다. 그 잘생긴 수강생이 내 애인이라는 것을 알면 직원은 좋아할까, 실망할까. 성우를 보면 지훈은 자신이 마냥 기다리고만 있어선 안 된다는 사실을 깨닫게 될까. 그리고 나의 즐거운 요리교실에서 성우랑 지훈이 친구가 되는 기적이 일어날 수는 없는 걸까.

"전 애인으로서 수강료 할인 혜택 같은 건 없냐?"

"고려해볼게."

"열심히 배울게."

"제대로 요리해줄게."

사랑도 요리처럼 절대적이면 좋겠다. 요리는 잘하고 못하고 맛이 있고 없고가 확연하다. 내 입맛에 딱 맞는, 그래서 평생을 먹어도 질리지 않고 먹을 때마다 행복해지는 그 하나, 똑같은 재료로 요리해도 날마다 새로운 그 하나를 나는 제대로 선택하고 온전히 가질 수 있을까.

이제 내 선택은 예전처럼 무작위도 광범위하지도 않다. 두 가지 중 한 가지를 고르는 일이 한 가지를 가질 것인가 버릴 것인가를 결정하는 것보다는 쉽다. 그리고 나머지 하나를 완전히 버릴 이유도 없다. 어떤 재료를 무슨 요리에 쓸 것인가를 결정하고 나면 다른 재료는 또다른 요리에 쓰면 된다. 익숙한 재료로, 늘 하던 대로 요리하는 건 재미없지 않은가. 어쩌면 요리에서 가장 중요한 것은 선택일 수도 있다. 재료의 선택, 방법의 선택, 순서의 선택, 시간의 선택……

그다지 오래 살지는 않았지만 앞으로 살아갈 시간이 내가 살아온 시간만큼밖에 되지 않을지도 모른다는 생각을 가끔 한다. 지금까지 살아온 시간 동안 내 인생에 중요한 남자는 딱 세 명이었다. 지훈, 성우 그리고 아버지.

　아버지와 어머니 둘 중 누구와 살 것인가를 결정해야 했을 때, 나는 아버지가 더 좋고 아버지와 사는 편이 내가 더 편하고 행복할 것 같아서 아버지를 선택했다고 생각했다. 그런데 지금 와서 생각해보니 그건 내가 충분히 생각하고 내린 결론이 아니라, 아버지와 살게 되어버린 후에 어쩔 수 없이 생각해낸 변명 같은 것이었다.

　사실 나는 어머니를 선택할 수 없었다. 그때 어머니는 별거의 이유를 설명하면서 "네 아버지보다 내 일이 중요해"라고 말했다. 그 '네 아버지'라는 말에는 어쩐지 아버지의 딸인 나까지도 포함되는 것처럼 느껴졌다. 나는 어머니가 나와 함께 있으면 불행할 거라고 생각했다. 그리고 언니가 이미 어머니를 선택했으므로 내겐 이미 선택의 여지가 없었고, 그래서 나는 남은 아버지에게로 갔던 것이다.

　하지만 지금 나는 다시 고쳐 생각하려고 한다. 나는 아버지와 사는 편을 선택한 것이다. 내가 아버지를 선택해서 아버지는 덜 상처입었고 덜 외로웠으며 아주 불행하지만은 않았다. 나는 아버지를 선택했고, 아버지도 나를 선택한 것이다. 그러므로 그것은 운명이었다. 그렇다면 이번에도 나는 옳은 선택을 할 것이고, 언젠가는 그것을 운명이라고 부르게 될 것이다.

　아직 내 나이는 대한민국 여성 평균 결혼연령에도 이르지 못

했다. 어쩌면 그 평균연령이 점점 높아지는 데 내가 기여하고 있는지도 모르겠다. 살면서 나는 내내 평균 비슷했다. 한 번쯤 평균을 높이는 데 기여해보는 것도 나쁘지 않을 것 같다.

# 오늘의 요리

사람들은 모두 자신만의 방식으로 요리를 한다. 폼나게 푸짐하게 재깍재깍 신나게 요리하는 이도 있고, 별로 어렵지 않게 간단한 재료를 써서 손쉽게 번갯불에 콩 구워 먹듯이 쓰싹 요리를 만들어내는 이도 있고, 차곡차곡 준비해서 라면 하나를 끓여도 그릇까지 제대로 세팅해야 직성이 풀리는 이도 있고, 요리하는 모습이 못 미덥고 완성된 요리도 그럴싸해 보이지는 않지만 먹어보면 의외로 참 맛있는 음식을 만드는 이도 있고, 계란프라이도 겨우 하면서 영양을 꼼꼼히 따져 만드는 이유식에는 일가견이 있는 이도 있다. 세상에는 수많은 사람들과 그에 어울리는 인생이 있는 것처럼 요리도 그렇다. 무엇을 어떻게 요리할 것인가는 어떤 방식으로 살아갈 것인가 하는 문제와 같다.

내가 이 세상에 태어나 제일 처음으로 한 요리는 경단이었다.

중학교 가사실습 때였다. 그때 우리가 만든 요리가 경단이었다. 나 혼자서 다 만든 건 아니었지만 어쨌든 그 경단이, 라면을 제외하고 내가 처음으로 한 요리였던 것 같다.

나는 어쩌다 우리 조의 조장으로 뽑혔다. 조장은 요리과정을 리드해야 하는 건 물론이고 요리가 끝나면 앞에 나가서 자기 조의 요리실습에 대해 평가까지 해야 했다. 그때까지 나는 반에서 있는 듯 없는 듯 눈에 띄지 않는 아이였다. 앞에 나서서 뭘 해본 적이 없었다. 드디어 우리 조의 평가 차례가 되었다. 나는 앞으로 나갔다. 우리 조의 실습에는 치명적인 실수가 있었습니다. 내가 처음으로 내뱉은 말은 그거였다. 반 아이들이 술렁거렸고, 특히 우리 조 아이들은 쟤 무슨 소리 하는 거야, 하는 표정이었다. 나는 계속 이야기했다. 난 우리 조가 이렇게까지 잘할 거라고 생각도 못 했습니다. 실습이라는 게 실수도 하고 그래야 나중에도 기억에 남는 거 아닙니까? 우리 조는 너무나 완벽했습니다. 그러면서 우리 조 아이들 하나하나가 맡은 바와 솜씨를 칭찬했다. 그날 우리 조는 일등을 했다.

그 가사실습 이후로 가사선생님은 나를 아주 예뻐했다. 그녀는 나를 아주 특별한 아이로 기억했고, 내가 특별하다는 걸 잊지 말라고 얘기했다. 그리고 내성적이었던 나는 그날 이후 아이들과 말을 트는 데도 익숙해졌고, 친구들과 웃고 떠들면서 지내게 되었다. 그러다보니 지금은 이렇게 수다쟁이가 되었다.

그때 만든 경단을 나는 아버지께 갖다드렸다. 아버지는 정말

이걸 내가 만들었냐며 묻고 또 물었지만 정작 몇 개 드시지 않으셨다. 너무 예뻐서 먹을 수가 없구나, 하셨다.

내 첫 요리의 마법을 나는 기억하고 있다. 내가 이 세상에 태어나 처음으로 만든 요리인 경단으로, 나는 태어나서 처음으로 주목받았던 것이다. 정녕 하고 싶은 일이 무엇이었든 결국 찾아내는 사람이 있고, 끝내 자신이 그토록 원하던 일이 무엇인지 모르거나 그저 미련만 남긴 채 다른 길을 걷는 사람도 있다. 자신이 원하는 것을 알고, 그 길을 가는 사람은 행복하다. 나는 요리를 할 때가 가장 행복하다. 그래서 나는 지금 요리를 하고 있다. 요리는 마법이고 과학이고 예술이고 사랑이며 인생이다.

오늘도 나는 요리노트에 레시피를 기록하는 걸 잊지 않는다. 세상 모든 문제를 해결할 처방전 같은 건 없지만 나와 비슷한 누군가와 함께 나눌 만한 조언 같은 것은 있을지도 모르겠다. 그것은 다음과 같다.

아무리 요리를 못하는 사람도 한 가지쯤은 잘할 수 있다는 사실을 잊지 말자.

물론 노력하면 그 한 가지를 더 잘할 수 있게 되고, 그 한 가지가 두 가지가 되고 세 가지가 되는 건 시간문제일 뿐이다. 요리를 잘하고 싶어하는 사람들에게 제일 필요한 것은 비싼 조리기구나 수많은 재료나 예쁘게 차려진 음식 사진으로 가득한 요리책이 아니라, 바로 용기와 자신감이다. 용기와 자신감, 그리고 연습이다.

준비할 수 있는 최상의 재료를 준비하자.

중요한 것은 주재료에 대한 당신의 열정으로, 그 하나의 재료를 선택하는 것은 인생에서 오직 하나를 결정짓는 것처럼 어렵고도 단순하다. 가장 좋아하는 것을 선택하든 가장 만만한 것을 선택하든 가장 어려운 것을 선택하든, 선택은 당신의 자유이다. 하지만 그 하나의 재료를 통해 당신은 인생의 수만 가지 맛을 맛볼 수 있음을 명심해야 한다. 닭 한 마리로 삼백육십오 일 다른 맛의 음식을 만들 수 있는 것이 요리의 기술이자 매력이다. 어떤 요리를 만들지를 결정하는 것이 요리의 시작이고, 그에 맞는 재료를 선택한 다음에는 무궁무진한 창의력이 기다리고 있다.

처음부터 너무 욕심내지 말자.

하나하나 차근차근 하고, 절대 서두르지 말 것이며, 한눈팔지 말고 집중하고, 무엇보다 즐겨야 한다. 요리에서 포기할 수 없는 것은, 직접 장을 보고 재료를 하나하나 다듬어 준비하고 요리해서 맛있는 음식을 만들어내는 과정의 즐거움이다. 재료를 다듬고 썰면서 어느새 손은 노래를 부르고, 반죽을 하면서 손이 춤을 추고, 그릇에 넉넉하게 음식을 담으면서 행복해진다. 어루만지고 쓰다듬고 다독거리면서 음식을 만드는 손은 사랑하는 사람을 만지는 손과 같다. 사랑하면 알고 싶어지고, 알고 싶어지면 열정을 쏟아 열심히 하게 되고, 그러면 실력도 점점 늘어난다. 사랑하면 참을 수 있고 애쓰고 노력하게 되고 잘하게 된다.

**돌이켜보고 반성하자.**

같은 실수를 반복해선 안 된다. 좋은 것을 기억하고, 나쁜 것도 기억한다. 요리를 하면서 실수를 하고 실패를 하는 건 어쩔 수 없는 과정이다. 그 실수로부터 얻을 수 있다면 실패한 것이 아니다. 예상보다 좋은 것이 나왔을 때의 그 감동을 기억하는 것 못지않게, 나빴던 원인을 찾는 것 또한 중요하다. 이번 한 번으로 절대 끝이 아니다. 요리는 반복된다. 좋은 것은 필사적으로 남기고 나쁜 것은 절대적으로 지워라. 좋은 것들만 남아서 점점 더 좋아질 것이다.

**느낌, 감각, 습관, 그리고 무엇보다 자기 자신을 믿자.**

처음에는 하나하나 온갖 신경을 집중시키면서 실수할까 잘못할까 두려워하던 순간순간이 지나고 나면 언젠가는 눈 감고도 할 수 있는 때가 오게 된다. 그러나 거기서 만족하고 멈추어서는 안 된다. 거기서 더 나아가면 이 세상 누구도 만들 수 없는, 오직 나만이 할 수 있는 요리를 만들 수 있게 된다.

잊지 말아야 한다. 매일 똑같은 것을 만들어내겠다는 강박관념으로는 좋은 요리를 만들어낼 수 없다. 언제나 목표는 어제보다 나은 오늘의 요리를 만드는 것이다.

문학동네 장편소설

냉장고에서 연애를 꺼내다
ⓒ 박주영 2008

1판 1쇄 │ 2008년 3월 17일
1판 6쇄 │ 2013년 2월 1일

지은이 박주영
펴낸이 강병선
책임편집 조연주 최유미 서현아
마케팅 신정민 서유경 정소영 강병주 │ 온라인 마케팅 김희숙 김상만 이원주 한수진
제작 서동관 김애진 임현식 │ 제작처 (주) 상지사 P&B

펴낸곳 (주)문학동네
출판등록 1993년 10월 22일 제406-2003-000045호
주소 413-756 경기도 파주시 교하읍 문발리 파주출판도시 513-8
전자우편 editor@munhak.com │ 대표전화 031)955-8888 │ 팩스 031)955-8855
문의전화 031) 955-8890(마케팅) 031) 955-8864(편집)
문학동네카페 http://cafe.naver.com/mhdn

ISBN 978-89-546-0546-5 03810
www.munhak.com

## 유쾌한 하녀 마리사 천명관 소설

**화려한 거짓말, 이야기의 무한생식**
**이 시대의 이야기꾼 천명관 첫 소설집!**

어긋난 내 인생에 유쾌한 독배를! 당신 상상의 허를 찌르는 상쾌한 반전. 천명관의 장점은 불행한 이야기도 무협지처럼 유쾌하게, 코미디처럼 익살 스럽게 펼쳐 보이는 데 있다. 슬픈 이야기인 줄 뻔히 아는데도 포복절도하 면서 눈물을 쏙 빼게 되는데, 눈물 끝에 진한 소금기가 느껴진다. **국민일보**

＊한국문화예술위원회 선정 우수문학도서

## 사육장 쪽으로 편혜영 소설

**변화하는 소설, 진화하는 소설!**

이전의 편혜영이 눈두덩을 온통 시뻘겋게 칠하고 다녔다면 지금은 화장 기를 싹 닦아낸 듯한 인상이다. 하나 맨얼굴의 편혜영은 여전히 상냥한 목 소리로 묻는다. 도시를 사는 우리의 일상은 얼마나 얄팍한가. 하여 얼마나 섬뜩한가. **중앙일보**

＊제40회 한국일보문학상 수상작
＊한국문화예술위원회 선정 우수문학도서

## 갈팡질팡하다가 내 이럴 줄 알았지 이기호 소설

**에라이, 뽕! 같은 소설의 역사**

이기호는 B급 작가다. 그가 A급에 미치지 못하는 소설을 쓴다는 의미에서 가 아니라 그의 문학적 상상력이 주로 B급 문화로부터 자양분을 공급받는 다는 의미에서 그러하다. 성경의 숭고한 의고체 문장과 비트박스와 랩의 '경박한' 리듬과 수다가 공존하는 세계, 햄릿이 본드를 불고, 건달이 자기 소개서를 쓰는 세계가 이기호의 세계다. **한국일보**

＊한국문화예술위원회 선정 우수문학도서

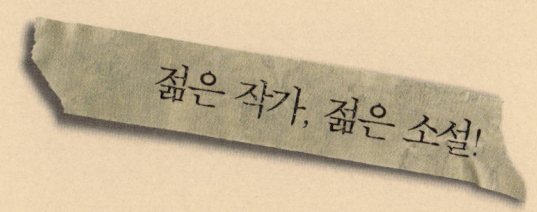

젊은 작가, 젊은 소설!

## 카스테라 박민규 소설

**무규칙 이종 소설가 박민규 첫 소설집!**
대한민국 문학사를 통틀어 가장 신선하고 충격적인 사건 하나를 지목하라고 한다면, 나는 서슴지 않고 박민규라는 작가의 출현을 지목하겠다.
**이외수**(소설가)

박민규에게서 뭔가를 빼앗아올 수 있다면 나는 주저하지 않고, 그가 창안하여 우리에게 덥석 안겨준, 그 놀랍도록 새로운 문장을 가져올 것이다.
**김영하**(소설가)

＊제23회 신동엽창작상 수상작
＊한국문화예술위원회 선정 우수문학도서
＊한겨레신문 선정 2005년 올해의 책
＊중앙일보 선정 2005년 올해의 책
＊교보문고ㆍ네이버 선정 올해의 책 150선

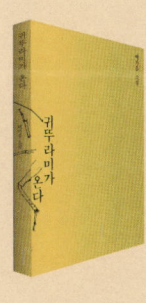

## 귀뚜라미가 온다 백가흠 소설

**그들만의 기이한 사랑 방식과 선택기준 : 남자가 사랑에 빠졌을 때**
백가흠의 첫 창작집은 작가가 채 다 다스리지 못한 강력한 에너지들로 가득 차 있다. 엽기적인 소재 그 자체만으로 위악적인 포즈를 취하는 동세대 작가들과는 분명히 다르다. 그리하여 편편에서 울리는 그 울음소리가 더 스며들고 응축될 작가의 새로운 작품에 대한 기대를 충분히 부추긴다.
**조선일보**

＊한국문화예술위원회 선정 우수문학도서